AF366846

Milagro en Benarés y otros cuentos prodigiosos

Daniel Paniagua Díez

AMAZON EDITION

* * * * *

PUBLISHED BY:

Daniel Paniagua Díez

Milagro en Benarés y otros cuentos prodigiosos

Copyright ©2014 by Daniel Paniagua Díez

ISBN-978-84-617-1520-6

Thank you for buy this book. Although this is a book, it remains the copyrighted property of the author and may not be reproduced, scanned, or distributed for any commercial or non-commercial use without permission from the author. Quotes used in reviews are the exception. No alteration of content is allowed. If you enjoyed this book, then encourage your friends to download their own free copy.
Your support and respect for the property of this author is appreciated.
This book is a work of fiction and any resemblance to persons, living or dead, or places, events or locales is purely coincidental. The characters are productions of the author's imagination and used fictitiously.

Amazon Edition License Notes
This book is licensed for your personal use only. This book may not be re-sold or given away to other people. If you would like to share this book with another person, please purchase an additional copy for each person you share it with. If you are reading this book and did not purchase it, or it was not purchased for your use only, then you should return to Amazon.com and purchase your own copy.
Thank you for respecting the author's work.

Índice

Nota del autor

Milagro en Benarés y otros cuentos prodigiosos es una colección de cuentos fantásticos; les hago la observación, amables lectores, de que tal y como se advierte en la página legal cualquier parecido con la realidad será pura coincidencia e indeseable; este tipo de personas y las situaciones por las que pasan nunca existieron o bien ocurrieron en su planeta, ni en otro cercano; que se sepa.

Confío que sean de su agrado y quedo a su disposición para cualquier tipo de consulta o crítica.

Milagro en Benarés

Un jipi atópico esperando el amanecer

¿Habéis estado alguna vez en el Tíbet, en Nepal, en el inmenso subcontinente indio? ¿Conocéis los secretos del tantra, del yoga, de la meditación transcendental? ¿No? Entonces seguir los pasos de Jipi en su incansable búsqueda de la iluminación personal y transitoria por montañas y valles, cuevas habitadas por santones; venir, venir a buscar la muerte y el renacimiento a la orilla del rio en la maravillosa Vanarasi, Benarés. Nunca volveréis a ser los mismos tras la lectura de este cuento prodigioso.

Amor.

Fantásticas jornadas de largas caminatas hasta llegar al pie del Kailash, montaña sagrada entre las montañas sagradas del mundo mundial; cuatro montañeros, naturales de las cuatro esquinas de la vieja España, caminan entusiasmados y triunfantes entre docenas de peregrinos tibetanos en espera de llegar a ver pronto la fantástica fachada de la impresionante montaña.

Se conocieron en el aeropuerto de Frankfurt al coincidir con el mismo destino y empresa de trekking nepalí contratada. Los únicos hispanohablantes de la excursión organizada enseguida hicieron grupito aparte de sus compañeros europeos.

– ¡Que los alemanes van mejor equipados que nosotros y visten fenomenalmente! Nosotros desastrados y fumando.

– ¡Que los ingleses se han subido tropecientos picos y han abierto setecientas vías! Nosotros eso lo hacemos en chancletas.

– ¡Que los franceses son los más gallos y solo les falta ya subir en globo a la estratosfera! Nosotros volamos mucho más y echamos el humo por la nariz. Y sacando pecho.–Bueno, pecho, pecho, las que enseñan son estas dos. Vaya lujuria de tías, y no paran un momento sentadas. ¿Tú me entiendes, verdad, sherpa?

–No empieces, otra vez, Jipi, que ya te vamos pillando el rollo. ¿Qué decías que ibas a hacer al llegar al Kailash? Ya se ve desde aquí.

–Lo subiré en sueños, me sentaré en la base del monte y con un impulso átmico subiré hasta la cumbre y bajaré transfigurado y radiante.

– ¡Quieta! ¡Espera! ¡¡Jipi!! ¿Ves lo que has hecho? Sheila se está meando de la risa y ha tenido que salir corriendo, ¡te voy a dar una!

–Reacción natural en mujer tan esbelta y guapetona al aceptar al fin que camina en comunión perfecta con mi presencia infinita y frugal.

–Pero bueno, ¿tú que te fumas? Yo solo te veo sacar un camel de vez en cuando. Claro, va a ser eso, fumar a cinco mil metros de altitud, solo se le ocurre a alguien como tú.

–El que viene fumando especias olorosas es el amigo Yokin que por ahí llega con un par de alemanas. Dile a Sheila que nos espere al llegar al santuario, pondremos banderines en ese jito cercano para suspirar la protección de los dioses tántricos del lugar.

– ¿Ya te la has tirado?

—Ni en sueños, pero yo tantranquilo; reservo mi potencia orgásmica para superar tan excelsa cumbre. Pero, ¡ahora que lo pienso! podríamos hacer un trío. Me sentiré tan solo en la cumbre…

—Bueno, mira, lo tuyo no tiene remedio; ahí está Sheila y Yokin nos alcanza enseguida con las rubias. ¿Qué era eso del banderín?

—Debemos complacer a las deidades para que nos hagan prolíficos y benéficos en general y orgásmicos múltiples en lo particular.

—Bueno, te dejo que hagas la dichosa ceremonia o tendré que salir yo también corriendo a orinar. Procede.

Procedamos a solicitar la protección de las altas deidades universales y los genios protectores del gran Kailash y que el humo del cigarro eleve nuestras súplicas hasta su altísima morada. Somos simples peregrinos llegados de allende los mares y cordilleras para alabar la montaña sagrada.

Humildad, protección sencilla y sincera solicitamos, buenos auspicios, hacemos presente de un gran bien traído de nuestra lejana patria símbolo de nuestro gran corazón peregrinante en tierra lejana. Suspiramos. Buena fortuna, buena fortuna necesitamos, lejos, muy lejos mal dharma, limpiar señores nuestro sucio karma. ¡Auuuuu!

—Pero, bueno, ¿Qué hace este chiflado? Se pone a aullar como un lobo y ¿una bandera de León? ¡Joder, Jipi, que soy vasco!

—Se supondría que los dioses no hacen distingos lingüísticos y apenas átmicos. La ofrenda ya está hecha y vale por los cuatro, ¡sí! guapa, también por las valencianas, y cabría pensar que podríamos continuar tras los peregrinos hasta el refugio. Necesito una birra ya mismo.

—No sé, no sé si podré acompañaros, siento una rozadura en la planta del pie derecho.

—Blanca, corazón loco, ¡estás conmigo! Llevo en el botiquín una docena de Compeed. Si me permites.

—Si estarás ya perdido y chocheante, Jipi, que por tocarle la pierna a una tía hasta te arrodillas.

—Y beso su pie inmaculado y fragante. ¿De quién es esta pupita?

La mañana transcurre plácida y maravillosa, un cielo prodigioso, la espectacular montaña derrama aludes de bendiciones sobre peregrinos y excursionistas mientras se acercan al refugio Darchen. Los tibetanos cantan antiguas salmodias sagradas, dan palmas con sus sandalias, y muchos caminan descalzos o incluso de rodillas. Los españoles, en cuanto notan que los demás excursionistas se atreven a abrir la boca entonan a grito pelado su novedoso himno nacional, el consabido y mundialmente repetido: ¡Soy español, español, español! ¿A qué quieres que te gane, matao?

Gabachos, teutones, alcohólicos británicos y otros excursionistas llegados de sus antiguas colonias no tienen por menos que humillar la cerviz y caminar en silencio, penitentes. Hay españoles cerca, y solo falta que invoquen a Santiago Matamoros y nos corran a hostias dando vueltas al monte. ¡Y el peligro que tienen las tías hispanas! todo el rato enseñando unos pechos de dinosauria y al primero que les dice algo le sueltan unos sopapos que retumban en todo el Himalaya. Penitencia. Nos tocó en el viaje cuatro españoles. La Armada Invencible.

¿Españoles? ¿Españoles has dicho tú, galés etílico, sin poner atención a lo que dices? Tú escúchales.

— ¿Por qué no puedo hablar en valenciano cuando me dé la gana? ¡Eh! ¿Por qué? Sheila, dime, ¿por qué?

— ¿Y quién te quita Blanca? Charla entonces con Yokin que seguro que te entenderá todo y te responderá en euskera. Me voy con Jipi hasta el refugio y estaré pegando la hebra con él hasta la hora de acostarnos.

—Eso, eso, los castellanos que se acostarían juntos, nada querríamos con ellos.

—Soy leonés, fumeta, Sheila cordobesa, y si con la lengua nos entenderíamos con las carnes nos comprenderíamos. ¡Joder! Es imposible hablar vasco, se me traba la lengua.

— ¿Vais a joder en el refugio? ¿Con todos los guiris mirando? Deja de imitar mi modo de hablar.

—Mira que eres acémila, Yokin, tan solo intercambiamos recetas de cocina. Ya sé cómo hacen el rabo de toro y preparan las berenjenas en los bares de Córdoba. Por cierto, ¡exquisitas! Es que trabaja de camarera en un restaurante.

—Vale, venga, que ya estamos llegando, no discutáis los machitos y a ver si hoy nos acostamos pronto. Ya estarán los guiris sobando hace una hora y nosotros aún no nos hemos duchado ni cenado.

—De acuerdo, reine la paz inmensa a los pies del Kailash y satisfagamos nuestras más elementales necesidades.

Noche de refugio en los Himalayas, noche de refugio en la alta montaña, ronquidos atronadores de los sopladores teutones, estampidas a los váteres de los británicos, y los gabachos a la caza de alguna incauta que les haga sitio en el saco para sobarse un rato; noche de refugio a no sé cuántos grados bajo cero en el exterior pero el dormitorio parece una sauna. Alguno está que levita de la mala sangre que le está entrando de no poder pegar ojo en toda la puñetera noche. Y ya que escalar no se va a escalar nada, ¡porque no nos dejan que sí no lo subíamos en chanclas! aprovechemos para practicar con lenguas ajenas. Las chicas se atreven con el inglés, Yokin con el alemán, y Jipi, bueno, Jipi está con la cabezonada de volver a Katmandú chapurreando correctamente el tibetano. No para de soltar frases inconexas a todos los sherpas y peregrinos que pasan a su lado.

Los guiris, y no digamos los nipones, no paran de hacer centenares de fotos con sus enormes cámaras pero los españoles, chulos ellos, se valen y sobran con los teléfonos; incluso Jipi se presta a hacer poses en cualquier jito del camino o en los refugios. Él no tiene ni usa artefactos semejantes.

—Es que las radiaciones que emiten esos cacharros afectan mi equilibrio ayurvédico. ¡Aleja ese trasto de mi rostro!

— ¡Mira que es desastrado este cazurro y que guapo sale en todas las fotos! En cuanto pueda se las enviaré a las amigas. Aquí no tenemos cobertura.

—Lo mío se llama estilo personal, guapísima Blanquita, y porte galante.

—Mira, rubio, eres lo más presumido que he conocido. Vete a ligar con los tibetanos y deja de rayarme la cabeza.

—Voy, me pierdo por sus coletas y andar majestuoso.

Tienen suerte con el tiempo y escapan a tiempo de las tormentas diarias; en los refugios consiguen crear al segundo día, con su idiosincrasia inigualable, un estupendo ambiente y una noche Sheila les deja a todos arrobados y patidifusos bailando descalza un disco de sevillanas que uno de los guardas conserva como oro en paño, recuerdo de otros españoles que por aquí pasaron el año anterior. Y les muestra, henchido de gozo, las pintadas y garabatos que dejaron en las puertas de los baños.

¡Sí, señor! Por aquí pasó un español. ¡Pardiez!

De vuelta a Katmandú los cuatro pasean impávidos al trasiego humano y motorizado y, después de darles muchas vueltas a los molinillos de oraciones, deciden que pues les quedan bastantes días antes de volver a la patria y al curro podrían darse una vuelta por la India misteriosa y mistérica.

— ¿Dónde podríamos ir Yokin?

—Ni idea; en la India no hay montañas, ¿no sería mejor apuntarnos a un trekking corto por los alrededores?

—Nos vamos a Bodhgaya, en India. Los tibetanos me contaron que se va a celebrar el Kalachakra pasado mañana y asistirá este año el Dalai Lama. ¿Os lo queréis perder?

– ¿Kala qué? Bueno, si va a estar el Dalai yo me apunto. Me va su rollo pacifista. ¿Y las chicas? ¿Qué decidís? ¿Blanca?

–Pero, ¿no saldrá muy caro? ¿Dónde queda eso?

–Lo hacemos con cuatro rupias. No queda muy lejos, al sur; iremos en tren y lo pasaremos fenomenal, ¡aprenderéis a respirar correctamente!

– ¿Me estás diciendo que no sé respirar? ¿A mí? ¿Tú, que te ahogas en cada cuesta?

–Sheila, corazón, no te lo tomes a mal, tú lo ignoras seguramente, pero cuando roncas las ventanas del dormitorio están a punto de suicidarse saltando al vacío. Es respiración tántrica lo que nos van a enseñar.

– ¡Ah! Ya; para joder. Siempre estáis pensando en lo mismo.

– ¡No! Es para coordinar tus ritmos respiratorios con los ciclos del tiempo universal. Venir a Bodhgaya y el Dalai os lo explicará mejor.

–Bueno, vale, si va estar el Dalai y un mogollón de monjes seguramente os cortaréis con vuestras guarradas. Me apunto. ¿Blanca?

–Yo también voy. Me apetece conocer algo de la India y tomar el sol. Ya está bien de pasar frío. Venga, recogemos nuestras cosas y nos piramos ya mismo.

Faustico, no existe otro adjetivo para referirse a un viaje en tren por las asoladas tierras del subcontinente indio. Son docenas, centenares, unidades de millar, las personas y animales que suben y bajan del convoy en cada parada. Las chicas lo sobrellevan escuchando música con sus cascos, el Jipi pasa de ruidos, solo le va el Funk y la Bossa Nova, prefiere ir probando las delicias del país que por las ventanillas les ofrecen; y Yokin se debe estar fumando la mitad de las hiervas raras de la estepa índica.

Llegan a Bodhgaya justo a tiempo para contemplar la celebración del Kalachakra anual, festival mundial y multidimensional. Deprisa y corriendo a integrase en la corriente principal de los festivos tibetanos dispuestos a renovar un año más los universales ciclos de muerte y renacimiento. ¿Y os lo queríais perder?

Mandalas por aquí mandalas por allá, suenan los gongs y los largos cuernos para la llamada a la meditación comunitaria y millares de fieles y turistas se sientan en grandes explanadas a pleno sol. Jipi intenta transmitir conceptos básicos de respiración, concentración y meditación, a sus compañeros; la visión tántrica de la vida, los interminables ciclos de muerte y encarnación, nacimiento y destrucción de todas las cosas del universo y del universo mismo. Respiración: inhalar, exhalar; un universo que nace y se expande en tu interior y muere y desaparece en los siguientes instantes. ¡Fuuu! ¡Se fue! ¿Lo entendéis?

Nacer, crecer, menguar, morir.

Escuchemos ahora el recitado del tantra del Kalachakra.

— (¿Qué dice, Jipi? ¿Entiendes algo?)

— (Ni jota de lo que dicen, pero sé de qué va)

— (Cuenta, cuenta)

— (Mejor que no, las mujeres quedáis a la altura de las perras y las burras)

— ¡Piensan así! Yo me largo ahora mismo.

—Espera, Sheila, calla un poco. Solo unos minutos más y nos vamos los cuatro. (Voy a proponeros algo que os gustará muchísimo más que esto)

— (¿El qué? Estoy harta de respirar y no entiendo nada de todo este rollo; pero habré tirado doscientas fotos con el móvil)

— (Algo especial, Blanca; vais a quedar fascinados al conocer la auténtica India)

— (¿Mejor que este carnaval? Cuando se lo cuente a los de la peña…)

− (Algo insuperable, Yokin. Aquí, el colegui hindú, ahora os lo presento, nos va a llevar a conocer a un auténtico gúru que vive en una cueva en un monte cercano. Tan solo un pequeño viaje en tren)

− ¡Otro viaje en tren!

− ¡Chiss! (Es apenas un par de horas de viaje y después subir al monte, hasta la cueva)

−Si hay monte me apunto.

−Iremos los cuatro y callar de una santa vez o estos kalachakros van a empezar a llamar a todos los demonios tántricos del hiperespacio para jodernos a base de bien.

Cuando la noche se va y el alba asoma sobre las calles de Bodhgaya los cuatro montañeros españoles y un muchacho hindú (que ha resultado ser ingeniero informático que ha vuelto hace días de España a su país tras pasar un año haciendo un máster en superordenadores) se dirigen a la estación de tren para cambiar de estado, de gentes, y de visión del mundo. Jipi intenta que se vayan haciendo a la idea de lo que van buscando y de lo que se pueden encontrar. ¡Un gúru auténtico! ¡La iluminación! Adiós Tíbet, adiós Tantra, agur Dalai.

− ¿Un gúru? ¿No se dice gurú?

Verdaderamente no tienen la menor idea de lo que se van a encontrar pues no tienen ni pajolera idea de lo que son ellos mismos, ¡pero se divierten! ¿No hemos venido a eso?

La marcha no es dura pero sí lo suficiente para que pasen cuatro entretenidas horas caminando por senderos y pequeñas cuestas hacia unas montañas poco elevadas. Van siguiendo el cauce de un arroyo de cantarinas aguas y a menudo caminan a la sombra de los árboles.

Jiddu y Jipi van introduciendo a sus compañeros en la milenaria cultura e historia hindú, tan diversa.

−Entonces, ¿qué es un yogui? ¿Qué es el yoga? No entiendo nada.

—Yoga es estar unido con lo que llamamos El Creador, yogui el que lo ha logrado. Es así de simple; existen multitud de escuelas tradicionales para intentar alcanzar ese estado y multitud de maneras de demostrar que se ha alcanzado. Vamos a ver a un hombre que renunció a todo para ser un santón; vivía en una gran ciudad, tenía un buen negocio, mujer, hijos, deudos y amigos, pero un día, hace años, abandonó todo y se vino a las montañas. Hace dos años que comencé a oír hablar de su auténtica realización y hoy podré comprobarlo.

— ¿Comprobarlo? ¿Cómo? ¿Hace milagros? ¿Levita?

—Con un yogui auténtico nunca se sabe.

— ¿Es de los que se torturan, Jiddu? No me gusta esa gente; es algo muy desagradable.

—Confío que no; esa gente de la que hablas son los faquires. Lo hacen para ganarse la vida, como vuestros futbolistas. Los hay muy famosos y con muchísimos seguidores. Algunos son muy ricos.

— ¿Y qué hacemos al llegar a su cueva? ¿No habrá que postrarse o algo así?

—Piensa que estuvieras ante el Sumo Hacedor; algo se te ocurrirá, Sheila. Llegaremos enseguida, ya falta poco.

—Pues menos mal, porque ya está el sol bajo y vamos a tener que dormir en algún sitio. ¿Nos dejará dormir en la cueva? Bueno, no importa, hemos traído las esterillas. ¿Seguro que allí no hay serpientes venenosas?

—En India hay serpientes por todas partes, pero no tantas como tú piensas. Le pediremos permiso para pernoctar a su lado; y no es un gurú. No intenta dirigir ni manipular la vida de otras personas; o eso es lo que me han contado. Por eso quiero conocerle.

—Pues, mira, ya puede ser un dios o algo así pero como me hagáis dormir al raso con la cantidad de bichos venenosos que habrá por aquí nunca os lo perdonaré.

— ¡Sheila! No empieces otra vez. Te acuestas con el yogui y en paz. Lleva años viviendo aquí y aún está vivo; por algo será.

— ¿Qué me acueste con…el dios? Yokin, no empieces con tus chorradas, y tú, Jiddu, pegadito siempre a mi lado; estos dos están completamente pasados de revoluciones. ¡Y no fumes más de esa mierda! Apestamos todos.

El sol cae rápido en las latitudes ecuatoriales pero con las últimas claridades, ya se puede observar la constelación de Orión en lo alto del cielo y su perrito Proción, a su estela, es cuando nuestros excursionistas de lo fantástico consiguen llegar a la entrada de la cueva. El yogui, un abuelete escuálido, el típico santón hindú, está sentado sobre una piedra y les saluda agitando una mano, igual, igual, que hacen los turistas al paso de los monarcas o las celebridades actuales. Ya han llegado.

Quien no sabe lo que busca no sabe lo que encuentra dice el viejo adagio; al llegar los excursionistas ante el yogui Jiddu toma la iniciativa y arrodillándose con las manos unidas ante su rostro inclina la cabeza ante la mirada divertida del abuelito que se limita a posar una mano en el hombro del muchacho y le indica que pase al interior. Sheila, que se está tomando el asunto cada vez más a broma, ¡al fin! (este hombre tiene cara de hambre) se acerca y le ofrece una barrita de cereales, el yogui la toma, rompe la envoltura y la prueba. ¡Sonrisa de oreja a oreja! Adentro. Jipi intenta imitar a Jiddu pero lo que consigue es que el yogui le quite el sombrero de la cabeza y le dé con él unos cuantos sombrerazos. ¿Buena señal? la cara del santón pasa en instantes de los signos de furia al asomo de carcajada. ¡Apártate! le indica con un gesto y otro par de sombrerazos. Blanca no sabe qué hacer.

—Pasa tú delante, Yokin.

—No, pasa tú, que me estoy haciendo un peta. ¡No te va a hacer nada!

Blanca avanza unos pasos y enfrentándose al santón sentado le suelta un sencillo:

— ¡Buenas tardes! ¿Cómo está usted? ¿Hace buena tarde, verdad? Y le ofrece la mano para un cordial apretón.

Segundos de tensión, un minuto de incertidumbre; Blanca, con el brazo extendido, no baja los ojos ante la profunda mirada del santón. ¿Qué pasa? ¿Qué están haciendo? ¿Se hablan con la mirada o qué? Al fin el santón decide levantarse de la gran piedra y poniéndose a la altura de Blanca extiende su mano para el apretón a la vez que exclama un escueto:

—Fine Thanks. Come this way, please. —Indicándole a la chica la entrada de su cueva y después avanza directamente hasta Yokin y sin la menor consideración le arrebata el porro y se pone a fumar con unas caladas muy profundas. De un par de sombrerazos mete a Yokin y a Jipi, que estaba al margen, en el interior de la oscura cueva. Sheila y Blanca ya se han desprendido de las mochilas y con las linternas están buscando un rincón donde extender sus esterillas y sacos de dormir.

Noche en la cueva, noche observando el paso de las estrellas por la gran entrada, noche primigenia y frugal pues es una de las más cortas del año, noche silenciosa pues nadie se atreve a decir palabra esperando alguna frase o acción del santón, el cual se limita a sentarse en un rincón o a estirarse un poco en el suelo arenoso y dar una cabezada; noche misteriosa. ¿Qué va a pasar ahora? ¿Será un dios o un buda o algo así? ¿Qué podría hacer yo para alcanzar la iluminación? ¿Y si me fumara otro porro? Jiddu no discurre o no se nos alcanza, duerme como un tronco y ronca suavemente. No está acostumbrado a las caminatas lo suyo es pasarse horas delante de un ordenador.

Es de noche, ¿dónde veis o notáis algo raro? Suele ocurrir todos los días.

Poco después del amanecer y tras un frugal desayuno a base de barritas y refrescos isotónicos liofilizados que el santón acepta compartir, de cuatro sombrerazos echa a los excursionistas de su guarida yóguica y se vuelve a sentar, impávido, en su piedra de siempre. A punto está de quedarse con el sombrero del Jipi pero finalmente se lo lanza como si fuera un jugador de platos de playa.

Les despide saludando con la mano del mismo modo que les recibió. Una sonrisa de oreja a oreja y algún eructo es todo lo que pueden obtener del santón en el último instante y mirada fugitiva. De vuelta hacia la estación de tren, de nuevo el sendero a la orilla del arroyo, pisar las mismas piedras y charcos de ayer por la tarde. Jiddu camina unos pasos delante de los españoles, callado, silente, encerrado en sí mismo y su propia mente. Pero los españoles, los españoles, ¿Quién coño hace callar a un español?

—Bueno, y digo yo ¿para qué collons nos has traído aquí, Jipi? ¿Para dormir en una puñetera cueva? No digo yo que no salga barato, pero es que apenas he podido dar alguna cabezada.

—Ya lo sé Blanca; no sé, me esperaba otra cosa, no lo entiendo, yo también he dormido poco, estoy como alelado; y me da la impresión que el yogui dormía menos que yo. Se levantaba cada poco y andaba de aquí para allá y se acercaba a cada uno de nosotros.

—A mí tan solo se me acercó una vez. ¡Y me tocó el culo!

— ¿El culo? Estarías soñando, ¡que te va a sobar el culo! si es más inofensivo que un ratoncito.

—Me tocó aquí con un dedo, ¡sí! aquí mismo.

— ¡Ah! en el sacro. ¿Y qué pasó a continuación?

—Que me quedé dormida, frita en segundos.

— ¡Que curioso! A mí me hizo algo similar y también me dormí en segundos.

— ¿También te tocó el culo Yokin?

—No, fue aquí, en el ombligo. Se agachó a mi lado, me vio que estaba con los ojos abiertos, mirándole, y me pulsó con un dedo en el ombligo; oye, ¡y que en segundos estaba ya roncando!

—A mí también me tocó ese ET hindú. Pero fue en el pecho, en la flor del sujetador, ¡no mires tan fijamente o te sacudo!, y la misma solución, no desperté hasta dos horas después. Por cierto, no dices nada, Jipi. Y yo le vi cómo se agachaba junto a ti varias veces.

—Ya, os que no me atrevía a decirlo, no me fuerais a tomar por tonto.

—¡¡Más aún!! ¿Qué te hizo?

—Gracias Blanca, tú siempre tan expresiva. La primera vez me tocó con un dedo en el entrecejo y en cuanto desperté vino otra vez a mi lado y dejó el pulgar bien marcado en el centro de la frente. Y aún me parece que volvió una tercera vez para pulsarme aquí, en la base de la garganta; pero no estoy muy seguro, estaba como medio dormido, medio soñando o… ¡estaba teniendo visiones auténticas!

—Pues yo visiones no sé, no creo, ¡pero he tenido unos sueños! Y además de un vívido que no me lo creo, nunca había tenido sueños con esa intensidad, con esa realidad.

— ¿Recuerdas algo Blanca?

—Casi minuto a minuto. Me quedé dormida y soñé que participaba en una especie de desfile de lencería; las chicas estaban impresionantes, pero yo, yo, ¡estaba divina! Y cada poco salíamos al, no sé, como si fuera el salón de un palacio lleno de ricachones hindúes, y europeos, chinos, americanos, de todo, y se volvían locos con los modelos que exhibíamos. Con lo que babeaban se podría fregar el suelo del salón. ¡Una locura divertidísima! Venga a ofrecernos copas de champan y canapés riquísimos. ¡Es que parecía tan real! Qué pena que me despertase, ya le había echado el ojo a un ricachón hindú, ¡guapísimo!

—Pena que no estuviéramos en tu sueño los de mi peña, ¡Vaya fiestorro tuvimos anoche!

— ¿Anoche? Pero si estabas con nosotros en la cueva, ¿flipaste hasta Motrico?

—Pues eso sería porque no se entendería que esta mañana no haya probado ni bocado y tengo el estómago lleno. Tendré que hacerme un peta para bajarlo. ¿Por qué no paramos un poco? Ya estamos cerca de la ciudad.

— ¿Soñaste que estabas de cenorra?

— ¡Y qué cenorra! Yo, que casi nunca como dos platos seguidos, anoche estuve zampando de todo, oye, ¡pero que además yo también cocinaba! Y no sé hacer ni dos huevos fritos. Sí, vaya sueños los de anoche, os prepararía unas cocochas ahora mismo.

—Mira a ver si pescas alguna merluza en el río. Si comieras más y fumaras menos…

—No te pongas agria Sheila, toma echa unas caladas.

— ¡Quita eso de mi cara! ¡Lárgate con Jiddu! No soporto esa peste. Yo también soñé. No sé, sería la cueva; pero no me pareció un sueño. Fue, fue, otra cosa, ¡había tanta luz por todas partes y en todos nosotros!

Soñé, ya no sé si soñé, parece que todavía estoy allí, en esa montaña. Caminaba a duras penas, espantada, resbalando con los crampones sobre el hielo, dando trompicones, agotada, cayéndome una y otra vez, levantándome, el viento gélido me arrancaba las fuerzas, la desesperación me arrojaba por abismos infinitos, la soledad me conducía de la mano a la locura. ¡Estaba sola! Un horror interminable, siempre cuesta arriba, sin ver nada, solo niebla y frío, hambre que arrancaba aullidos de mis pobres tripas.

Otro resbalón, trompazo en la cabeza, menos mal que llevaba el casco puesto. Y al levantarme, casi gateando, veo delante de mí, allí plantado, luminoso, acogedor, cálido, ¡un refugio! El pavor desapareció en instantes y casi a la carrera alcancé la puerta y entré; una especie de onda de luz y calor dorados me traspasó al instante y me sentí, no sé, maravillosamente, alegre sin motivo, sonriente, ¿feliz?

¿Dónde estaba? ¿Dónde estoy? No tengo el coño para espantos y me encuentro esto. ¿Qué me está ocurriendo? Y no había nadie, no se oía una voz, un ruido, nada. Calor, un calorcito agradable y gentil. Me fui quitando los crampones, el casco, todo, el anorak y la chaqueta, todo me sobraba. En las perchas tan solo había colgada una vieja pelliza de piel y en un rincón un largo bastón de madera, como los que usan los pastores, nada más.

Las botas, ¡Uff! me costó un imperio desprenderme de ellas, parecía que se me hubieran pegado a los pies; los guantes, ¡tiritaba! pero aquel calor me estaba como resucitando.

— ¡Alguien a bordo! Grité sin pensar, sin saber por qué; vosotros sabéis cómo somos los montañeros. Escuché entonces una voz suave y melodiosa, con un cierto tono de retintín, decir:

—Pasen al fondo, pasen al fondo; al fondo hay sitio.

No me atrevía a quitarme los calcetines, creía que tenía los pies helados y que los calcetines se me habían pegado a la carne; por un tomate asomaba una uña completamente negra. Caminando como los patos dejé el pasillo de entrada y comencé a explorar el refugio. Ni idea, se parecía a cualquiera de los cien refugios en los que habré estado; yo venga a pensar: ¿Collado Jermoso? ¿El Goûter? ¿Es el Dhaulagiri lo que se ve por la ventana? ¿Dónde estoy?

En el salón hay una chimenea y cercano, sentado en una silla baja, hay un hombre sentado, de espaldas, escaso cabello oscuro, que gira la cabeza y me mira.

—Bienvenida, se bienvenida, siéntate donde quieras, hay bastante sitio. Los otros ya se han ido. ¿Quieres un vaso de leche caliente o prefieres una copa de vino?

No sabía qué decir, qué hacer, allí, de pie, mirando al ¿guarda? observando la sala, su extraña decoración, ¿fotos de galaxias, estrellas, planetas, en vez de montañas? La chimenea no parecía estar encendida y sin embargo la temperatura era elevada, daban ganas de quitarse la camiseta, había mucha luz en aquel refugio pero yo caminaba de aquí para allá, asombrada; por cada ventana que miraba la vista era de montañas y cordilleras diferentes.

— ¿Dónde estoy? ¿Quién es usted?

—Está usted en su casa, tome asiento donde quiera, tan solo soy una persona, como usted o los demás. Mire, ahí llegan otros dos.

Escuché ruidos y voces en la entrada y al asomar vi que acaban de entrar un par de montañeros, cara de estar tan terriblemente asustados como yo minutos antes; no sabía si eran japoneses o coreanos hasta que se desprendieron de los gorros y me saludaron juntando las palmas de las manos. ¡Me tomaban por la guardesa del refugio! Y, lo mejor de todo, nos entendíamos a la perfección, como si todos hablásemos la misma lengua universal sin acento alguno. No había terminado de indicarles el camino al salón y otro montañero estaba entrando por la puerta. Por la pinta, norteamericano. Le indiqué dónde podía dejar sus cosas y me fui para adentro con los japoneses.

Dos tipos de lo más agradable y simpático; esta vez sí acepté llenarme una copa de vino de una jarra de vidrio mientras los nipones se llenaban un gran par de jarras de leche; estaban ateridos. Yo aún temblequeaba un poco pero el primer buen trago me llenó el organismo de un calor inexplicable. ¿Esto es vino? El calor bajaba por mi garganta, el estómago, el vientre, las piernas, y me llegaba hasta los dedos de los pies que comenzaron a moverse como si tuvieran vida propia, renacidos. Los japoneses debían sentir algo similar con la leche pues al primer sorbo ya no paraban de saludar con la cabeza y la jarra en las manos; un sorbo una inclinación, otro sorbo otra inclinación; se la bebieron entera y fueron a repetir.

El guarda sonreía levemente observando nuestro curioso trío; debíamos parecerle los Hermanos Marx. ¡Me sirvo otra copa de brebaje! pero, de repente, mientras nosotros estábamos bebiendo y charlando, el guarda se levantó casi de un salto y salió disparado hacia la puerta; el americano estaba apoyado en el marco, medio cayéndose, y llevándose las manos al corazón.

– ¡Ayudadme! Nos ordenó el guarda.

Y entre los cuatro conseguimos llevar al yanqui hasta un butacón y echarlo a larga. No se quitaba las manos del corazón, como si le doliera intensamente, y mantenía los ojos cerrados con una mueca de intenso esfuerzo. El guarda puso su mano derecha sobre las manos del montañero y suavemente le dijo:

–Tranquilo, hombre, tranquilo; ya ha pasado. No es auténtico dolor, es solo el reflejo de un recuerdo. Relájate.

El yanqui al fin abrió los ojos, nos miró con ojos de alucinado y gritó:

– ¡Esto no es real! Yo, yo, ¡estoy muerto!

—Bueno, ¿y qué? Le dijo el guarda. ¿Y por eso va usted a rechazar nuestra compañía? ¿Qué prefiere leche o vino? Levántese.

– ¿Qué importa ahora lo que decida? ¿Hay alguna diferencia entre elegir una cosa u otra?

—Por supuesto, amigo. Si usted prefiere la leche en cuanto se sienta totalmente repuesto tomará sus cosas y bajará de la montaña para volver a la vida, a una vida muy similar a la que hace instantes tuvo que abandonar.

– ¿Y si toma el vino? Casi le grité yo con la segunda copa ya vacía en mi mano temblorosa.

El guarda se giró hacia mí y me habló mirándome fijamente a los ojos.

—Cuando usted quiera, me dijo, puede recoger sus cosas y seguir con su escalada personal. Es muy sabroso, al parecer, ese vino. ¿Quiere otra copa? Tómela, la jarra está llena.

– ¿Qué vuelva a ese infierno de fuera? ¿Y seguir subiendo? ¿A dónde? ¿Por dónde? ¿Cómo? ¿Yo sola?

—Me parece que nadie le dijo que iba a ser fácil llegar hasta donde se propuso al comenzar a escalar. Ni que iba a conseguirlo por un camino ya hoyado y marcado. Míreme a mí, yo tan solo he llegado hasta aquí; no he tenido fuerzas ni ánimos para seguir más adelante.

– ¿Más adelante? Perdone, pero, no le he visto a usted tomar un trago de nada.

—Cierto, aún no he decidido cuál de los dos brebajes tomar, por ello soy refugio y guardián, leche y vino, luz y oscuridad, frío y calor.

– ¿Y cómo he llegado yo a este lugar y con esta gente?

—Porque usted entró en mi corazón al persistir en venir hasta mi cueva, a pesar del terror que le causan las serpientes; yo tenía hambre y me dio de comer, yo, tan solo puedo ofrecerle algo de beber.

—Pero, entonces, entonces, ¡usted es…!

Y al girarse para entregarme una nueva copa de vino reconocí aquellos ojos y aquella sonrisa de oreja a oreja. ¡Era el yogui!

Me desperté cuando ya la claridad de la mañana entraba en la cueva. No me atrevía a deciros nada, no fuerais a tomarme por una pirada como Jipi, perdona, pero como hemos parado y hemos empezado a hacer confidencias… ¿Dónde está Jiddu? ¿No habrá seguido caminando?

—A estas horas estará ya en la estación, sacando billete para el primer tren que pase. Le noté muy afectado esta mañana y no habrá parado ni un minuto de caminar.

— ¡Pues anda que tú! Pareces transido, ¿por qué no nos cuentas lo que te ha pasado esta noche? ¡No fumes esa mierda de Yokin!

—De acuerdo, no tengo ganas ni de fumar, pero que sea camino del tren, quiero largarme de aquí cuanto antes. No pasaría otra noche en esta tierra por nada del mundo. ¡Qué sí! que os lo contaré en cuanto me sienta bien; pero coger las mochilas que nos vamos.

— ¿Te ocurre algo Jipi? Disculpa lo que te he dicho.

—Disculpa aceptada, Sheila, no hay necesidad de que pongas la mano en el corazón. No sé lo que me ocurre; caminemos, por favor, vámonos de aquí.

Sí, estaba en lo cierto Jipi, no les quedaba un tramo muy grande de sendero hasta llegar a un lugar civilizado y media hora después ya caminan por el andén de la estación. Jiddu está sentado en un banco y les saluda cuando llegan; extraño resulta que vengan los cuatros juntos y en silencio. ¿Caras de preocupación?

— ¿Os ha ocurrido algo por el camino? Llevo casi una hora esperando por vosotros.

—Aquí, Jipi, que se encontraría mal, raro, no sabe qué le ocurre, se desorienta constantemente, y no porque haya fumado algo de lo mío.

—A ver, amigo, dame las manos y dime qué te ocurre. ¿Me reconoces? Recuerda: España, León, Barrio Húmedo, ¡despedidas de solteros!, recuerda.

—Disculpa Jiddu, siento una fuerte punzada en el entrecejo y por momentos se me nubla la vista hasta dejarme ciego. Han tenido que hacer de lazarillos conmigo hasta llegar aquí. Necesito sentarme y comer algo sólido, a ver si se me pasa.

—Siéntate aquí y no te preocupes más. Llamaré a un vendedor ambulante de esa comida que tanto te gusta.

—Eso, eso, buena comida hindú y curries variados, no quiero volver a probar otra barrita. Tomaré también un paracetamol.

Pasado un rato ya más tranquilos y comunicativos todos Jiddu, que parecía toda la mañana una figura de un museo de cera consigue con su pobre nivel de lengua española que Jipi se anime a charlar y se relaje un poco. Por momentos parecía una estatua de piedra, debido a su rigidez extraña y su ceño fruncido.

— ¿Se te va pasando?

—Supongo. Esto no ha sido buena idea, mala, mala idea; debí quedarme pasando las vacaciones escalando en las Hoces de Vegacervera y no venir nunca a este país.

— ¿Por qué lo dices? No has parado de reírte y divertirte desde que nos conocimos en el aeropuerto de Frankfurt.

—No sé cómo explicarme Blanca, son sensaciones, cosas que veo sin mirar, angustias sin motivo, frases que escucho sin que nadie haya a mi lado, ¡no sé qué me está ocurriendo!

—Tranquilo, tranquilo, Jipi, tranquilo. ¿Otro paracetamol?

Después de una hora larga atendiendo al Jipi, blanco, lívido, pálido como la luna, sudando como un caballo, ¿no se te habrá cortado la digestión? Si no ha comido nada, prueba lo que te ha traído Jiddu, anda come algo; allá por el tercer paracetamol parece ir reaccionando.

— ¿Qué me ocurre Jiddu? No me quito al yogui de la cabeza.

—Por lo que sé y estoy viendo me parece que estás en poder del yogui. Yo no puedo hacer nada contra su magia poderosa.

— ¿Y quién, quién podría ayudarme?

—De un yogui solo puede librarte otro yogui mayor aún. No te preocupes, tienes suerte.

— ¿Suerte? ¡Estoy delirando! Me estoy muriendo o enloqueciendo o no sé qué. No sabes lo que pasa por mi cabeza y continuamente. ¿Qué debo hacer Jiddu? ¿Qué puedo hacer?

—Sacar billete para el próximo tren. Es un directo a Benarés. Allí encontrarás yoguis por docenas, alguno podrá ayudarte.

— ¿A Benarés? ¡A Benarés!

Jipi ya está corriendo hacia las taquillas para sacar billete dejando en el suelo su mochila y cosas y sentados como tontos a sus compañeros antes de que alguno pueda dar opinión alguna.

¡Otro viaje en tren por la India profunda! Solo falta que suban las vacas y los elefantes también, el jolgorio es tremendo y los niños, Jipi parece tener un imán oculto, no paran de ir y venir y sobarle a base de bien, pero logran el efecto de que el marasmo y el terror se vayan difuminando de su ánima penitente. Ya está calmado, ya sonríe, ¡cómo no vas a sonreír si estás en India! compra comida por la ventanilla en alguna parada, da mordisquitos antes de dársela a algún chaval. Vuelve a ser el mismo de siempre. Al menos eso parece, pero ¿podemos estar seguros?

— ¿Sabéis lo que os digo? Sheila, escucha, se me está ocurriendo, recordando tu sueño maravilloso, que podríamos, entre los cuatro, inventar una auténtica logopandocia mientras llegamos y no a destino.

— ¿Una logo qué? ¿Lobotomía? Yo te la haría con la navaja suiza, verás, en cuanto supures un poco se te pasaría…

— ¡Que no Yokin! que no es eso, solo permito que me ande en la cabeza mi peluquero de siempre. Logopandocia, crear una lengua universal con la que se entendieran todos los seres de la galaxia y entonces…

— ¡Podríamos ligar con todas las chicas de la India!

— ¡Y más allá! Galácticas, Yokin, seguro que hay chavalas galácticas y auténticas y si pudiéramos hablar con ellas entonces…

—Sheila, yo, en cuanto pueda me cambio de asiento. Debimos dejar a estos dos en la cueva y marcharnos con Jiddu. Están como chotas.

— ¿Con Jiddu? ¡Ja! no te creas, guapa, que el morenito estaba mejor que estos dos, tenía un acojone encima que ni te imaginas

— ¿Y eso?

—Algo me contó. Que se pasó la noche de Bollywood; ya sabes, cantando y bailando todos a coro. Y eso no es lo peor.

— ¿Qué tiene de malo soñar con cantar y bailar?

—Pues que está comprometido para casarse antes de final de año y, en su sueño, con la que, ya sabes, cantaba y bailaba, era otra. Una compañera de universidad que es de otra casta o clan o algo de eso. ¡Tiene un lío que ni te imaginas el chico!

—Pues que se case con las dos, ¿no hacen eso aquí?

—Me parece que solo los musulmanes, y él es hinduista, su padre es brahmán o algo así. Tiene un problema entre manos, me dio su teléfono por si le necesitamos. Qué pena que no pudiera acompañarnos.

Benarés, el fin del mundo en el centro del mundo mismo, otro principio de todas las cosas, otra marabunta inigualable. Benarés, donde las almas son lamparitas que brillan hacia la eternidad, Benarés, donde todo habrás de dejar atrás, sin más. Toma lo que necesites y deja lo que ya no desees. Pero nuestros cuatro expedicionarios inmarcesibles ni se han enterado aún perdidos y desarbolados por el tráfico imposible que se encuentran nada más salir de la estación ferroviaria. Coches y autobuses, camiones, motos, bicis, hasta vimanas deben pasar y cruzar por todos lados y todas las direcciones.

—Vosotros seguirme, pegaditos a mí, yo os guío. No veis que soy de León; allí también conducimos así.

—Mira Jipi, para un poco, nos tienes locas, pero locas, ¡eh! ¿Dónde nos llevas? ¿Dónde vamos?

—A un hotelito cerca del río, a cuatro pasos de los balnearios.

— ¿Balnearios? No me vendría mal un buen baño.

—Pues te lo das en el hotel, Blanca; algunos balnearios no dejan entrar si no eres hinduista. Pero tenemos el río a mano y ¡lo mejor de todo! se está celebrando el Festival de Rama, o Kalki o algo así, habrá docenas de gúrus y kalachakros y no sé cuántas cosas más.

— ¿Se te pasó el dolor de cabeza?

—Se ha difundido por todo el cráneo y me baja hasta la clavícula por lo menos. Estoy como los famosos monos, ni veo, ni oigo, ni digo más que sandeces.

—Entonces, ¡estás como siempre!

— ¡Pero yo sabía que era yo el que soltaba las chorradas o pensaba las tonterías y hacía las majaderías! Era yo el que tomaba las decisiones, ¿entiendes?

— ¿Y ahora?

—Ni puta idea. Cada vez que intento pensar por mí mismo se me pone un punto doloroso en el entrecejo y se me va la pinza totalmente. Me miro en la foto del pasaporte y no me reconozco en lo más mínimo, ¡como si fuera otro! ¿Entiendes? como si hubiera cambiado de personalidad o algo así.

— ¿No habrás cambiado también de sexo? Total, ya de paso que estás mutando.

—Me lo estará pensando, me lo estará pensando.

—Pero, ¿el qué?

—Y yo que sé. Por eso hemos venido aquí, necesitamos respuestas. ¡Umm! Me encanta la comida casera que hacen en esta tierra, venga, vamos a alojarnos y os invito a cenar.

Calles súper transitadas, puestos de comida deliciosa, (¡Nos vamos a volver vegetarianos! ¡Qué rica!) Templos y más templos de todos los tamaños y colores dedicados a todo tipo de santos y deidades. Jipi entra en todos, besa a todo el mundo, se arrodilla, exclama, aclama, implora, vocifera; nada. Al llegar al río, en un hueco que hay entre balnearios, se postra a los pies de un grupo de yoguis que se están fumando unos canutos tamaño Montecristo Nº 2, pero nada, le hacen carantoñas y le indican que vaya a bañarse al río.

— ¡Que estoy teniendo visiones de dioses!

— ¡Al río!

— ¡Que estoy discutiendo con los siete Rishis!

—Al río.

— ¡Que siento que tengo seis brazos! ¿Y solo dos piernas y un…? Da igual, con este aspecto sería un crack sirviendo copas en las discotecas de Ibiza. ¡¡Ayuda!!

—Que te están diciendo que tires al río, pesado. Que no les cuentes tu vida.

Cada vez más choto loco y más alucinado el pobre Jipi, pare donde pare, sube y baja escaleras, hable con quien hable todo el mundo le indica la misma dirección: al río. (Yo ahí no me meto, ¡menuda letrina!)

Reunidos de nuevo los cuatro escaladores en la habitación del hotelito cercano y ante el estado de excitación y trastorno, cada vez más evidente, de Jipi deciden que lo más aconsejable es regresar al río, ya es tarde y pronto anochecerá, de nuevo con los yoguis, tal vez consigan hacerse entender con ellos, y pueden llamar por teléfono a Jiddu para que les traduzca lo que dicen.

—Volvemos de nuevo a la orilla y tal vez allí recobres la calma y la cordura, ¡pareces poseído! Cálmate. Vamos y nos sentamos con los yoguis y nos fumamos unos buenos petas, ¿de acuerdo?

—Es que tengo como una especie de remolino que me horadara aquí, en el centro de la frente, y no hago más que alucinar constantemente.

—Pues venga, vamos, te acompañamos al río; no nos vas a dejar dormir con tu maturranga.

—Gracias Blanca, gracias a los tres. No sé qué sería de mí si estuviera ahora solo, en este estado.

Anochecer en Benarés, oscureciendo en las orillas del Ganges, el humo de las cremaciones oculta los últimos rayos del sol pero cientos de lamparitas iluminan el cauce del inmenso río camino del amor y la muerte. Hay gente lavándose en las orillas, entre los templos, en los balnearios, en las escalinatas, por todas partes. En el mismo rincón de siempre encuentran al grupo de yoguis meditando con diferentes asanas (unas posturas muy raras para que fluyan las corrientes energéticas o se te corte hasta la digestión; según sea tu constitución personal)

Anochece y el Jipi no encuentra solución a su alarmante estado de chifladura continuada y a la protección y presencia de los yoguis desnudos y sucios se acoge pidiendo su ayuda en todos los idiomas conocidos (ya es un auténtico logopandocio) hasta se lo pide en checovolsvopolaco. Al fin, un acólito de alguno de los yoguis presentes y que chana algo de inglés le hace entender que le aceptan a su lado, que puede quedarse con ellos a pasar la noche, si lo desea; estarán meditando.

– ¡Gracias! Gracias. –Jipi casi pega con la frente en el suelo con sus exageradas reverencias. ¿Qué tengo que hacer?

–Desnudarte es lo primero para que te acepten a su lado.

Dicho y hecho, en segundos Jipi ya está en calzoncillos y descalzo.

–Blanca, porfa, ¿me llevas mis cosas al hotel? ¡Vale! ¿Y ahora qué hago?

–Usted debe adoptar una postura para meditar al lado de nuestros sagrados santones.

– ¿Una postura? ¿Cualquiera? ¡Bah! Eso está chupao, ¡no os riais vosotros! Soy español, sabe usted.

En efecto, no solo a sus compañeros sino a todos los que contemplan la escenita termina por darles la risa al ver a Jipi intentar una tras otra las terribles asanas y verle darse trompazos o desencajarse hasta la mandíbula. ¿Imposible?, es español, tarados; está en lo cierto, para él no hay nada que no esté a su alcance pero tendría que estar años y años practicando antes de conseguir realizar correctamente alguna de esas filigranas de contorsionista. Desesperado, al borde del llanto, implorando a los impasibles yoguis consigue que uno de ellos le indique algo a uno de sus acólitos.

–Santón Kaliculi decir que usted deber hacer postura occidental, postura cristiana, o se le hará de día y no conseguirá nada.

– ¿Cristiana? ¡Joder! ¡De rodillas! claro, claro.

Se coloca al fin al lado de los santones de rodillas, el torso erguido, con palmas de las manos unidas, (Como las ponen los bodhisattvas, eso es; para Buda ya se ve que no valgo) a la altura del ombligo. Tieso como un álamo, ¿así? Uno de los yoguis asiente, incluso se levanta para corregirle la postura pues a los pocos segundos ya se comba como un junco para todos lados. Le pinta una raya en el entrecejo y le dice algo que no entiende. El acólito, apiadándose de este gañan, ¿cuántos occidentales como éste no habrá visto ya por estos parajes? le dice al oído:

—Santón Kaliculi decir que usted aguantar así, quieto, hasta la salida del sol, y usted completamente curado. Ahora respire, respire, respire correctamente.

No han pasado ni cinco minutos y, entre temblores y dolores, Jipi comprende que hará falta un milagro, un verdadero milagro, para que pueda aguantar toda la noche en semejante postura y con semejante tortura. (¿Cómo me dijo? ¡Ah! sí, que respire; eso lo sé hacer. Inspirar, eso, eso, inspirar y expirar, eso es. ¡Dios! Cómo me duelen las rodillas, me tiemblan hasta las orejas, me está sufriendo hasta el encéfalo. Tengo que resistir, ¡debo resistir!)

Al cabo de una hora escasa Jipi siente hasta los movimientos de su flora intestinal pero el ejemplo de la imperturbable presencia de los yoguis le anima a continuar. Los párpados se le caen de vez en cuando y deja de ver las estrellas y el río pero, como si presintieran, alguno de los yoguis, de vez en cuando, se levanta y le corrige la postura, o le echa ceniza por encima, o le hacen muecas de lo más obsceno delante de su propia jeta.

¿Cómo era aquello? Cada uno solo puede dar de lo que lleva en el morral; pero Jipi no cree tener nada, está en slip, le tiemblan hasta los pelillos de la nariz y una sensación de terror absoluto le tiene aún más paralizado que el propio deseo de mantenerse firme en su novedosa postura yóguica. Respirar, respirar bien, ¡no soy capaz! Ahora me da la risa tonta. Ahora me da por recordar las historias del Drukpa Kunley; será una venganza tántrica.

¿Qué hago? ¡Qué hago yo aquí! Cierra los ojos y contempla batallas que bien podrían ser de Kurus y Pandavas, los abre y le parece ver un ojo en el cielo hacia el que se precipitan estrellas y galaxias, hombres y dioses, todas las obras de los seres creados.

Cierra la boca y oye voces que le insultan, la abre y le parece ser forzado a decir obscenidades.

— ¡Aprieta el culo! que por ahí te entran. Le parece escuchar la voz de una amiga.

— ¿Blanca? ¿Eres tú, Blanca? Me quiero morir. Vale, vale, aprieto el culo. ¡Joputa!

Otra hora pasa a la orilla del Ganges pútrido, pestífero, aterrador a estas horas nocturnas; el humo de las hogueras y el hedor de los cadáveres llegan plenos y profundos al agudizado olfato del empedernido escalador español. Arcadas, vómitos, babas, hipo, el pobre está que revienta de tanto sujetar su esfínter y, al aflojar un momento la tensión de los glúteos, se va por las patas abajo. Ya no sabe a qué santo recurrir. ¡Qué olor! Estoy completamente podrido. ¡Cierra los ojos!, ni se te ocurra mirar la peste que has soltado en tus propias piernas.

—Toma, inhala un poco de mi mierda y termina ya de echarlo todo.

— ¿Eres tú Yokin? Por el olor yo diría que es…

—La mejor grifa que nunca ha salido de todo el Magreb. Inhala.

—Pero, ¿tú dónde estás que no te veo? ¿Detrás de mí? Es buena esta mierda.

—Durmiendo en el hotel, ¡no te jode! Aquí iba a quedarme yo, con el frío que hace. ¿No eras tú el que quería iluminarse? Pues jódete y aguanta.

—La iluminación, ya, era eso, la iluminación. ¿No podrías sacarme la frontal de la mochila y traérmela? Estoy en un abismo oscuro y no veo nada de nada, me palpo y no me siento, me hablo y no me escucho, ¡ayúdame Yokin!

—Que te ayude tu padre, cazurro, que yo estoy durmiendo con las dos chavalas. Agur.

Otra hora más de terror y angustia en la orilla del Ganges, tieso como una vela, ¿tieso? yo diría que tiembla más que su llama. ¿Le escuchamos parlotear en su cháchara interior?

— ¿Cocodrilos? ¡Eso son cocodrilos que devoran cadáveres! ¡Vendrán por mí! Ya están aquí, estoy en sus fauces, no tengo salvación. Cierra los ojos y nos les verás.

Y ahora mandalas, mandalas y más mandalas aparecen en su visión interior y terrorífica, y los demonios le conducen a su universo pavoroso. Le arrancan mechones de cabello. ¡Que no soy el Yeti! Solo alcanza a decir en su defensa. ¡Y ahora me quieren devorar los sesos! Señor, Señor, compasión te pido.

Uno de los yoguis, ¡no! no es Kaliculi amigo, se apiada en este momento del sufrimiento ajeno y le rescata del infierno tántrico dándole una fuerte palmada en la espalda.

—Gracias. Alcanza a decir Jipi.

Pero es para peor, en instantes se ve caer en el infierno de los Nagas, mientras el yogui se tira un pedo enciclopédico en su propia cara, un pedo olímpico, pestífero, inigualable: lo que hace el yoga.

Serpientes, millones de serpientes, hombres serpientes, diosecillas serpientes, (¡Jo! vaya tetas tiene esa) el mundo final para quien se arrastra buscando La Verdad Hinduista. Serpientes con cuernos, con colmillos, con una dentadura de oso polar, etc. etc. etc. No os quiero cansar que el chico lo está pasando auténticamente mal. Nagas y Devas, tumba y ultratumba pleitean por el ánima exhausta del escalador, mientras se lo hacen pasar verdaderamente putas. ¿Dónde iba este occidental vacilón y sandunguero? No me peguéis, no me peguéis, ¿os gusta la Bossa Nova? Recuerdo una canción, ¡sí! Chica de Ipanema, os encantará. Se nota cantando esa preciosa canción en los adentros de su coco podrido y a punto de convertirse en pura gelatina.

Respuesta: ¡Un bofetón! Un bofetón que le pone el mentón en el hombro izquierdo.

– ¡Uff! Esto va a ser jodido de aguantar, pero jodido, jodido. Otra hostia como esa y voy a parecer la niña del Exorcista. No saldré de ésta, no saldré de ésta, ¡No saldré de ésta!

– ¿Te quieres callar de una puta vez? No hay quien pegue ojo contigo.

– ¿Quién eres?

– ¿Quién voy a ser? Tu querida bailarina cordobesa, cabestro, Aprovecha que los distraigo para beber algo de vino, estás que te caes.

Julio Romero de Torres hubiera dado una mano por poder retratar a esta preciosa piconera, sus bailes flamencos obran en instantes efectos taumatúrgicos en demonios y pequeñas deidades del panteón hinduista embelesados por el movimiento de sus caderas y la cola de faralaes y el taconeo maravilloso de sus pies desnudos. Sheila está que se desborda, es todas las niñas de Cádiz, el embrujo moro, el duende gitano, el poder de la copla española en un solo cuerpo reunido. Ojos atónitos, deidades babeantes, grandísimos interrogantes.

– ¿Es una extraña deidad tamil?

– ¿Una hija desconocida del Señor Rama?

– ¿Kalki disfrazada?

Maravillados por el prodigioso despliegue de la voz inmensa de Rocío Jurado, ¡sí! ella, ella, la Jurado, la que está poniendo la voz y el Maestro Falla parece que sonriera desde un cielo dorado entre las nubes mientras escucha la Canción de la Danza del Fuego Fatuo; los giros y la gracia andaluza terminan dejando sencillamente estupefactos a dioses y genios de toda la cultura indostánica.

– ¡Y viva España! No puede por menos que exclamar Sheila tras concluir mirando desafiante a toda la concurrencia que en su redor se agolpa. —Mira que sois feos, ¡mi arma!

—Gracias Sheila; muy bueno estaba el vino, ¿Rioja? ¿Rivera del Duero? Exquisito, te debo una, vale, vale, sigo con la postura.

La noche y el río, las esferas celestes, todos los panteones orientales, ¿También han venido Zoroastro y todos los babilónicos? ¡Los Annunakis con alas!

— ¡Señor! Señor, estoy perdido entre delirios constantes, los calambres me están matando, la mandíbula se me cae y me babo como un bebé, me he meado todo lo que soñé beber, me he cagado todo lo comido y por comer, he sudado todo lo habido y por haber, la ceniza se me pega y tapona cada poro de mi ser, el hedor de mis vómitos ofende a mi cerebro hasta más no poder. ¡Esta peste tumbaría a un elefante! Me caigo. No puedo. No resisto. Señor, necesito un milagro, un milagro o no llegaré a ver amanecer. Me caigo, me caigo.

No es un río lo que tengo delante, es el fluir incesante de creaciones infinitas y también sus finales. No es agua, son constelaciones, galaxias, ramificaciones de cosas estelares; todo pasa ante mí, todo fluye suavemente, todo me lleva hacia… ¡Uff!

Jipi nota entonces un golpe en la crisma y comienza a derivar en sus delirios hacia los paradigmas occidentales; su organismo, su ánima entera, transido de dolor, abandona los fértiles campos orientales.

— ¡Se nos va!

— ¡Huye!

—Pues lo va a pasar aún peor, los de allí son mucho más malos.

— ¿Cómo podrá curarse bañándose en los males occidentales?

No puede evitarlo, ya no es él mismo, ¿o sí? no se sabe ya. Una espesa niebla lo cubre todo y de pronto Jipi se encuentra ante un aquelarre de dioses y monstruos occidentales; hasta las gárgolas bajan de las catedrales para unirse al festín que se está preparando.

Gentes, ¿Es gente, no? que se reúnen y bailan en una plaza mayor, ahí traen a los tontos de capirote, los racionalistas, los filósofos, científicos, gente de buena fe, con los capirotes a cuestas y los hábitos de falsos penitentes y herejes, alguno le traen montado en burra, ¡este quería ser político! ahora sí que no te vas a poder bajar nunca de ella.

— ¡Tenemos que discurrir! Exclama uno de ellos.

— ¡Tenemos que acordar entre todos juntos! Grita otro.

—Podríamos llegar a un consenso, le dice a las losas del suelo otro de los condenados.

Estos serán los primeros que arderán en la hoguera. Por idiotas. Y alguno que estaba pensando librarse de la quema lo tiran desde lo alto del campanario. ¡Y a los demás les vareamos! Una buena zurra es lo que necesitan para entrar de nuevo en nuestra sinrazón.

— ¡Por dios! Un poco más, grita un guirrio. —Un poco más y tengo que sumar y restar cada vez que intento estafar. ¡No hay derecho!

— ¡No hay derecho! ¡No hay derecho! Exclama la multitud de guirrios y birrias agitando sus largas varas. Y se lanzan a soltar zurriagazos a todo bicho presente.

Una viejecita le cuenta al oído del Jipi que ya estaban hartos, ¡que tenían que declararlo todo! Y claro, hemos estallado. Tú, lo comprendes verdad, se nota que eres de aquí. Y la abuelita le lleva de la mano a otra plaza donde están celebrando el culto.

—Disculpe, abuela, pero es que yo no soy mucho de…, usted me entiende, ¿verdad?

—Tú te pones a adorar como todos los demás, ¿o es que te has hecho moro? De hinojos te pondrás, como todos.

En el centro de la plaza han construido un avioncito de madera, una especie de falla valenciana, ¿un avión de cartón piedra? ¿Esto qué es?

− ¡Adoremos al avión! Exclama el obispillo. −La nave que nos llevará al cielo excelso y su reino eterno.

Y toda la concurrencia se arroja al suelo, se hincan de horcajas en el frío cemento, y claman de rodillas y hacen gran adoración al aviador inmortal que les llevará, de seguro, más allá de las estrellas del firmamento.

Un mutante translúcido, posthumano, y transsexuado seguramente, se atreve a caminar entre la gente hasta la altura de Jipi.

− ¿Tú qué eres? ¿Masón? Le dice al oído.

−Lo mío no es poner ladrillos y tampoco ponerme a hacer el ganso cuando me estoy muriendo por dentro.

−Entonces ven conmigo. Deja la plebe abyecta que se arrastre como debe.

Y le conduce a un lugar apartado, un rincón oscuro, por callejuelas sombrías, lejos de las plazas y la carnavalada inmensa.

−Eres, sin duda, el elegido, el mensajero, eres lo más de lo más, el ultra plus.

− ¿Eres marica? ¿No? Pues deja de sobarme.

−Soy sososexual, necesito agitar mucho mis plumas para llegar al clímax final.

− ¿Dónde me conduces? Estoy en la última agonía, necesito la extremaunción o algo similar.

− ¡La extrema! Nosotros somos tu salvación y tú nuestro nuevo salvador. Ven por aquí.

Parecen calles angostas y maravillosas por las que caminan, tal vez sea Praga, tal vez Toledo, algo europeo con un toque chic, fan, irreal, y fluctuante. Y caminan hasta llegar a la parte trasera de un gran edificio que podría ser un palacio ducal o cine del siglo XX. Dentro hay una especie de baile de máscaras, otro tipo de carnaval, que se representa dentro del gran teatro Emperador del mundo mundial. Las máscaras caminan en parejas, se frotan en tríos, se pulen en cuádruples, y se agostan en montones por los rincones.

Los más se agolpan hacia el escenario hacia donde Jipi es trabajosamente conducido por su amigo plumífero y con zancos. (¿Cómo puedes andar con esos tacones?) Un ballet con todas las chicas del Paradis Latin o similar cabaret están exhibiéndose en estrecha formación aguantando impertérritas las burradas que les sueltan los espectadores. Tras ellas, en el centro del escenario, hay una especie de altar y tras eso hay un gran trono, y superándolo todo, inmensa, una moneda brilla y destella; sentado en el trono se muestra un hombre, parece uno de esos que anuncian calzoncillos pues no para de lucir tableta de chocolate y un buen bulto debajo.

Cuando las chicas del ballet se retiran y las luces enfocan al figurín las mujeres, ¡y los hombres también! comienzan a vitorearle y lanzarle bragas, sujetadores, consoladores, vibradores y otras cosas que mejor no mencionar. Los hombres se humillan, lloran, se tiran de los cabellos. ¡Tantas horas de gimnasio y sigo con barriga! ¡Voy ya por la quinta dieta y sigo engordando! ¡Me he hecho vegano y sigo reteniendo líquidos! ¡¡Ayúdanos!! Oh, tú. ¡Gran Pollón!, Altísimo Representante del Gran Monedón. Nuestro Dios Único y Verdadero.

El griterío de los varones barrigones espabila sin querer a Jipi, que está sencillamente que se cae, y mirando en torno suyo le hace exclamar cayendo de rodillas:

— ¡Señor! ¡Señor! ¿Qué mal hice yo naciendo aquí? ¿Estoy acaso pagando por el pecado de mis padres o cometí alguno nefando en mis peores sueños?

Alzando los ojos hacia uno de los palcos le parece entrever a un Plutón mayúsculo y a su lado una lasciva Proserpina que se lo está comiendo con los ojos ocultos por los anteojos.

— ¿Es tonto ese rubio? ¿Qué hace aquí? No es de los nuestros.

—No, no lo es, pero de tonto tiene bastante. Buscaba La Verdad, ¿no te hace gracia?

—Ahora que lo dices valdría para actor, es muy guapo.

—Y así poder visitarle tú en los camerinos. Estoy pensando en mandarle a los sótanos, para que trabaje con los motores y levantando las tramoyas que mueven los escenarios. ¿Qué opinas reina?

—No le entierres tan pronto, ¡es tan joven! tan audaz. ¿Buscaba La Verdad? Qué iluso, qué romántico, (me derrito por sus huesitos) Mándale a trabajar con el proyectista de filmes, que consuma sus días poniendo y montando películas para deleite nuestro.

Dicho y hecho, para algo son dioses auténticos y occidentales, ya está Jipi cargando rollos de películas para montar en el proyector. Rollos y más rollos. ¡Tarzán y las amazonas! Esta mola. El padrino, es genial; pues mira que bien, condenado a divinis a cargar, proyectar y ver todas las películas que ha concebido el genio occidental.

Pronto llegará al hastío, inconsciente del espacio y el tiempo, ausente, ni un mínimo signo de conciencia debe palpitar en su agotado corazón ignorante de su condena, que ni Tántalo soportaría. Pues su humanidad parece haberse ido por el ventanuco con las luces del proyector.

— ¿Qué soy ahora? ¿Un zombi, el Golem? Pobre de mí, perdido para siempre. Nada me podrá salvar de esto. Qué aburrimiento.

— (Mira que eres bobo, ¡mira por la ventanilla!)

— ¿Esa voz? ¿Jiddu? ¿Eres tú? Que mire por…

En la gran pantalla se está proyectando una fastuosa película de Bollywood, con docenas de cantantes y bailarines entonando una preciosa canción romántica. En escasos segundos ya está Jipi, encerrado en el cuartito de los proyectores, intentando seguir el cántico y el ritmo y movimientos de los actores. ¡Qué pasada! Jiddu es un fuera de serie, lo que daría por poder bailar a su lado.

No lo puede evitar, en sus últimos estertores, cuando ya siente a La Parca llamar a la puerta del cuarto, no puede por menos que bailar y bailar, ¡Bailar! ¡Cantar! Señor, ¡Nosotros nacimos para eso! Es mi espíritu humano, es mi amor danzón, es mi ánima animal, lo que baila. ¡No pudo ser y muero! pero muero cantando y danzando, no di para más en mi puñetera vida. Esto no da para más. Mejor morir ya.

Cree que exhala su último aliento expulsando el último veneno por los lacrimales escuchando la preciosa canción que Jiddu está entonando y cuando le parece que se va definitivamente al suelo para no volverse a levantar siente que algo, alguien, una cosa, ente, incognita extrema, le sujeta y mantiene en pie.

Derecho, firme, incólume, ya ni babas le salen y se está comiendo los mocos de puro hambre y sed, pero está aquí, presente, de nuevo presente en sí mismo.

— ¿Estoy de nuevo en India? ¿Eso que huelo sigue siendo el Ganges? ¿Por qué? ¿Por qué no llega el amanecer?

—Pero si ya hace rato que es de día, idiota. ¿No ves el sol y que te has quedado solo?

— ¿De día? ¿Sheila? Es que las cenizas me han tapado los ojos y no veo un pijo. Un momento. Quítamelas de los ojos.

Ante Jipi se despliega el Ganges en todo su esplendor y un sol inmenso, el sol hindú, una paella ardiente y dorada brilla ante sus ojos, inigualable.

— ¿Blanca? ¡Blanca!

— ¿Qué? ¿Qué te pasa ahora pirado? ¿Por qué no te levantas?

— ¿Dónde? ¿Dónde están los yoguis? Necesito consejo, tengo un millón de preguntas por hacer, ¿dónde están?

—Se fueron a desayunar al vernos llegar. ¿Vas a estar así mucho rato?

– ¡No puedo moverme! Pesa sobre mí la terrible maldición del yogui supremo de la última realización positiva, átmica e irreal. ¡No puedo moverme!

Moriré en las sagradas orillas del Ganges, quemaréis mi cuerpo con maderas nobles y olorosas y unas gotas de Chanel Nº 5, por favor, en recuerdo a una novia que me abandonó, me vendría bien en mi óbito final. Me voy, os dejo. Ya no me queda nada aquí, ya no soy, ya no fui, no seré, adiós.

—Avisa cuando palmes de una puta vez que me voy a hacer otro peta entre mientras.

—Eres un bruto Yokin, no ves que lo ha pasado fatal toda la noche aquí tieso. ¿Qué podemos hacer por ti Jipi? ¿En qué podemos ayudarte?

—No sé, no sé, ya no recibo, os dejo, es lo que siento, me voy, me muero por dentro. El sol es terrible en esta tierra, Blanca, ¿puedes ponerme el sombrero? ¿Lo habéis traído?

—Claro, hombre; tu sombrero y todo lo demás. Ya no recuerdas que eres atópico y no puedes ver el sol ni pintura. Toma, tu sombrero, pesado, que eres un pesado, ¡tu precioso sombrerito!

¿Tópico? No, ha dicho atópico, ¿atópico? ¡Atópico!

—Joder, yo soy atópico.

Como si una reacción atómica, que digo, un nuevo Big Bang se desencadenara en el interior del explorador galáctico, en instantes se arroja al suelo, rueda, se desentumece y estira y se lanza aullando escaleras abajo hasta tirarse de cabeza al río.

– ¡Ves! lo que yo te decía Blanca, lo que no pueden todos los yoguis del mundo y los santones variados lo alcanzan los terrores verdaderos. Este huye más del sol que el propio Drácula. A ver si ahora se ahoga.

—Ya, pero lo que no alcanzo a comprender es cómo fue capaz de aguantar toda la noche de rodillas y con los yoguis choteándose de él. ¿Cómo lo hizo? ¿Cómo lo logró este pirado?

—Pues habrá sido un milagro, un milagro más en Benarés; yo estaría por empezar a creer, pues.

— ¡Que no fumes esa mierda! O te vas tú también al agua.

Un sombrero de montañero, un sombrerito occidental va hundiéndose en las oscuras aguas del río arrastrando consigo la terrible maldición de los poderes mágicos del yoga auténtico, y en la orilla emerge un joven atolondrado y, esperemos, que escarmentado.

Una cosa es el buen humor y otra la burla profana hacia lo que a otros les parece sagrado. Confiemos que de aquí en adelante sepa mostrar respeto auténtico hacia otras personas, y hacia sus realizaciones, que no todas son tangibles; y algo nos dice que Jipi ya se ha dado algo de cuenta. Y si no, cada vez que note dolor en las rodillas, subiendo y bajando sus amadas montañas, algo se lo hará recordar.

Algo como si fuera el recuerdo de una broma macabra y terrible de alguien a quien despreció por su aspecto exterior.

(¡Mira, nos saluda con la manita! ¿No le veís?)

Estrambóticos paracélticos

Extravíos alquímicos y otros lunáticos aspectos

Este pequeño cuento es un sentido homenaje a los boticarios y boticarias, a los que tanto debo, y a sus antecesores que tanto buscaron curación para los males del cuerpo, e incluso del alma. Aunque a estos últimos se les solía llamar alquimistas.
¿No sabéis que es la alquimia? ¿Nunca oísteis hablar de ella? Pues leer este cuento fantástico e iluminaros completamente.

¡Esa estrella! ¡Mira esa estrella! En el cenit mismo, ¿una estrella que se va? Se ha movido y ¿se ha ido? ¡Desapareció! ¿Tú has visto lo mismo que yo?

—Pues sí, Theophrastus, también lo he visto y estoy igual de sorprendido. Vayamos prestos al laboratorio y consultemos el natalicio del día. En las cartas astronómicas podremos descubrir cuál es la estrella que ha desaparecido.

— ¡Pero eso es magia celeste! ¡Las estrellas no se mueven y desaparecen! Son inmutables; algo terrible va a ocurrir.

—Tal vez no tanto como pensábamos, abandona esa agitación y vayamos al calor de los hornos y retortas; está muy fresca la mañana.

Las callejuelas del Madrid imperial se hacen eco de los pasos de esta pareja de caminantes inquietos, con sus largos capotes y sombreros de ala ancha van dando trompicones a la escasa luz de un viejo candil cuando las primeras luces del alba clarean las calles que suben desde la puerta de Toledo. En un sótano de la Plaza de la Paja, bajo un antiguo edificio que fue tejera en época musulmana, se encuentra el más secreto e importante taller de alquimia del Imperio Español y alrededores. Theophrastus y Bombastus son los nombres alados y secretos de los investigadores que, pero casi insignificante a sus ojos, tienen para el común y la Corte los títulos de físico y boticario del rey Carlos II, alias El Hechizado.

Desconocidas dolencias mantienen año tras año al rey postrado y apartado de sus deberes naturales, ha de comulgar en la cama, y el cardenal Portocarrero ha contratado a los dos químicos más famosos de España para que encuentren remedio a sus males.

— ¡Dame esa carta astral! Yo prepararé el natalicio inmediato de esta hora histórica. Tú atiza los hornos.

—Ten las cartas y horarios, agitado, ¡estás mercurial! yo no las necesito para reconocer que hemos visto un prodigio.

— ¿Quién es el astrólogo real? Yo, lo tuyo son las pócimas.

—No necesito mirar las cartas, son muchas las noches que he velado contigo buscando en las estrellas explicación alguna a los males del reino.

— ¿Y? Ves, ya tengo el horóscopo del día; triangularé los aspectos rápidamente, ¡Aggg! ¡Cuadraturas! ¡Cuadraturas!

—Vimos una estrella tan brillante como Venus pareja a Capella en la constelación del Auriga. Una estrella nueva y desconocida pero antes de que pudiéramos efectuar la menor de las cábalas la estrella se movió hacia el norte raudamente, ¡y desapareció! No encontrarás explicación en las cartas.

– ¡Consultaré el manuscrito que tenemos del afamado Juan Kepler! Recuerdo haber leído algo sobre una estrella nova que él mismo observó. Contiene ideas que desafían nuestras creencias, una nueva visión del Cosmos, ¡tal vez nos diga algo sobre este suceso histórico!

—Nada te aclarará, su estrella nova se vio durante 18 meses fija en el cielo, la nuestra instantes. Ni sus teorías ni observaciones nos sirven de algo. Tal vez encontremos algo en las cartas de nuestro amigo inglés, ¡deberíamos escribirle!

– ¡En plena carrera por lograrlo te carteas con el rival! A ese águila ni agua, es un monstruo; y además, está totalmente loco, como una chota, olvídalo, es un tipo peligroso y de una inteligencia demoníaca.

—No digas eso de nuestro amigo Arthefio. Sus Principia Matemática son un prodigio científico y sus suposiciones sobre el movimiento de los cuerpos celestes superan con mucho todo lo alcanzado por Kepler. Nosotros hemos visto otra cosa.

—Otra cosa, ¿pero qué?

La mañana veraniega transcurre plácida y luminosa y nuestros laboriosos espagiritas apenas paran un rato para almorzar y otro para merendar enfrascados en la consecución de sus pócimas secretas, y tan solo a la caída del sol deciden salir hacia la posada de Huertas y refrescarse y despedir el día con una buena jarra de vino.

Una maravillosa luna dorada se eleva en el cielo, es la luna de la cosecha y el frescor de las huertas cercanas alivia el calor veraniego; pero es el vino fresco lo que remoja gargantas y estómagos tras tantas horas entre hornos y retortas, legajos y rancios tomos de extrañas materias que guardan en cofres y baúles candados. Al segundo vaso ya se desatan sus lenguas y están por requerir una segunda jarra de clarete.

– ¡No puedo dejar de pensar en lo que vimos esta madrugada! Esperemos a que aparezcan las estrellas, tal vez observemos algún indicio plausible.

—Te he notado bastante ausente todo el día; conseguir el ansiado vitriolo va a resultar mucho más arduo de lo imaginado.

—Tenemos que dejar esta locura, es un gasto desproporcionado y, de todos modos, no serviría para el fin buscado.

—¡Qué no serviría! Bombastus, aquieta tu corazón y refrena tu larga lengua. Si nos escucha algún espía no veremos la próxima aurora.

—Te lo diré al oído. Los males del rey están más allá de nuestros conocimientos y de los de cualquier persona de este mundo. Le llevo tratando doce años y lo suyo no tiene remedio; que se muera en paz es lo más que podríamos lograr.

—Yo también he pensado muchas veces eso mismo. ¡Pero si tuviésemos el vitriolo…!

—Te lo tomarías tú para echarte una nueva amante. Observo cómo miras de continuo a la cantinera, viejo chocho.

—Disculpa, viejo amigo; ya sabes, este viejo pellejo esconde el corazón de un gañan de pueblo.

—De aldea, que yo también soy gallego. Mira la dorada luna y usa tus ojos claros.

—¿La luna? ¡Ah! Ya, que parece haber crecido, como si se hubiese hinchado. Va a estar en lo cierto Kepler con sus órbitas elípticas.

—Piensa un poco más. Vuelve a mirar, ¡deja ya a la mesonera! Vale, sí, nos traes otra jarra. Recuerda la Capella desaparecida.

—¿Y? Vaya ubres tiene la moza; ya, el vitriolo, tenemos que conseguir ese vitriolo cuanto antes. ¡Que no me des cachetes! Sí, ya, la Capella que se fue, ¿y qué? ¿En qué nos cambia la vida eso? Las cartas astrológicas no dicen nada de estrellas que cambian de sitio y desaparecen.

—Pero sí nos están diciendo algo alto y claro.

—¿El qué?

—Esa estrella no estaba ayer ni en momento alguno de la historia. He repasado cartas árabes, turcas, todo lo que tenemos, ¡y Capella nunca tuvo una hermana más brillante que Júpiter o Venus!

—Tal vez nadie se dio cuenta y…

— ¿Desde Babilonia hasta aquí nunca nadie la había visto? Recuerda a los Reyes Magos.

— ¡Eh! ¡Ah! Ya, vieron nacer una estrella y la siguieron hasta Belén.

— ¡Pero su viaje debió durar meses! Y la nueva que nosotros vimos desapareció en instantes. ¡Fumm! Y desapareció de nuestra vista como si el universo del que surgió se la hubiese tragado.

— ¿En qué estás pensando? Parece que fueras a comerte la luna con la boca tan abierta.

— ¡Teo! ¿Y si no fuese una estrella? Pásame la jarra y respóndeme a una pregunta. ¿En qué diablos consiste la Gran Obra?

—Conseguir un elemento luminoso que… ¿Quieres decir que lo que vimos en el cielo…?.¡Pero la retorta sería inmensa! ¡Del tamaño…! ¡Del tamaño!

—No sabemos su tamaño pero sí vimos su luz. Nos está indicando el camino.

— ¿Qué propones?

—Que volvamos a nuestro taller secreto y retomemos la Obra.

— ¿La noche en vela? Mañana tenemos que estar en el Alcázar a las diez en punto.

—Estaremos, no te preocupes. También la mesonera seguirá aquí para tu deleite.

Es una de las últimas noches de verano, el otoño ya envía claras señales y los viñedos se encuentran rebosantes; en un rincón oculto de la capital del reino dos hombres se afanan laboriosos en sorprendentes actividades. Están soplando una retorta de un tamaño como no se vio jamás; Bombastus no tiene una inmerecida fama de poseer la mejor botica de Castilla pero lo que muchos ignoran en la propia Corte, que tanto y tan a menudo le reclama y frecuenta, es que se trata de un prodigioso alfarero y experto soplador. Cerámicas y matraces y un sin fin de diversos cacharros han salido de sus propias manos y labores en los hornos.

A mayor reto mayor esfuerzo y creatividad. Theophrastus no para de consultar libros alquímicos y grabados de lo más curioso buscando referencias con las que poder enfrentar el mayor de los retos humanos: la Gran Obra Alquímica. La agonía del monarca y la pugna con las mejores cabezas de Europa por ser los primeros en conseguirlo se han unido para que se reafirmen en el empeño: ¡ahora o nunca!

—Iremos por la Vía Seca, deprisita y a la carrera.

—¡No! Ni se te ocurra comentarlo, no quiero saltar por los aires. Iremos por la Vía Húmeda y si tardamos dos meses, dos meses, y si son tres, pues tres. Pondré todo mi empeño en lograr una verdadera quintaesencia; ten paciencia. ¡Y lo conseguiremos en una cantidad nunca lograda!

—No es solo por la cantidad que me estoy entusiasmando, es que también se me están ocurriendo ideas novedosas que pueden sernos de gran utilidad. Variaciones sobre los errores cometidos por los Maestros.

—Déjalo; ya llegó mi mancebo de confianza, él cuidará los fuegos y podemos irnos a descansar y desayunar algo. Recuerda, al mediodía debemos estar en las estancias reales.

—Allí estaré, no te preocupes, nunca olvido quien paga todo esto.

Mes de octubre de 1.700, las primeras hojas de los árboles se desprenden de las ramas con los primeros cierzos y los guardias reales han mudado ya sus ropajes a los invernales aunque al mediodía todavía el sol calienta de lo lindo. Idas y venidas de los dos químicos (tan solo el rey conoce su oculto oficio) de la botica al dormitorio real con los más insólitos remedios que humanamente se les ocurren. Pero el rey decae día tras día ante sus ojos, apenas es capaz de musitar a ratos una letanía mirando fijamente un cuadro de San Francisco de Asís a los pies del Cristo Alado; ya mandó redactar testamento y recibió los Sacramentos en el día de San Froilán, y cuando tiene algún momento de lucidez y les reconoce no hace más que preguntar por su labor secreta.

– ¿Cuánto os queda? ¿Cuánto os queda? –Susurra lánguidamente.

–No lo sabemos, majestad, lo ignoramos.

–La Gran Obra no se puede forzar y estamos intentando llevarla a cabo en una magnitud nunca lograda.

–Rezaré a los santos para que logréis conseguir vuestro propósito; será un gran bien para la salud de mis reinos. No desfallezcáis, no cejéis, seguir, seguir.

Fue la última vez que escucharon hablar al rey Carlos, era el día de la Virgen del Pilar, los siguientes días estaba completamente ido, inconsciente de las terribles intrigas que se estaban formando a las puertas mismas de su dormitorio. Correría la sangre, eso seguro; no había acuerdo posible entre las dos facciones en liza. Solo cabe persignarse y esperar el desenlace fatal.

Día de Todos los Santos en Madrid, tarde luminosa y fresca; por los Santos nieve en los altos, repiten los abuelos a los zagales mientras el mancebo sortea grupos de gente en su carrera hacia el sótano oculto. Baja las escaleras de cuatro saltos y grita:

– ¡El rey ha muerto! ¡El rey ha muerto!

– ¡Qué! ¡Qué! ¡Hoy! ¡Precisamente hoy!

–Han venido guardias del rey para que vayáis a certificar la defunción. ¡Vamos! Os están esperando en la botica.

–Pero, pero, pero, ¿ahora? ¿Qué hacemos?

–Salgamos a la carrera, no voy a poner mi cabeza bajo el hacha. Deja eso y vamos.

—Pero puede ocurrir en cualquier momento.

—Lo que de verdad ha ocurrido es que el rey ha muerto y nosotros somos los encargados de dar fe pública de ello. Vamos, cuanto antes vayamos antes volveremos; que quede el mancebo al cuidado.

Parten los espagiritas prestos hacia el Alcázar Real pasando primero por la botica para recoger las cosas necesarias y cambiar sus hábitos; flanqueados por los guardias reales las gentes les abren camino libre al instante. La voz se va corriendo por calles y plazas esta fresca mañana otoñal y cuando entran en las estancias reales miradas y silencios les van dando las funestas novedades.

Apartan monjas y cardenales, nobles y a la reina misma, para poder hacer su trabajo. Se confirma plenamente la noticia, ya no respira, Carlos II está muerto. Tendrán que llevar a cabo la preceptiva autopsia e irán pasando de espanto en espanto mientras van relatando al escribano real lo que se van encontrando en el seco cadáver. Finalizada la operación y antes de firmar el legajo ambos no tienen por menos que santiguarse ante la ruina humana que han terminado de trocear.

Acongojados, agarrados del brazo, se acercan a una de las ventanas para recobrar el aliento con el frescor del patio tras estar tanto rato respirando miasmas espantosos. Es la hora de los embalsamadores, que ellos dejen presentables los restos del rey. Los químicos apenas se tienen en pie.

—Venga, anímate, Bombastus. Mira, desde esta ventana se ve la casa donde tenemos nuestra guarida secreta.

—Ya, en cuanto podamos nos escabullimos, ¡puede ocurrir en cualquier momento!

Tiene suerte esta pareja de secretos alquimistas, apenas consiguen dar el sentido pésame a la reina ven franca la puerta de salida y se escapan del Alcázar con el culo pegado a las paredes. Los partidarios de los dos pretendientes al trono de Las Españas bullen de una sala a otra buscando a quien enredar en su campaña, bolsas con doblones de oro cambian de faja y pantalón con una rapidez sorprendente. Deprisita y a la calle, caminando como si les persiguiese un fantasma se acercan a la botica para guardar sus aparatos e instrumentos de autopsia. Apenas han dejado sus cosas y se han cambiado de prendas de vestir para librarse del olor infame que traían consigo con la mirada se comunican la intención de volver cuanto antes al sótano, pero, pero, ¿qué ha sido eso?

— ¿Esa explosión?

— ¿No habrán empezado ya la guerra? ¿Con el cuerpo del rey insepulto? Vamos fuera.

Las gentes corren de aquí para allá asustadas y fieras, espadas y dagas ya muestran sus afiladas puntas y los grandes sombreros ocultan los rostros de los espías y criminales a sueldo. Más que andar corren hacia su secreto cuando de frente ven llegar a la carrera a su mancebo de confianza. Al verlos exclama:

— ¡Explotó! Ha tirado media casa abajo.

— ¡Pero qué dices! Calla, habla bajo; ven a este rincón.

—Que explotó, señor licenciado, ¡la retorta! la retorta, de repente se puso a brillar, a brillar, y levitar sobre el fuego del horno. Yo me asusté por el fulgor demoníaco que aquello soltaba y salí a la calle, ¡no sabía que hacer! Era una luz blanquísima que salía por las rendijas de las ventanas, y yo, por natural prevención, me alejé un poco, hasta una esquina y, de repente, ¡Pum! Media casa salió por los aires, no sé si habrá habido muertos, ni cuantos.

—Vale, venga, lárgate para la botica y no digas nada a nadie. Enseguida iremos.

—Espera, quietos los dos, ¿qué ocurre? ¿Qué dicen? ¿Qué pasa vecinos? ¿En el cielo?

Con la boca abierta los madrileños contemplan asombrados un astro tan luminoso o más que el planeta Venus bailando cercano al sol poniente. Nadie sale de su asombro. ¡Es como si bailara con el sol!

— ¿La Capella perdida, Theophrastus?

—No sé, tal vez; pero mira, mira lo que está cayendo. Parece cabello de ángel, ¡y sabe bien!

—Sí, es verdad. El rey ha muerto, una estrella baila con el sol y llueve vida dulce sobre nosotros. En verdad nada sabemos.

Y con lo poco que creemos saber fantaseamos. Espero haberos ayudado en vuestra búsqueda de la verdad luminosa, o jocosa, con este sencillo cuento. Hoy día la Alquimia nos parece una completa chaladura, pero cuando descubres que las mejores mentes del mundo, en Europa, Oriente Medio, India, China, durante siglos las mejores mentes de la humanidad, os hablo de gente como Kepler o Newton, pasaron años y años intentando descubrir el Secreto Oculto ya te quedas con la duda.

¿Qué buscaban? ¿Qué encontraron?

¿Lo sabéis vosotros?

En muchas ocasiones he paseado, desnortado, por las calles del viejo Madrid buscando ideas para cuentos y relatos, alguna encontré, hace muchos años, que aún no he sido capaz de llevar al papel, pero esta sobre boticas no podía dejarla pasar mucho más tiempo.

El reinado triste del rey hechizado, Carlos el Segundo, me rondaba desde hace mucho tiempo por la estancia de las ideas cual fantasma aullador; tenía que contároslo. España, su inmenso imperio, medio mundo, se fracturó a la muerte del último rey de la casa de los Austria. Estamos pagando aún las consecuencias, y si no me creéis preguntarle a los catalanes.

Los químicos estaban avanzando en su conocimiento de la naturaleza pero los males del rey de Las Españas estaba mucho más allá de sus conocimientos; a la para-química respondían con alquimia, remedios tangibles para los males del espíritu, de lo intangible. Fracasaron. Descubrieron los oligoelementos, la naturaleza de la luz, nuevas leyes físicas, métodos más fiables para la navegación marítima, pues los barcos europeos surcaban todos los mares del mundo, pero, pero, para los hechizos poderosos que podía padecer incluso un rey, no un rey cualquiera, un Austria, el rey cuyo imperio daba la vuelta al mundo entero de continente en continente, no encontraban remedio.

Era algo que estaba, como un paradigma oculto, en su modo de ver, de vivir, de pensar, de creer, de vivir. Quemaban herejes o brujas, los quemaban en presencia carnal o en figura. ¡Cómo no iban a creer, el rey mismo, que existían los hechizos y embrujos para los que no existía remedio!

No me da risa alguna ver y conocer las desgracias de siglos pasados, me vale y sobra para sonreír con los de nuestros días. ¿No los reconocéis? ¿No os dais cuenta de ellos? ¿No? Pues la próxima vez que vayáis a una farmacia de guardia, deprisa y corriendo, reflexionar unos segundos sobre este cuento.

Theophrastus y Bombastus son nombres supuestos de auténticos sabios españoles de aquellos años; **Arthefio** era el nombre espagirita que le pusieron a Newton, don Isaac, que incansable rebuscaba en los misterios de la naturaleza y la humanidad. **Hijo del Arte**. La Alquimia.

Vieron los colores maravillosos que ocultos estaban en la blanca luz. Vieron las estrellas y planetas girando en el universo, vieron, soñaron; soñaron, tal vez con un mundo mejor donde los hombres pudieran transmitirse los conocimientos que hubieran alcanzado y mejorar con ellos la pobre existencia humana con remedios verificables y un millón de veces repetibles, no un milagro que una vez se hace presente y cien millones inalcanzable. Algo así.

Por favor, no queméis los libros, aunque sean míos, como hacían en aquellos tiempos lejanos; tal vez alguien, en algún lugar remoto, encuentre un remedio cierto para este gran mal que hoy día daña al mundo.

La estupidez.

Oporto, estación término

Jipi en Portugal, ¿estáis preparados para tal conmoción? Una nueva historia relatando sus andanzas legendarias. Tras su regreso de India, Nepal, y Tíbet, ya convenientemente iluminado, habiendo pasado por estados transcendentales, aritméticos, y alternativamente supraconscientes incluyendo el de ser completamente transparente, solo se le ocurre que irse a Portugal en su continua búsqueda de algo más, algo auténtico, algo, no sé cómo decirlo, algo que poder palpar.

Seguir sus pasos por la bellísima ciudad al borde del mar y el río dourado y descubriréis qué encontró en su incesante viajar.

Llega a las dos de la mañana el último tren metálico y un extranjero sale de la estación con su pequeña mochila a cuestas. Pregunta a un policía municipal por un local donde poder cenar decentemente.

— ¿En Oporto? ¿A estas horas? Imposible; vaya a buscar cama rápidamente o le detengo por maleante.

En una esquina un chaval que andará rozando los 18 años le para pedirle un cigarro. Al verle sacar el paquete de Ducados exclama:

— ¿SSSSpañol? Yo, amigo, amigo SSSpanioles.

—Pues vale, amigo, toma un pito. ¿Tú sabes donde se puede cenar algo a estas horas?

—Sígame, sígame. Yo llevar a buen sitio.

Efectivamente, una especie de hamburguesería portuguesa donde están haciendo filetes de pollo a la brasa será la próxima parada de este tren neumático e imparable. Vino verde, grandes porciones de pollo asado con patatas fritas y música deliciosa del blues americano de los años 50. El muchacho se niega a acompañar en la pitanza al viajero extremo. Demasiada buena educación.

— ¿Estás estudiando en alguna universidad?

—Primero de Ingeniería Electromecánica.

—Estupendos los rotores trifásicos; ya lo estudiarás el año próximo. ¿Sabes también donde se puede bajar la cena?

— ¿Baisar?

—Bailoteo, discoteca, ¡chicas!

— ¡Ah! Aquí, cerca, gran discoteca. Los tres caballos rojos.

—Pues llévame y entras conmigo.

—Le acompaño, pero yo no puedo entrar.

— ¿Por qué? ¿Por el color de piel? ¿El pelo rizado?

—No; es que no he cumplido 18 años y es muy cara.

—Tú guía y pasas pegado a mí. Para algo servirán en este país las tarjetas de crédito.

A pocos metros del Burger se delata por las luces y el aparcamiento una discoteca verdaderamente macro. Pero macro, macro. (¿No será esto el campo de fútbol del Porto? ¿Iluminado a las tres de la mañana? Va a ser que no; adelante, que ya no eres principiante)

Chequeo en la entrada, los brazos de los porteros son más gruesos que los muslos del chaval moreno pero tu sonrisa implacable de playboy ibicenco y tus largos cabellos rubios les desconciertan. (Habrá que decirles algo; en plan Depeche Mode)

—Du yu spik pitinglis? Yay, my friend is my boyfriend. Yuure olray? OK.

— ¿Err? ¿Uhm? ¿Ohm?

Pasando; lo que hace una visa oro en los dientes mostrada a los neandertales, la mochila se deja en consigna. Gracias, my love, ¿un tiquet? que originales; ¿Y no me tatuáis las muñecas o algo así?

—No, señorito, deberá usted portar este cartón.

—A ver, ingeniero, informa. ¿Aquí se juega al bingo o se baila?

—Es para apuntar las copas que consuma.

—Pues vamos a hacer línea ahora mismo. ¿Y dices que nunca habías entrado aquí?

—Nunca había pasado de la puerta.

—Claro, claro, como que te voy a creer. ¿Dónde están aquí las mujeres, tú ya me entiendes, con poderío?

— ¿Putas? Por todos lados, ¿quieres que te busque una? Es muy limpia, amiga mía.

— ¡Ya! Y estudiante de tercero de Empresariales. ¡No! No he venido a tu pueblo a gastar dinero. Mujeres, mujeres con plata, con mucha plata y ganas de divertirse.

— ¡Ah! Ya, intelectuales. Venga conmigo.

− ¿Solo has pedido una cerveza? Así no te saldrá pelo en el pecho. Hazme caso, tira eso y pide un cubata. ¿Dónde están las golondrinas?

− ¿Golondrinas? Son águilas. Algunas tienen espolones que te darían la vuelta al cuello; piensa por un momento, si eres capaz, que las bravas de Tras os Montes no se arrugan a las primeras de cambio.

−Anda, morenito, vete por el cubata, ya te veré más tarde. En tu vida has visto torear a un español. Observa. Disculpe, ¿lee usted a Pessoa con tan poca luz? Yo le adoro. Lo leería a la luz de las cerillas. ¡Siento un desasosiego! ¿Usted me entiende, verdad?

− ¿Español? ¿Tu antónimo?

−Krisnaburbi, es que hago yoga.

− ¿Elástico?

− Y fluorescente, con esta luz. Mi corazón emana fulgores automáticos al leer una buena prosa. ¿Apasionada?

−Viuda; tienes aspecto de suevo.

−Son los pantalones pitillo, que me oprimen las partes bravas. Tiene usted ojos de mora y sus pechos huelen a rosas de Alejandría. ¿Cómo lo consigue? Aquí todo dios fuma sin parar.

−Secretos de dama, no se fuma mientras se jode.

− ¿Lo hizo con Pessoa? No es más que una niña, imposible.

− ¿Imposible? Nada hay imposible en este país; seguro que aún no has pasado por los baños de este antro.

−Iré ahora mismo; llevaré su recomendación expresa para entrar en el de chicas.

−Quieto aquí; tú eres muy "marra", ¡arrogante! Me gustas con los pantalones puestos; por el momento. Ven, parvo, acompáñame fuera;

vamos con un grupo de amigos a cenar algo en un casa de fados. Probarás el mejor viño verde del mundo.

−Prefiero el oporto, señoría, tiene una textura…

− ¡Calla! Perdona que haya dado con la mano en la boca. ¡Si no fueras tan guapo…! Acompáñanos; te presentaré a mis amigos. Son famosos intelectuales.

− ¿De los que se dedican a pensar y cobran por sus cuentos?

− ¿Cobrar por sus…? ¡Ah! Perdona, casi no te entiendo con esta música tan alta. ¿Cuentos? Bueno, algo así. Son los más importantes pensadores del Partido Comunista Portugués. Te encantará charlar con ellos.

−Seguro que sí. Estuve la Semana Santa pasada en Rumanía. ¡No te imaginas lo felices que son los rumanos bajo el férreo yugo de Nicolai Ceaucescu! Será gente interesante, auténticos explotadores. Muy productivo para mí; quiero aprender técnicas de persuasión y embaucamiento, ¡la magia se me da fatal! Siempre me ganan a las cartas en todos los juegos y la única ilusión que me funciona es mirar a las mujeres maravillosas con ojos de arrobado enamoramiento. Funciona, a que sí. (Sujétala por los hombros, suave, y firme; es como les gusta)

−Lo que funciona es el cambio de tono de voz, a grave de galán de cine.

−Pues el que pones tú de galante prostituta es digno de una obra maestra del cine alemán.

−Eres muy teatrero, ¿actor? Besas bien.

−La fierecilla domada es mi obra preferida.

−Conmigo ni lo intentes; no soy tan vieja como Elizabeth Taylor pero esos trucos me los conozco muy bien. Soy marquesa e hija de marqueses, para que te enteres.

—Seré vuestro más fiel caballero, my lady.

—Ya estamos llegando, la casa de fados está cerca de la catedral.

Caminan arrobados nuestra pareja de infelices tras otros varios comensales, calles arriba, subiendo hacia la catedral y relamiéndose de besos pasados y futuros bacalaos. Paga el Partido, apoquinan los trabajadores.

Casa de fados en Portugal. Comida exquisita, vino sano, canto de hondura y sentido azuzado, paredes de piedra y mucha madera vieja, voces azules azulean almas y limpian corazones partidos. Cantan fado. Amores fingidos, amores sufridos, venganzas cumplidas, el sentimiento de ser algo vivo sale de los labios de la cantante mientras lamenta con melancólica voz no haber partido, marchado, ido, en un barco a Mozambique tras su amado preferido.

En las mesas se come a tres carrillos las delicias del país verde, el rio dourado, y el mar azulado. Hay francachela franca y sincera en la mesa de la marquesa, ¡un joven español ha traído esta noche! ¡Hijo de obreros! ¡Estudiaste gracias a las becas que pagaban los trabajadores! Parabéns, uno de los nuestros.

— ¡Lo que habrás sufrido durante la dictadura!

—No lo sabes bien, me obligaban a ir en pantalones cortos a clase incluso en invierno, ¡con el frío que hace en mi tierra! Tengo un bello intenso en las piernas que no hay manera de hacerlo desaparecer, y eso que me depilo para practicar ciclismo.

—Eso tengo que verlo yo.

—Pues tendrás que pedir permiso, ¿Lila? ¿Se llama usted así? a la marquesa que está primero para bajarme los pantalones. Primero la nobleza y sus caballeros, ya podéis hacer cola los partidarios para verme las piernas; que aún hay clases en este país y en el de dónde vengo.

— ¡Clases sociales! Pero, ¿no eres marxista? ¡Eres hijo de un obrero! Eres de los nuestros. Aunque vistas así.

—Hijo, nieto, y bisnieto, como mínimo. ¿Marxista? ¿Aquello del materialismo dieléctrico y el materialismo ahistórico? ¡Perdón! Es que estudié para ingeniero, quise decir dialéctico.

— ¿Pero tú nunca has leído a Marx o a Lenin?

—Casi todo lo que editaron de ellos, antes de ir a la universidad. También a Engels, Rosa Luxemburgo, Bloch, Marcusse, etc., etc., etc. A los vente años solo me quedaban por leer las actas de las asambleas del Partido Comunista de la Unión Soviética.

—¡¡Y no eres del Partido Comunista!!

— ¡Yooo…! ni borracho. Menuda tomadura de pelo es el comunismo. Hace cuatro meses estuve en Rumanía y lo comprobé con mis propios miembros.

— ¿Con todos, todos?

—Perdí la cabeza, mi adorable marquesa, por la comisaria política y sargento de la Securitate que nos hacía de guía al autocar de turistas. Ya sabe usted: el amor no conoce fronteras ni partes ni partidos, comparte y abarca, enlaza y suma, te sumerge bajo las apariencias de esta vida vana y te muestra un océano profundo de goce sin fin, ni comienzo.

—Te estás poniendo muy poético en estos momentos, rubito.

—Serán los fados, marquesa. (O saca ahora mismo la mano del bolsillo de mi pantalón o tendremos que ir los deprisa y corriendo a visitar los baños del restaurante)

— (¿Y eso por qué?)

— (¿No irá a dejar que se pierda este esbelto y dulce fruto del amor?)

— (¿Esbelto? Menudo pepino, espero que no me amargue si me lo llevo a la boca)

— (Ayúdelo a encontrar el buen camino)

– (Cuando terminemos con los postres, ahí viene la tarta)

– (Y además golosa, ¡caray con la marquesa! Me va a sacar hasta el tuétano)

Pero bueno, no escuchemos más a esta pareja de inconscientes a sabiendas y artistas plásticos, pues ella le lleva más de veinte años de edad y aventuras y le va a dejar luciendo como el arco iris cuando termine con él (O sea, doblado y pingando) mientras Jipi está pensando que ha encontrado el chocho, ¡perdón! chollo con el que pasar el verano sin dar ni clavo y pintando murales, y escuchemos a nuestros encantadores intelectuales menestrales comunistas que ya se encuentran ahítos de tanto bacalao y langostinos. Y que no han podido escuchar los susurros de los pipiolos.

– ¡Nuestra necesidad imperiosa es derrotar al capitalismo! ¡Liberar a los trabajadores de la opresión de la burguesía y la banca!

– ¡Debemos apoderarnos de todos los mecanismos de poder! ¡Destruir la dictadura del capital! (Otro bogavante)

– (Marquesa, ¿Quién paga la cena? ¿Usted?)

– (No, guapito, no estoy loca, con estos no me gasto un escudo, paga el partido)

– (¿Y lo harán con billetes de banco o cantando la Internacional?)

– (Llevan sobres en las chaquetas y en los autos con billetes suficientes como para enterrarte)

– (¡Ah! Ya me lo imaginaba) ¡Muy rica la tarta! Es un fantástico dulce portugués.

–Tenemos la mejor confitería del mundo. (Y como no quites ahora mismo tu mano de mi culo te clavaré un tenedor en un ojo, cariño) ¿Tu mamá también te da de comer la tarta a la boquita?

–Me tiene castigado por no cortarme el pelo. Perdona un segundo, corazón, que es interesante lo que están discutiendo. ¡Disculpen! Les he escuchado decir que pretenden atacar y conquistar El Castillo, como decía Kafka, para liberar a los esclavos de sus cadenas y argollas y al pueblo llano de la tiranía de los créditos.

— ¡Exactamente! muchacho ignorante y ramplón, liberar al pueblo de la opresión, romper las cadenas, abrir las ventanas, ¡que vuelen las palomas de la paz! ¿Viene ya ese Madeira? Nunca habrás probad un vino como éste, español.

−De esa marca tan exclusiva seguramente no. ¿Son auténticos habanos? ¿De Cuba, Cuba?

−Por supuesto, ¿quieres uno?

−No gracias, solo fumo Camel, gracias marquesa, desde que me salió bigote. Si me permite otra pregunta: Una vez se hagan con el control del Castillo, ¿lo derruirán?

− ¿Bakunin?

−No, Buenaventura Durruti. Porque si van a mantener en pie El Castillo, con sus guardias y mazmorras, fosos y cocodrilos, estaremos siempre en lo mismo, solo cambiaremos de tiranos. Ustedes.

− ¡Pero solo hasta que hayamos depurado el estado de elementos indeseables!

− ¡Ah! Discúlpeme, ¡Una purga! para dejar el cuerpo social sano y feliz.

− ¡Exacto! Te está haciendo un efecto el madeira. Ya nos vas comprendiendo; tú nunca has estado en una revolución.

−Está usted en lo cierto; era un niño en la de los jipis y a España nunca llegó, y un chaval en la suya de los claveles. Perdóneme. Prefiero las flores a los fusiles y a menudo me pongo a pensar en cómo se podría liberar a las personas de su principal opresión.

− ¿Y cuál es, joven, en su opinión esa opresión suprema?

−La ignorancia. Por lo general, y hasta nuestros días, cuatro palurdos tiranos y sicópatas sin freno alguno, que en su vida no han sido capaces de escribir un par de libros, han guiado los destinos de la humanidad. Así nos ha ido. De holocausto en holocausto.

−Entonces, ¿qué propones con tu infinita sabiduría? supongo que innata.

−Por mi parte y en cuanto pueda lo que haré será plantar árboles, criar todos los hijos que tenga, y huir como de un incendio de cualquier tipo de tiranía.

− ¿De cualquier tipo? ¿Aunque sea provisional para lograr un mundo mejor? Lárgate a otro planeta.

−Un tirano o mil y uno reunidos nunca lograrán un mundo mejor en ningún sentido. Solo mejorando las personas y siendo menos ignorantes se podrá conseguir algo consistente, si somos capaces de ponernos de acuerdo. Mientras no se vean las cosas claras perseguiremos mitos y fantasías ajenas y la realidad nos golpeará en la cara, destrozándonos.

− ¡Pero el pueblo está en la ignorancia y es fácilmente manipulable!

− Si usted sabe algo bueno para las personas, dígaselo ¡persona a persona! No farfulle para un rebaño, no somos gallinas, ovejas, o mulas, busque los medios para comunicárselo y las mejores formas para que lo acepten y comprendan, pero nunca intente imponérselo; pues les degrada. Mire bien esta mesa: ¿Qué ve usted?

−Bueno, pues los restos de la cena.

−Ha sido estupenda, ¿correcto?

−Estupenda, estamos de acuerdo en algo.

−¿Necesitaría mucha ayuda para convencer a alguien que usted conozca que una cena así sería algo bueno para cualquier persona siempre que no fuera conseguido humillando, estafando, y explotando a otras personas?

– ¿Y cómo se podría conseguir algo así? No hay recursos en este mundo para lograr algo así; siempre han sido y serán escasos.

—Pero no las personas, que cada día hay más. Y si comparten lo que saben podrán llegar a estar ahítas y rebosantes de tantos bienes materiales como llegaran a concebir. Los nabos crecen en la tierra y los peces en el mar sin que nadie mire por ellos pero son las personas las que son capaces de ponerlas en una mesa, y hacer de paso felices a los demás.

—Este joven es tonto del culo y sin remedio, Amaya, ¡lárgalo! lo suyo son las drogas y los sueños.

—Sí, me parece que mis amigos tienen razón, tú no sirves ni para darse un revolcón.

– ¿Y eso? Señora Marquesa.

—Piensas, sabes discurrir, no puedo confiar en ti. Será mejor que te largues ahora mismo, tú y tu mochila nos estorban.

Noche oscura, noche veraniega en las proximidades de la catedral; un jipi con la mochila a cuestas camina con las manos en los bolsillos de callejuela en callejuela hasta que encuentra abierta una cafetería. Le atienden por una ventanilla y le preparan un estupendo café con leche y una tostada. Sentado en un banco, mirando las estrellas luciendo sobre la brillante ciudad lusitana está como pensando, en realidad tan solo mirando al infinito; el rubio melenitas que creía haber encontrado un buen bacalao portugués y pasar tal vez un par de meses de holganza, pero que está como sintiendo la patada en el culo que le ha dado hace un rato lo más granado de la intelectualidad portuguesa. Mira como si viera el movimiento incesante de las estrellas y las galaxias en constante expansión.

—Hola de nuevo, ¿puedo sentarme con usted?

– ¡Hombre! Mi morenito amiguito portugués; por supuesto, ¿quieres un café?

—No, gracias; ya me iba para casa.

—Pues gracias por parar conmigo y no me trates de usted; ¿lo pasaste bien en la disco?

—Estupendo, pero nada más ver tu cara observo que tú nunca debiste venir a Oporto.

—Nunca he venido ni llegado, de hecho, ni siquiera estoy aquí.

—Este no es tu sitio ni esa gente con la que te fuiste la que estás buscando.

— ¿Por qué lo dices? No me conoces más que de tomar un gin-tonic juntos, ¿qué es lo que piensas, morenito?

—Estás buscando fuera y lejos una vida que ya tienes y te rebosa; se te nota cada vez que abres la boca. Vuelve a tu hogar y que sean los demás los que te busquen a ti; piensas conseguir algo de otras personas y eres tú el que convidas y regalas de lo mucho que tienes.

— ¿Qué me aconsejas, ingeniero?

—Te acompaño hasta la estación de tren, vivo cerca. A las ocho sale un tren expreso para España; tómalo y vuelve a casa.

— ¿Y si me quedo en Portugal? ¿Dónde tendría que ir, según tú opinión?

—A Fátima, rubio, a Fátima; tú sí que podrías ver bailar el sol. Apura el café que nos vamos.

Recuerdos desde Papúa-Nueva Guinea, amigo Flishss.

Esto es una carta privada que comparto con vosotros, mis amigos de las redes sociales, debido a que he tenido problemas de conexión últimamente; no sé si es la wifi, las tormentas solares, o el polvo galáctico. A ver si por este medio de transmisión de la información consigo hacerle llegar esta carta a un amigo extrasolar antes de que sea demasiado tarde; para mí.

Saludos, amigo galáctico, amor. Os vi pasar hace cuatro días sobre nuestras cabezas pero no parasteis ni para que pudiera haceros una foto. Estaba con mi esposa, tan felices los dos, tomando una cervecita en un tranquilo rincón marinero de nuestra malhadada Papúa-Nueva Guinea. Uno de los pocos que aún quedan.

Partisteis en instantes, como soléis hacer siempre, a otro lugar de este mundo verde y acuático. Seguramente detectasteis el lanzamiento de algún misil balístico, una prueba atómica subterránea, o la explosión de unas cuantas bombas de gas venenoso; esas cosas que tanto os atraen de nuestra casuística tribal.

Lo comprendo; no viajáis tan lejos para vernos tomar el sol a los cuatro indígenas que aún podemos ir a la playa, a darnos un chapuzón, no a ver llegar una flota de guerra, y dejar a los niños hacer castillos de arena en vez de tener que andar escondiéndoles en refugios bajo tierra.

Ya hemos hablado muchas veces del tema y siempre me dices lo mismo, por más rabia que me dé: que aquí no paramos nunca de guerrear tribus enteras y en cualquier momento nos podemos cargar el planeta entero; y todo por matar un puñetero cochino. Que otra cosa no tenemos ni concebimos.

Un amigo próximo, de otra tribu, (a ver si le convenzo que se saque el hueso de la nariz y también otra cosa que se puso en la punta del pene, ¡metálica! Porque el chico promete) lo llama matar por un puñado de dólares. Pero es porque aún no ha visto el gocho ni en pintura y no sabe de qué va esta vaina ni en sueños; pero casi acierta.

En fin, espero que cuando te llegue este nuevo mensaje estés ya de vuelta a casa, gran capitán galáctico, (dale unos besos a tus niños de mi parte) y cuando vuelvas con tu crucero interestelar (¡tu nave es un portento! Te lo dice uno que alguna vez estuvo a punto de caer en otro Culto-Cargo) me avises por un privado y así charlamos un rato distendidamente. (¡Si aún estoy vivo para entonces!)

Supongo que llenarás el crucero en un plis-plás con las nuevas imágenes que de aquí os lleváis, y más aún con las altísimas probabilidades de que tus turistas espaciales puedan disfrutar de otra súper-fantástica-crudelísima guerra de tribus papúes en nuestro desdichado planeta azul.

Ya sabes, misiles de novísima tecnología, bombazos de alta energía, invasiones, niños gaseados y descuartizados, mujeres violadas, hombres también y después degollados; muerte y destrucción en sensurround (O como se llame el sistema que tenéis montado en la nave, y que permite vivir en directo nuestras masacres, ¡pero sin mancharte de sangre!) Avisas, pues, cuando regreses y yo te volveré a llevar a ver como matan el gocho en esta selva de mundo y apéndice de la galaxia. Habrá buen vino esta vez.

Abrazos.

Amor.

Las doñas de otrora

Una mirada cariñosa a un tiempo y personas que tal vez nunca existió. Lo soñaríamos. No sé si os gustará el cuento, si se notará mucho que me estoy volviendo asocial y estupefacto, harto de tanto mangante y tanta chifladura.

En fin, solo son cuentos, ¿no? ¿Acaso vuestra vida da para algo más que esto? Pensarlo.

—¡¡Eslovenka!! ¿Está listo mi té?

—Su café está ya servido en el salón, señora Limana. Si me acompaña…

— ¡Limona! Limona, par diez; ¿cuándo aprenderás a hablar bien mi idioma? Sucia extranjera. ¡Uf! Odio la tila.

Acompaña con infinita paciencia la atlética chacha los dubitativos pasos de la doña apoyada en su fuerte brazo para conseguir avanzar por los largos pasillos de su inmenso hogar. Una vez la tiene sentada y el café servido se le ocurre (¿por qué tendré que pensar yo? No me pagan por ello) tomar el teléfono y acercárselo a la señora.

—Señorra, ¿quiere usted llamar al servicio técnico de los televisores?

— ¿Por qué? ¿Ya no funciona el que tengo? Trajeron uno nuevo la semana pasada.

—Sí, perro dejó de funcionar la noche pasada cuando le lanzó usted la teterra. Pantalla rota. (Ya van dos teles este mes)

— ¡Ah! Ya. Es que salía otra vez esa impresentable, esa descolocada, esa…

—Es su hija mayor, señora.

—Ni en sueños; está desheredada. Cuando yo muera ya puede ir de nuevo a correr los toros a Benavente; que de mí no va a recibir un euro. Gracias por el teléfono; llamaré a mis amigas. Retírate.

— ¿Va usted a charlar con las doñas?

—Correcto, largo. Es top secret.

Retira con presteza el servicio y se lo lleva a la cocina; esperará sentada en su cuarto el próximo timbrazo de alarma leyendo sin parar. Quiere mejorar su nivel de lengua española para encontrar cuanto antes trabajo en otra casa, en un bar, donde sea, fregando oficinas; el caso es poderse marchar cuanto antes. Y nunca más volver a escuchar a la gran dama.

— ¿Qué me cuentas, Fefa?

—Gibosa está la luna, Chucha.

— ¿A quién quieres jorobar ahora?

—A mi nuero, que es un crudo. Tenemos que ponerlo a rebozar.

—Ya, falta le hace un hervor; parece que se bañara en leche. ¿No le iba muy bien con el bufete?

—Ya lo creo; sale a pufo por mes y no para de hacer caja. Espera un segundo, que me llama Conchitón.

— ¡Ay! ¡Hola Chucha! Cuanto tiempo. ¿A quién gritas así? ¿Es tu sobrino?

—Es mi perrito, está paranoico total.

—Vamos, como tu marido.

— ¡Ay no! Ahora está muy bien. A ver si me lo saca de paseo y se van los dos a mear al parque.

—Cuanto le quieres y que bien le cuidas…

—Ayer le llevé a la pelu, ¡50€! Y sigue como un cencerro, pero después de bañarle y cortarle el pelo, al pasarle el secador, ¡no veas cómo me lamía satisfecho!

—Claro, si después de cuarenta años casados no le has ensañado aún quien manda…

—Tu marido sí que sabe lamerme bien, y no te digo el qué.

—Por cierto, ¿el tuyo ya volvió de Suiza? ¿Qué tenéis en Berna? No para de ir y volver ese hombre.

—Quiere comprarse un apartamento.

— ¡Ah! ¿Con vistas al lago?

— ¿Lago? ¿Qué lago? ¡A la caja fuerte del banco! Eres tremenda Chucha. ¿Y que nos cuenta doña Fefa?

—Cuéntanos tú: ¿Cuándo te harás por fin la reducción de pecho? Porque un día de éstos vas a pegar en los pezones con las rodillas; como si fueras futbolista.

—Perdona…; las tengo bien puestas todavía, guapa. Me costaron un pastón.

— ¿No te las puso el médico ese…? ¡Las que producen cáncer! Te las tienes que quitar inmediatamente.

— ¿Qué me dices? ¿Qué me haga otra operación? ¿Y quién paga el convite?

—Le demandas, que te las cambie por otras nuevas y de paso que te plise el rostro.

— ¡Qué…! ¿Tú sabes lo que me gasto cada mes en botox, bonita?

—Pues ya te lo podrías poner en el culo; vi ayer tus fotos en el Hola, las de la boda de la condesa de…

— ¡Las pasaron por el photoshop! Me lo dijo mi sobrina Chuchina; que me cambiaron la expresión con un programa de ordenador.

—Qué te van a cambiar…, pero si en todas las fotos salías mirando el paquete del nuevo condesito. Por cierto, ¿lo cataste?

—Un flojo, Chucha, un flojo. Media Academia de Caballería levantando el sable a la salida del templo y en cuanto lo tenté en un rincón ¡le salió una voz de pito!

—Si ya no hay hombres.

—Pero, pero, pero, ¿y con ese paquete que sale en las fotos…?

—Toman hormonas, Fefa. Y anfetaminas. Les achuchas la hombría y se desinflan como suflés.

—Pues entonces será que no le calentaste lo suficiente.

— ¿Qué no? ¡Ardía! La cara se le puso roja como un tomate.

— ¡Conchitón! Tú ya no calientas ni sentándoles en la vitrocerámica.

—Tú no le vistes cuando perdió la visión en mi canalillo.

— ¡Juá! ¡Canalillo dices! Lo tuyo es ya el Canal de Panamá. Pero si te habrás pasado por la piedra a media Marina Mercante.

—Y a los de la Armada también. Me tendrías que haber visto hace dos semanas en el Parador Nacional de Ferrol; en la cafetería, con tres guiris encima. A nada que las meneaba ¡aullaban!

—Cuando te ligaste al comodoro; cuenta, cuenta.

—Calla, calla, no me lo recuerdes que me parece que lo tengo comiéndome el cogote todavía. El tío estuvo cabezón días y días con que me divorciara y me fuera a vivir con él a Pensilvania, o no sé dónde. Todo el día dándome la matraca con lo bien que viviría en Los Hamptons, que tenía allí una cabaña y un yacht para salir a navegar y no sé qué. ¡Qué pesadito el rico!

— ¿Y por qué no te fuiste con él? Si lo de aquí lo tienes más que conocido.

— ¿A Siberia? ¿Tú sabes cómo nieva en esa tierra? Y cuando para de caer nieve les viene un huracán y tienes que salir corriendo en chancletas. Deja, deja, que una ya no tiene edad para aventuras con los indios.

—Entonces hiciste lo propio; imagina que te levanta un huracán de esos y aterrizas en Quebec. ¡Con lo mal que se te da a ti el francés!

—Ya, ya, cariño; hablarlo, lo que se dice hablarlo nunca lo he hecho con profundidad.

—Claro, es por la pronunciación. ¡Y como a ti enseguida se te llena la boca!

—De canapés, eh, de canapés de caviar y fromasgss.

— ¿Qué eso del fromass? ¿Un nuevo aparato que te has comprado para hacerte tilín?

—Es que para hacerme tolón ya tengo a mi marido. No, boba, es queso, queso francés, de alta expresión y profundo buqué. Bueno, ¿qué?, que va siendo hora. ¿Nos vemos en la terraza de siempre?

—A la hora de siempre. ¡¡Eslovenka!! Jesús, ¿para qué me pondrían un timbre? Os dejo chicas, ya os contaré.

—Hasta luego Chucha, sigues siendo una buena vicetiple: y tú también, Conchitón, arréglate rápido que siempre llegas la última.

—Oye, guapa, que yo no tengo tu carrito eléctrico para llegar volando a todas partes. ¿Es verdad que antesdeayer atropellaste a chico de 18 años?

— ¡Guapísimo! Le senté en las rodillas y se derretía. Ya os contaré. Nos vemos.

Dura es la vida de chacha, y más con jefa mandona y califal; hasta la noche estará leyendo, si se lo permite, *"La busca"* de Pío Baroja. (Tiene una buena biblioteca la doña; perro un carácter terrible, me parece que nunca los leyó. Tengo que aprenderr a pronunciarr esta lengua terrible. ¿Cómo piensa esta gente, estas personas?) Hay que vestir a la señora, sus muletas siempre a mano, calzarla (¿Los chapines blancos? ¿O las bailarinas rosas?) Peinarla, maquillarla, ¡sus guantes! (¿Los de color crema? Los de blanco roto; van a juego) ¿Las gafas de sol? ¡Ah, sí! Están aquí, y también las de cerca y las de lejos, y el par nuevo que le trajo su hijo de Montecarlo. (Nunca se sabe) ¿Qué reloj de muñeca querrá ponerse hoy? ¡Ah, ya! El Certina, nunca falla. ¿El chal por si refresca? Tendré que cargar con él.

— ¡Eslovenka! ¿Has llamado al ascensor?

— ¿Ascensor? Sí, ahorra llega.

—Que lenta eres, sucia extranjera, ya tendría que estar en la calle. Por cierto, vas muy guapa; ya tienes edad para saber que hay un tiempo que se sale perdiendo yendo vestida y otro que en el que se gana bastante. Tú estás en la frontera. ¿Sabes algo de ese novio tuyo? Me refiero al que mide más de dos metros.

—Vendrá a verme el próximo fin de semana.

– ¿Y eso? ¿Alguna novedad en lontananza?

–Juega contra nuestro equipo de balonmano.

– ¿El de mi hijo? Le diré que lo fiche si se atreve a pedir tu mano.

–Muchas gracias, señorra Limana.

– ¡Limona, cojona! Limona. Puerca extranjera; anda vamos, que me caliento y tendré que tomar un refresco.

Plácidas tardes de sábado en las terrazas fenomenales al solecito de finales de verano, charlas interminables, cotilleos irracionales, risas sensacionales. ¡Ancla la moto, Chucha, que te nos vas!

–Ya te digo, entre col y col un buen nabo.

– ¡Lechuga! ¿Tú no has leído tanto a Torres y Villarroel? Se te va la pinza por la edad.

–La pinza, ¡ya! Tú no has visto a ese jabato que pasado tras de ti; y las dos tontitas que iban con él. Por cierto, ¿qué sabes de tus sobrinas, Fefa? ¿Siguen creciendo?

– ¡Cómo no van a crecer! Están en la edad del desarrollo; ¿Por qué lo dices?

–Las vi ayer, tienen unas piernas kilométricas; y los pechitos en las paperas.

–No me dirás que no son guapísimas.

–Pero con menos seso que tu Lulú. ¡Ven corazón! ¿Quién te quiere a ti?

–Es que es muy lista. Mañana la llevo a la pelu. ¡Solo las puntas!

–Mirar, ahí pasa Menchu; siempre tan florida ella.

–Calla, calla, ni la mires; desde que sale con Maridientes ya no la dirijo la palabra.

— ¿Y eso? Si sois tan amigas…

—Pero ahora sale a alternar con esa cabra ebria de Dientes y ni la saludo.

—Ya, Mari se pasó con la nueva dentadura. Sales con ella de noche y va alumbrando las aceras con el brillo que despiden los caninos que tiene ahora.

— ¿Pedimos otra ronda?

— ¡Aggg! No me apetece más té, Conchitón.

— ¡Si es por reírnos del camarero!

—Ya, le tienes frito. Vale, pero la pagas tú.

—Es un cubano muy simpaticón; siempre nos cuenta algo picante.

— ¿Y no será que le quieres dar un repaso? Es un chico muy guapo.

— ¡Pero si es torneador!

— ¿Tornero? ¿De los que hacen piezas para las máquinas?

—No, boba, ¡que tornea!

— ¿Y sabes si tiene buena lanza?

—Chica, ¡se lo tendré que mirar!

—Será si te deja, pues a éste las mujeres le repelen. Ya sabes, es de ésos, hombre con hombre, ¡se frotan! Y después se clavan buenas lanzadas.

— ¡Oh! ¿Y éste qué es: soplanucas o muerdealmohadas?

—Mira que eres teutónica, ¡dependerá de quien gane el torneo!

— ¡Ah, eso! Pues, chica, y yo que no le visto la pluma…

—Chucha, sigues siendo intachable. No te has fijado que el chico es un gavilán. Ahí viene. Morenito, por favor. ¿Tu chica tomará algo ahora?

—Deja en paz a mi Eslo, mira: por ahí pasa doña Pasa y su hijita, doña Vinagre, ¡la marquesita!

— ¡Bua! Otro coño loco propagando el papiloma humano por toda la nación; salió igual que su madre.

— ¡Uy! ¿Qué son esas voces, esos gritos?

— ¡Petardos! Atronadores. Pero, pero, ¿qué viene ahí?

—La desesperación, doña, la desesperación.

— ¡Eslovenka! ¡Tú qué sabrás! Calla extranjera, que nadie te ha dado vela. Camarero, disculpe, ¿qué es ese jaleo?

—Son mineros, señora, una manifestación. Se han quedado sin trabajo.

— ¿Y todas esas mujeres?

—Esposas e hijas. Las más combativas.

—Nos vamos, Fefa; ya mismo. Arranca la moto o te quedas aquí.

— ¡Aggg! No soporto los plebeyos; que se vayan a África. Si la mitad son negros…

—Vamos, vamos, nos pueden pegar, robar, ¡yo qué sé! Adiós, adiós, muac, muac. Nos vemos.

—Nos vamos todas. ¿Eslovenka? Acércame las muletas. Fefa, te llamo desde casa. Abur.

Una riada humana inunda el paseo con pancartas, voceando y tirando petardos. Las doñas salen de estampida, cada una en una dirección distinta, hacia sus lujosas moradas. (Y nosotras que decíamos que al fin España era de derechas) (No hay derecho, que protesten en las montañas) (A estos habría que aplicarles el código de los visigodos, verías como no chistaban) Caminan presurosas pero en una rinconada, ya cerca de casa, doña Limona resbala y cae al suelo sin que la criada pueda evitarlo.

Imposible levantarla; se forma un corro de gente sobre ella y un minero telefonea al servicio de ambulancias. En pocos minutos ya está en la camilla y es introducida en una UVI móvil por un par de fornidos técnicos en Emergencias Sanitarias.

—No es grave; no se preocupe. Una rotura de cadera. ¿Familiar suyo?

—Su criada; necesito ir a su lado.

—No hay problema; puede subir a la ambulancia. Nos vamos para el complejo hospitalario. Venga, conductor, ¡pisa el acelerador y quema la atmósfera del planeta!

—Oye, enfermero, ¿por qué no te vuelves al pueblo a cargar alpacas de alfalfa?

— ¿Y por qué no te vuelves tú a la aldea a plantar berzas? Conduces la ambulancia como si fuera un tractor arando campos de remolacha.

— ¿Qué dices? Ni Fernando Alonso mejoraría mis tiempos; tranquila, señorita, esté tranquila, su vieja no palmará mientras yo esté al volante.

—Por favor, solo les pido una cosa: serenidad. No tenemos prisa, solo llévennos al hospital; sin más.

Arranca la ambulancia sin sirena ni luces giratorias; cosa de rutina. Una abuela que se ha roto la cadera. Sin acelerones, bestia, que ya sabemos que sacaste el carnet de conducir en el ejército. Esto no es un tanque.

Llegan raudos al servicio de urgencias del hospital y facturan a la vieja con celeridad. Hay hostias de las buenas en el centro de la capital; policías y mineros se están dando cera; estarán ya bien adobaos todos. Parten veloces; hoy no pararán hasta las tantas de la madrugada. Ya se sabe, noche de sábado, y si no son los de las despedidas de soltero son las putas y sus chulos los que preparan la movida. Siempre hay jarana en la ciudad de los dos ríos. (Pero el caso es que tenemos trabajo y estamos entretenidos)

Tras el preceptivo protocolo médico la doña es llevada a una habitación de una planta elevada.

—Tiene usted suerte, doña, estará sola. ¿Usted se quedará con ella toda la noche?

—Sí, su hijo está fuera de la ciudad, de viaje, ya está avisado. Yo la cuidaré.

—Si ocurre algo raro pulse este timbre. Le hemos dado un sedante; se dormirá enseguida. En esta butaca podrás dar cabezadas y si quieres puedes bajar hasta la cantina a comprar café o refrescos; aún no han cerrado. ¿Fumas?

— ¿Eh? Oh, no; deportista.

—Así estás de guapa. Que paséis buena noche las dos.

En minutos la luz tenue y el silencio hospitalario obran el milagro de ambas estén ya dormitando. Las horas se estiran como chicle y por la ventana entra una ligera brisa que amaina el furor y templa cansancio y dolor. Pero, como dijo un sabio occidental, ¿accidental? ¿Instrumental? ¡Ah, ya! Un futbolista: Una noche de hospital puede ser moito longa. Eso.

—Eslo, ¿estás dormida?

—No, ahora no.

—Alcánzame la botella de agua.

— ¿Dolorida?

—A mi edad ya no hay día ni hora que algo no te duela.

Una noche de hospital se puede hacer eterna entre lo que se sueña y ensueña, lo que se duerme y lo que se quisiera dormir. Hay mucho dolor a pesar de los sedantes y se pierden las prevenciones a la hora de charlar;

vivimos atados por una madeja de prejuicios interiores y casi nadie en este mundo es consciente de ellos. Pero la noche es oscura ahí fuera y están en un hospital.

—Me preocupa cómo estará el piso cuando volvamos.

—No se preocupe, doña, estará limpio y ordenado; como siempre.

—Eso espero. Tenemos aspirador, pero, gracias a Dios, nunca lo hemos tenido que utilizar.

—Y su hijo llegará mañana.

—Eso de poco me sirve. Ese pasó del chupete a la novia, ¡es que no podrá estar solo ni una hora! Por cierto, no disimules, que sé bien con quien pasa las noches cuando duerme, es un decir, en casa.

—Es que es un hombre muy fogoso, ¡y me quiere!

—Mi hijo nunca ha querido otra cosa que su propia satisfacción, ¡si lo sabré yo que le he parido!

—Es muy cariñoso y me hace buenos regalos

—A ti y a otras cuatro más. El día que termine de hundir el negocio que le dejó su padre, que ya no faltará mucho, se buscará una mujer rica que le mantenga y a seguir viviendo del cuento.

—No diga eso de su hijo; usted es buena madre.

— ¡Que no lo diga! ¿Tú sabes a qué viene de verdad mi hijo? A parte de darte a ti unos buenos apretones. ¿No?

—No, no lo sé.

—Pues a "comunicarme" que se divorcia de su esposa. Ya ha largado a la segunda pues le habrá echado el ojo y el gancho a la tercera. ¡Ay! Tontona. ¿Esperabas algo de él?

—No, no sé, algo; ilusiones.

—Claro, eres mujer, ¡y muy guapa por cierto! Si yo tuviera de nuevo tu edad. ¡Íbamos a montar la marimorena!

—Sí, ya, con su dinero hoy día podría lograr cualquier cosa.

—No, bonita, no, el dinero propio, ni tocarlo. Nos ganaríamos el mundo con nuestros dos ojitos para buscar las presas y aquello sobre lo que nos sentamos para cazarlas. Anda, Eslo, durmamos un poco; que la vida es sueño, y los hombres puercos que roncan.

Fin

No sé si os habrá gustado este pequeño cuento, pero es que yo salí con una chacha, una sirvienta, antes de ir a hacer el servicio militar, y a veces me da por rememorar.

Entonces cuidaban niños, ahora cuidan abuelas. Y si no las habéis conocido, a las chachas, seguramente no podréis imaginaros cómo era una doña, una doña de las de antes. Aún queda alguna, buscarla, y os asombraréis. Ellas guardan un secreto oscuro que nos burlan a los hombres. Leer el siguiente cuento y descubriréis cual es.

Nosotros, los tetitas.

No sabemos en que cueva ocurrió, nadie recuerda su nombre ni situación aunque aparezca siempre en nuestros sueños, debió ser cuando las humanes dejamos de gorjear y silbar como las aves y comenzamos a hablar, pero sí tenemos estos recuerdos fiables en palabras claras que nosotras, las abuelas, os conminamos a repetir con nosotras.

Fue la niebla, la niebla con olor a huevos podridos, la que se llevó a los hombres. Fue la niebla la que se llevó el viejo mundo, la antigua humanidad, y dio nacimiento al nuestro.

Tan grande fue la mortandad que pareció fallecer el propio cielo; pero la Madre Tierra aún tenía fuerzas ocultas y pudo proteger y alimentar a las Madres Primordiales, las Procreadoras, con las preciosas setas y los vegetales que crecían en la inmensa cueva. Cuando la niebla desapareció y el cielo azul volvió tan solo quedaban vivas unas pocas, unas pocas humanes que vivían en la gran cueva y somos nosotras, las que tenemos el poder de los corales y las piedras de colores, sus hijas, sus herederas, las que guardamos el recuerdo imborrable de las primeras nuevas madres y su sufrimiento extremo.

No había ya hombres. Se fueron de caza al gran valle y no volvieron, tan solo quedo su recuerdo. Y el dolor del hambre. Y el deseo de ser madre. Ya no había hombre. ¿Quién podría ser entonces madre?

Durante veinte lunas lloraron y clamaron al cielo las humanes, asustadas, aterrorizadas, perseguidas por las hienas; refugiándose en el fondo de la gran cueva. Pero el cielo, apiadándose del dolor de las humanes, envió el alimento luminoso que las volvió fértiles, fértiles, madres, y poderosas. Una tras otra las Madres, las Madres Primordiales, fueron quedándose embarazadas por vez primera, y segunda, y tercera, y verano tras verano la tribu de las humanes fue creciendo de nuevo y haciéndose numerosa.

Numerosa y poderosa era de nuevo nuestra tribu; la hiena ya no reía ahora tras habernos arrebatado algún retoño, los perros huían tras sentir la primera pedrada certera. Éramos rápidas, rápidas y resistentes, ágiles, implacables en la caza, pacientes en la pesca, previsoras esperando los frutos de la naturaleza. La tribu humane volvía de nuevo a caminar con la cabeza erguida por los valles y montañas de la tierra renovada.

¡Sí! Somos poderosas, las reinas, las señoras de los campos y las bestias. Y nuestra prole fue creciendo de generación en generación, multiplicándose incesantemente. Somos nosotras las que guardamos la memoria del mundo, somos nosotras las guardianas de la palabra, nosotras relatamos verazmente los hechos tal y como sucedieron.

— ¡Abuela! ¡Abuela! ¿Y entonces? ¿Que somos nosotros, los tetitas?

—Un error, hijo, un inmenso error nuestro. Y un dolor que no os cuento.

No supimos, no lo conseguimos, no hubo manera, en algún rincón de la cueva de nuestros sueños quedaba escondido el recuerdo de los hombres, los hombres cubiertos de vello y amplio pecho, y lo que hacíamos cada noche con ellos. Y fue tan fuerte nuestro deseo que…

— ¿Qué? ¿Qué pasó, abuelita?

—Que entonces comenzasteis a nacer también vosotros, los tetitas. ¿Qué puta falta nos hacíais?

—No te enfades con nosotros, abuelita, no quiero verte nunca enfadada, ¿por qué dices eso?

—Porque cuando vosotros nacisteis se nos retiró el alimento luminoso y ahora tenemos que vivir a oscuras y cuidando de vosotros.

Quisimos volver a tener hombres, nosotras, las idiotas, la venteaba generación desde las Madres Primordiales, debimos empezar a degenerar; no supimos ya sujetar nuestros deseos, y perdimos el don del cielo y la luz interior; nos quedamos a oscuras. Quisimos tener un hombre a nuestro lado, y ahora nuestras hijas y las hijas de nuestras hijas tendrán que cuidar de vosotros, tetitas. Carne de mi carne, sangre de mi sangre, os tenemos que querer aunque nos seáis más que una mujer a medio hacer y el sueño de un hombre en la noche oscura.

A ver de qué sois capaces cuando empecéis a crecer. ¡Y dejar de mancharme las paredes de la cueva con las pinturas!

Fin.

Tal vez nunca hayan oído hablar de la partenogénesis, fecundación femenina sin intervención masculina, pero es algo que ocurre en la naturaleza de modo común. No así en los humanes, que se conocen casos aislados; al parecer influyen la alimentación y las hormonas, y tal vez otras cosas. He escrito humanes y no humanos pues es el término científico para nombrar a todas las razas humanas conocidas en los últimos dos millones de años. Según los últimos descubrimientos en la Sierra de Atapuerca, Burgos, España, los homo sapiens actuales somos descendientes del intercambio sexual de al menos cuatro razas diferentes de humanes, Denisovanos, Neandertales, Cromañón, y al menos otra raza más, desconocida por el momento; sin descartar la intervención casual de razas como los Hombres de la Isla de Flores y otras de las que no se tiene conocimiento.

Pero a mí me faltaba algo en el esquema de la evolución humana, he estado en el Museo de la Evolución Humana de Burgos, y seguramente volveré más veces para recorrer las exposiciones.

Museo de la Evolución Humana

¿Por qué los hombres tenemos tetas?

¿Usted lo sabe?

Ahora sí,

¿Verdad, tetitas?

Las dos hijas del rey Alfonso

Esta es la historia verídica e insólita de las dos hijas pequeñas del rey Alfonso. Nos encontramos en la vieja capital de un antiguo reino, de nombre olvidado y memoria escondida en los sueños, y podemos ver el patio de armas del Palacio Real bullendo de actividad. En el centro mismo pelean como toros el rey y su hijo Sancho dando vueltas y más vueltas soltándose mandobles terribles. El rey sonríe, que digo, se está riendo, mientras le da unos trompazos tremendos con la espada y el escudo.

Por momentos ha conseguido recobrar el semblante risueño que siempre le caracterizó, pero sigue alerta; noticias extrañas llegan cada poco de la frontera sur. En un par de esquinas del gran patio algunos soldados se ejercitan a la vista del alférez mayor y al paso del rey redoblan sus esfuerzos por demostrar maestría en el combate. Entre mandoble y mandoble observan la lucha del rey y su infante; bien saben que pronto volverá a llamarles a formar en el patio y partirán al encuentro de las tropas de los condes y señores de tierra para ir de nuevo hacia la frontera.

¡Botín! ¡Botín! ¡Botín! Parecen exclamar las espadas al chocar con los escudos. Riquezas ajenas, mujeres hermosas, esclavos, esperan más allá de las Marcas. Y muertos, miles de enemigos muertos; de nuevo correrán ríos de sangre.

Por una ventana del torreón la reina Zaida observa la esgrima real con indisimulada satisfacción y lo comenta con la infanta Urraca, hija de un anterior matrimonio de Alfonso; se llevan bien pero tras ellas los problemas asoman. Las dos hijas pequeñas del rey están, cómo no, de gresca. Sancha y Elvira, Elvira y Sancha, siempre peleando por cuál de las dos tiene, en no importa qué lugar o situación, preeminencia.

Ahora están enfermas, no importa de qué, no se sabe el cómo, el caso es discutir sobre cuál de las dos está peor, más malita, que necesita más cuidados y atención. El obispo le ha comentado a la reina en alguna ocasión sobre las propiedades prodigiosas de un antiguo balneario al pie de las montañas del norte. Durante siglos cuentan las crónicas y los restos que dejaron cónsules y legados imperiales, condes y reyes, han disfrutado de las salutíferas aguas medicinales del bendito manantial. Decidida, ha ordenado llamar al abad del monasterio cercano pues es el encargado del cuidado del lugar y por el patio ve, al fin, desfilar un par de frailes montados en borricos. Seguramente uno de los dos será el abad.

Ordena que les lleven a su presencia en su salón privado. Es un frailecito que apenas le llega por el hombro y tiene la cabeza casi completamente rapada el que se atreve a hacer el saludo de rigor; viene acompañado por un fraile joven casi tan ancho de frente como de perfil.

—Abad Fraucinio, bienvenido; le he mandado llamar pues necesito su ayuda y consejo.

—A los pies de mi reina están mi ánimo y esperanzas; solo queremos servir.

—Le cuento; mis dos hijas pequeñas sufren dolencias extrañas y el físico nos ha recomendado que pasen el verano tomando las aguas de su balneario. ¿Cómo se llama?

—Está bajo la advocación de los santos Adrián y Natalia, señora, y a su vera tenemos una ermita donde podremos también atender la salud de sus almas. Serán bien recibidas.

—Muy amable, abad, sé que serán bien recibidas y estarán mejor protegidas; el rey, nuestro bravo señor, ha mandado aviso a los caballeros que atienden las torres del valle. Pero, pero, pero, hay un problemilla que seguro podremos solucionar.

—Escuchamos, señora.

—Las dos hijas del rey siempre están peleando por ver quién tiene más relevancia y recoge mayor admiración en cualquier acto o función al que asisten.

—¿? ¿? ¿?

—Me han informado que vuestra querida ermita, amén de ser minúscula, tiene una puerta por la que no caben dos personas a la vez.

—Pues sí, ocurre tal y como lo cuenta; tenemos que entrar y sacar los difuntos en parihuelas, con tan solo dos portadores.

—Pues tendrán que ampliarla. Confío que estas monedas ayuden a solucionar nuestro, ejem, problema rápida y satisfactoriamente.

Una bolsa de tintineantes monedas de plata en la alforja parece dar alas a los pollinos y fuerzas hercúleas a los canteros, pues en cuestión de cuatro días la ermita luce una nueva puerta tres veces más ancha en la pared contraria que la existente.

Las torres de señales comienzan a clicar incesantemente esta mañana primaveral y prodigiosa, los mensajeros a cabalgar veloces de aquí para allá, y en minutos un clamor se va extendiendo por toda la vega y el valle: ¡Llegan las hijas del rey! Las dos hijas adolescentes de nuestro buen rey Alfonso van camino del balneario musitan entre rezos y berzas los frailecitos. Expectación.

El abad recibe, escondido tras las grandes espaldas del capitán de caballeros guardianes, a las nobles damas impresionantemente ataviadas. Lo suyo son los borricos, le aterran los rocines y más aún si son tan briosos como los que las damas montan. Dos guardias del rey ayudan a las damas a descabalgar y de su brazo las acompañan a los aposentos reales en el balneario.

Es una antigua mansio romana, bien conservada y ataviada para la ocasión con los pendones de las villas cercanas y los estandartes del rey y sus deudos regionales. Visto bueno, ninguna tuerce la boca, sonríen y saludan a las autoridades locales. Las dos a la vez, idénticos gestos, exacta respuesta. Se retiran a sus aposentos. Estamos a salvo; por el momento.

Pasan los días en alegre solaz veraniego Elvira y Sancha, Sancha y Elvira, sin hacerse de menos; las aguas benéficas y el sol montañero están haciendo maravillas en la salud (¡Parece que han crecido!) de las muchachas que disfrutan de alegres paseos a caballo visitando antiguas fortificaciones, de cuando aquí estaba la frontera, y las fértiles vegas aledañas y sus numerosos molinos. Un grupo de caballeros siempre a su servicio, vigilantes; y en las aldeas las gentes se pelean por hacerles llegar algunos sencillos presentes consiguiendo que ahora compitan con sus risas sanas donde antes eran gruñidos y requiebros constantes. Al llegar de cada paseo, son unas amazonas prodigiosas, gustan de pasar horas bañándose en las caldas de aguas siempre templadas. El suave canto de los grillos y el croar de las ranas acompañan la puesta de sol y saludan la retirada a sus estancias privadas.

Hoy es domingo y fiesta mayor en el valle, día de la Asunción de María, y las hijas del rey lucen sus más lindas galas para asistir al oficio religioso; son tan amplias las sayas, tan largas las capas, tan lujosos los velos y pendientes que al entrar en el templo (Y mira que han hecho una puerta bien ancha) se enganchan.

¡Vaya juramentos! Le arden los oídos al abad y casi le sangran al capitán de caballeros (Lo que daría por estar en estos momentos en Tierra Santa) El oficio religioso pasa en segundos de sublime a ridículo y aunque por momentos hay silencio en los presentes las miradas en tan pequeño recinto llegan pronto al grado de incendiarias.

Ite Missa Est.

Ya se disponen a salir las dos más bravas hijas que ningún rey bravo jamás tuvo. Los campesinos aguardan fuera, expectantes, en el prado, las hoces en la mano; por si hay cabezas que cortar. Y, ¡Cómo no! Al salir del templo los velos de ambas se vuelven a enredar (un ligero vientecillo está obrando el maligno hechizo) tafetanes y organzas, ropones y brocados, todos enredados, con anillos y ajorcas enganchados. ¡Qué bramidos, Señor! Se espantan corzos y rebecos en los montes cercanos, ¡hay pelea!, pelea de la buena, ¿a pie? ¿a caballo? ¿espada corta? ¿lanza larga? Con los chuzos de los caballeros, deciden presto.

— ¡Te voy a pinchar!

— ¡Te voy a varear!

Eso, eso, que se vareen, que se vareen, que tienen buena lana las dos infantas. Hacen corro los aldeanos en la campa larga, una lucha de infantas no se ve todos los días; ¡menuda fiesta de la Asunción! Sitio hay de sobra y la hierba está recién segada pero cuando parece que nada podrá impedir este duelo de bravas en toda regla una alegre musiquilla y cánticos foráneos les alcanzan y aquietan; y todo se para.

En un par de minutos el misterio se desvela: es un grupo de peregrinos que llegan cantado alegres y floridos.

Son cerca de veinte caminantes que acompañan su peregrinar con cánticos de su tierra extranjera y músicas encantadoras que surgen de una media docena de instrumentos musicales. Hay hombres y mujeres, casi a la par, y visten largos hábitos con amplios sombreros adornados de flores y pequeñas conchas de mar. Al instante ya están las dos infantas disputando por cuál de las dos tiene más peregrinos a su vera, alabándolas. Y en minutos sus risas poderosas y su voz aguda ya se escuchan en todos los rincones del valle. (Sí, también en eso disputan) No tienen problema alguno con la lengua franca pues la parlan desde niñas.

— ¡Qué bonitas son esas conchitas! ¿Cómo se llaman?

—Son las vieiras del rey Arturo, gran rey de los normandos, nuestro pueblo; noble dama. Las llevamos como presente a la tumba del Apóstol de los hispanos.

— ¿Un rey llamado Arturo? Nunca oí hablar de él.

—Pues él bien hubiera gustado de contar con tan aguerridas damas entre sus caballeros. Nunca hubiera perdido una batalla.

Y la otra infanta:

— ¿Y cómo es que los peregrinos se llegaron hasta nuestro balneario? El viejo camino no pasa por aquí. ¿Qué les llevó a desviarse y retroceder sobre sus pasos?

Uno de los peregrinos, el de más edad, de barbas blancas y roídos zancajos se atreve a confesar:

—Nos envió por delante la reina, vuestra señora, y guío nuestros pasos su infanzón por la vereda del arroyo. Si miran hacia los árboles del soto la verán montada en su caballo y escuchándonos.

Un giro de cabeza y tras las sebes y bajo la sombra de unos chopos descubren la presencia altiva, majestuosa, de la reina, su madre y señora, acompañada de la infanta Urraca y un largo cortejo de guardias y damas de compañía. Apenas hacen el gesto de salir de estampida y ya el caballo de la reina les cierra el paso (Ahí quietas las dos) Desmonta de un salto la reina Zaida y con la mirada las enfrenta.

—Vaya, vaya, vaya, con las hijas enfermitas del rey Alfonso; nuestro bravo señor. Si algo no me hace estallar es la presencia de los peregrinos francos que con sus cánticos evitaron que Urraca escuchara las voces que dabais al salir de misa. Si por mí fuera vuestro padre os debería mandar acompañarles hasta el sepulcro de Santiago ¡pero cargadas de grilletes y cadenas! Venga, inmediatamente, las dos, a vuestros aposentos y preparar los baúles. Ya estáis curadas y más que sanas. El rey os reclama.

Deprisita y cabizbajas van ahora las dos damas, suben a saltos por encima de cualquier lápida, escalón, o persona que encuentran; recogen sus cosas como si el moro llegara para raptarlas.

—Estas peleas, estos celos, estas bravuconadas hay que pararlas.

— ¡Incluso dentro de la ermita me gritabas!

—Hagamos las paces que me parece que sé por qué padre nos llama.

—Nos va a caer una bronca de espanto; se lo contará esa chivata de Urraca.

—Pues aguanta el chaparrón y verás cómo antes de que termine el año nos vemos las dos casadas y lejos de aquí. Ya se les olvidará la riña boba que hemos tenido.

Apenas un frugal almuerzo y ya parte el cortejo real de vuelta a la capital. Aplauden los campesinos, vitorean los caballeros desde las torres almenadas y rezan los frailecitos dando gracias al Señor por que no se llegó a ver sangre derramada, ¡y de infanta!

Fin

Tan grande fue el disgusto que se llevó la reina Zaida que ordenó y pagó de su bolsa una lápida que en las paredes del templo aún está incrustada (Han pasado ya 900 años) y reza así:

"Quien entra en esta aula o morada de Dios sin intención recta, de nada le valen sus votos ni sus dones. Deben, pues, los que aquí entran, deponer intenciones torcidas y malas".

Para que perdure en la memoria humana esta pequeña muestra de la estupidez humana.

Elvira casó al poco tiempo con Rogelio II, y reinó hasta su muerte en Sicilia.

Sancha matrimonió con el conde Rodrigo González de Lara, de Liébana; y nunca salió de sus montañas cántabras pero también sus descendientes serían famosos: los Infantes de Lara.

Sancho murió en la batalla de Uclés.

Urraca heredó todos los reinos de su padre Alfonso, y fue una de las más grandes reinas de toda la historia de España. Y quizás la más desventurada.

Gundemaro, el último conde suevo

Durante buena parte del año 2013 acompañé a mis amigos de la Asociación Leonesa de Amigos del Camino de Santiago en la labor de recuperación del Antiguo Camino de Santiago por la montaña. El Camino de Santiago que siguieron los peregrinos que venían de Europa para visitar la tumba del Apóstol Santiago siglos antes de que se abriera el Camino Francés que pasa por Logroño y Burgos. Parte de Pamplona y Bilbao y llega hasta Villafranca del Bierzo siguiendo una antigua calzadilla romana que bordea la Cordillera Cantábrica; los romanos la utilizaban para mandar el oro del Bierzo, Bergio, hacia la Galia, era la paga de los legionarios. Caminando por montes y pueblos me encontré con esta preciosa historia; Suevia, Arbolia, Gotia, Bretonia, habían existido en el siglo VI pero ya nadie lo recordaba; cántabros y astures, suevos y visigodos, los Guzmanes, el rey Alfonso V de León.

Siglos de Historia de España permanecían ocultos en mi ignorancia y yo caminaba con mis amigos un domingo tras otro de un castillo suevo a un balneario romano, de un torreón medieval a una vieja mina hasta que recordando cuentos de mi adolescencia me animé a escribir este relato que confío sea de vuestro agrado.

Aunque el cuento es fantástico los lugares son auténticos, los nombres son, de un modo aproximado, los utilizados en aquellos tiempos y las situaciones, batallas, bodas, guerras, son históricas hasta donde he podido averiguar. Muchas horas de lectura surfeando por internet, leyendo libros de historia y arqueología, viajando a Galicia para rastrear los últimos días del pueblo suevo. Desaparecieron como pueblo tras ser derrotados por los visigodos al igual que desaparecieron los godos y los bretones tras la invasión mahometana pero nos queda la toponimia, las tradiciones, usos y costumbres que perviven en nuestros días y casi nadie sabe que vienen de aquellos tiempos del siglo VI.

Chanagunda, princesa cántabra

En las amplias campas al pie de la Peña Galicia se encuentran reunidos en informal concejo las nobles gentes de Aviados y la Real Encartación del Río Curueño; amplio es el corro, muchos son los que han acudido a la llamada de los Guzmanes.

Sospechoso el ascenso que ha tenido esta familia en pocos meses, las carnes se hacen lenguas, los sueños carnavales, una terrible sospecha salta de hombro en hombro de sus deudos y lejanos familiares.

¡Encontraron un tesoro! ¡En una cueva estaba enterrada una caldereta llena de oro! ¡Un tesoro visigodo! ¿Quién viene con Nuño? ¿Será verdad que el rey Alfonso le ha hecho conde? El tonsurado es el nuevo abad de Cavatuerta. Callaos, van a hablar ya.

—Escuchadme un momento, freires y amigos, y os haré saber el porqué de esta llamada a concejo y porqué reunirnos aquí arriba, en lo alto de la collada.

— ¡Para tener a la vista tus cabras! No te jode, ¿Y nosotros qué?

—Tranquilos, tranquilos, escuchadme y no os defraudaré, y dar tiempo a los venados, que se ablande su carne en los calderos.

—Eso, eso, que ablande, que ablande, pero ¿no querrás decirnos de paso algo sobre un caldero que dicen que encontraste en el Puerto Dotes?

—Lo habréis soñado o algún malhablado os habrá engañado. Lo que de verdad se ha encontrado, y por ello he hecho venir hasta este collado al abad, es una carta. ¡Sí! No me miréis así, una carta. Una carta del último rey de los Suevos al Conde Gundemaro, señor de estas tierras. El abad la tiene en sus manos y como está escrita en latinajo antiguo, que vosotros no entendéis, he pedido al abad que os la lea pero en nuestra lengua vernácula para que todos la entendáis. ¿De acuerdo? ¿Dejaréis hablar al abad o nos liamos ya a cachazos?

— ¡Mejor será oír a un letrado que no a un cabrero que a saber con qué cabritilla habrá pasado la noche!

—Mejor, mejor, y ya sabéis todos cual va a ser la primera cabeza que rodará por el suelo cuando bajemos al pueblo. Y ahora escuchad en silencio al abad Froilaz, hombre ducho en latines y romances paladinos que recién llegó de Braga enviado por el obispo Valdemaro para regir con pulso firme el monasterio de Cavatuerta.

Silencio en las gentes cuando el fraile sale al centro del corro, solo se escucha el balido de las cabras, habría que invitar a este molinero a los próximos aluches. Es un hombre joven y fornido, aunque tonsurado las mozas clavan en él sus miradas cuando llevan a su viejo molino los sacos de cebada. Sabe de letras y tiene manos como ruedas de carreta.

— ¡Escuchad aldeanos! Y nobles gentes de la Real Encartación. Para quienes no me conozcáis soy Froilaz, el nuevo abad que llegó el invierno pasado a San Pedro de Cavatuerta, y lo que ocurrió y motivo es de este concejo es que en las calendas pasadas hicimos un gran hallazgo al remover viejas piedras del monasterio de Santa Eugenia; alguno de vosotros trabajó con mis monjes en esos días y recordaréis la gran obra que hicimos. En un cacharro de barro, bien cubierto, encontré al destaparlo una larga carta que he hecho conocer a nuestro señor rey Alfonso y al obispo Atilano; es una carta antigua que envió el rey suevo Amalarico a su conde Gundemaro, señor de Arbolia, esta tierra que habitamos. Y reza así:

Te envío Gundemaro, conde y señor de mis tierras de…

¡Pero bueno! ¿Qué es esto? ¿Se van a tragar ese embuste por unos trozos de venado? Yo soy el último conde de Arbolia, un suevo auténtico,

¿por qué escuchan las gentes esa sarta de mentiras de ese par de perros godos?

Es que no te pueden ver ni escuchar.

¿Y eso por qué?

Porque estás muerto para todos ellos desde hace cientos de años. Nunca oyeron hablar de ti y ni de tu pueblo e ignoran tu presencia. Pero a mí sí me gustaría escuchar tu historia, Ruimundo; te hará un gran bien recordar.

Te lo agradezco, monje enigmático. ¿Por dónde empiezo? ¿La infancia en el castillo de mi padre? No. Mejor la pubertad, recorriendo a caballo nuestros montes y cazando en los bosques, mis primeros enfrentamientos guerreros; tal vez fuera mi época más feliz, ahora que lo pienso.

Sí, pero entonces llegó ella.

Ya, claro, es eso, quieres que la recuerde.

Y todo cuanto puedas, es tu vida.

Chanagunda

Razón y destino de mi vida. Muchas fueron las guerras y batallas, unas cuantas las beldades que conocí y cortejé secretamente, grandes las riquezas que acumulé, pero, al fin y al cabo, todo se reducía a ella. A ella.

Chanagunda

Fue decisión implacable de mi padre, el conde Hermingar, el de los puños de hierro, dueño y señor del castillo del Aguilar y toda Arbolia, que buscaba una alianza con mi casamiento. Había enlazado a mi hermano mayor Teodemundo con la rica patricia astur Eldontie y le había encargado la vigilancia del castillo de Coyanza. Guardadas las espaldas con los astures de aliados buscó buen enlace con los vecinos de enfrente, que aunque amigos siempre andábamos a palos por este prado o este monte; así que acordó mi matrimonio con la hija del más poderoso senador cántabro.

Yo acudí a Amaya más bien temeroso que receloso pues muchos habían sido los lances que había tenido con los cántabros y ya subía a media docena la lista de hombres que había matado. Pero pronto descubrí que no había nada que temer, conmigo estaban encantados al ir a pedir la mano de una cántabra. Ahora era el senado cántabro el que buscaba guardarse las espaldas aliándose con nosotros, los suevos. El nuevo rey godo estaba soltando palos a diestro y siniestro, el año pasado les había sacudido muy duro a ellos y a sus aliados vascos y este o el siguiente volverían a por más carne fresca, así que: ¡adelante con las bodas!

Mi padre no fue parco al exponer mis virtudes guerreras ni lo mucho que aportaba al matrimonio, tampoco el senador Vicente estuvo manco a la hora de dotar a su hija con joyas y ajuares que nos mostraba en grandes arcones para su transporte. ¡Ah! Y una pequeña sorpresa que nos acompañaría de regreso a la frontera del rio Astura. Nos casó el obispo Jacobo ante medio senado que teníamos de invitados y todos en verdad quedaron saciados de aguamiel, terneros, y corderos a la estaca que estuvieron asando los tres días con sus noches que estuvimos de casamiento.

¡Qué mujer me habían buscado! Y mira que ya había yo rondado a unas cuantas astures y galegas varias, pero fue como pasar de la leche al vino. Aquello era otra cosa, y deleitaba. ¡Había que vernos paseando por Amaya! Yo, rubio casi albino, y ella con su largo cabello negro cetrino, vestidos con nuestras mejores galas y haciendo parabienes a los principales que se nos cruzaban, ¡echábamos unas risas juntos!

Tenía buena raza la cántabra; yo, a su lado, más parecía cabrero que hijo de conde suevo y ella no paraba de presentarme ruccones y senadores de todos los rincones de Cantabria. ¿Con quién me había casado entonces? Esta buena yegua por lo menos aspira a ser princesa cántabra y yo tan solo tengo un torreón en las fuentes de Peña Corada. Pero si mucho me hacía pensar por el día más me hacía bregar por las noches; menos mal que era verano y eran las más cortas del año. Era una unión bendecida por todas las partes; tiempo atrás, cuando los suevos éramos bárbaros paganos nos regía la norma de pena de muerte a quien matrimoniara con hispanos pero al ser, desde hacía muchos años ya, católicos ortodoxos era incluso deseado el que nos casáramos con las gentes de todos los pueblos de Hispania, y nunca renegamos de ello.

Pero poco nos duraron las alegrías, a finales de aquel mismo verano y tal y como nos temíamos los godos atacaron a los cántabros y nuestra frontera galega. Fueron rechazados pero intuimos que volverían y había que prepararse para la siguiente acometida. Efectivamente, al verano siguiente regresaron con su rey al frente, desmocharon Amaya, y nosotros tuvimos que regresar deprisa y corriendo al Astura y el Aguilar. Vinieron algunos condes godos detrás nuestro y me desmocharon el torreón e hirieron gravemente a mi padre que defendía el puente sobre el Astura pero no pudieron cruzar y hacerse con su castillo; retrocedieron hacia el oriente a uña de caballo.

En su lecho de muerte mi padre me habló claro y advirtió sobre lo que se nos venía encima. Los visigodos habían cambiado recientemente sus leyes raciales y ya se mezclaban con los hispanos por lo que su enorme ejército se iría haciendo cada año más y más fuerte. Atacarían constantemente nuestra frontera para quedarse con la tierra de los cántabros y después hacer lo mismo con la de astures y galegos; y nuestro reino suevo.

No conocería ni un solo año entero de paz, me repetía una y otra vez, en lo que me quedase de vida y la dote de Chana, cincuenta estupendos alazanes sería nuestro mejor seguro de vida.

—Cuida de ellos como de tus soldados o mejor aún.

—Los tengo a buen recaudo en escondidos pastos de la montaña. ¿Pero de qué me servirán? Seguramente el rey mandará otro conde al morir tú, padre.

—No tiene a nadie mejor que tú para guardarle las posaderas y él bastante tendrá con vigilar la frontera del rio Tajo. No te canses de fortalecer todos los pasos de la cordillera, levanta más torreones de vigilancia para estar atentos a sus exploradores y sobre todo a los ladrones, son sus espías; vigila bien la Puerta de Gallaecia. Recuerda lo que te digo, levanta más castillos y torreones no sea que perdiendo el Aguilar dejes todo el reino con el culo al aire.

—Estás agotado de vivir en un siglo de guerra ahora descansa en la paz eterna, Hermingar.

Gotia crecía y Suevia menguaba sin remedio, había que esperar mejores tiempos y la oportunidad soñada para devolverles la patada a los godos y mandarles de vuelta a la Galia. Pero, contra todo pronóstico, lo que vinieron a continuación fueron unos diez años de calma y tranquilidad en las fronteras, aunque siempre había alguna escaramuza. El rey godo, Leovigildo, se había echado una hermosa amante vándala llamada Recco y se estaba construyendo una ciudad para gozar con ella.

Nuestros problemas se reducían al continuo patrullar de las marcas en los pastos de la montaña cantábrica y la alimentación de los caballos y los caballeros. Los condes godos sí que tenían problemas con las bandas de baugadas; cada año eran más numerosos los grupos de campesinos armados que atacaban las grandes estancias de godos y patricios. Cuando se reunieron en una gran tropa cerca de Coca y atravesaron por los campos de trigales de Gotia, arrasándolo todo, estuvieron a punto de pedirnos ayuda pero cuando pasaron y se refugiaron al otro lado del Astura suspiraron aliviados.

Nuestro rey Aspidio les concedió asilo y tierras en la zona de Sabaria, el valle del rio Tera; mi hermano Teodemundo estaba siempre ojo avizor a esos lobos con piel de cordero saliendo constantemente de patrulla hacia aquellas tierras pero los baugadas, satisfechos con sus nuevas tierras y la libertad lograda nunca fueron un problema para nosotros; no eran guerreros pero algún día se podría contar con ellos.

Yo bajaba regularmente a Coyanza para visitarle o él subía a vernos, en especial por las fiestas de San Martín y de San Vicente. Durante días y días los panes de escanda y centeno que nosotros portábamos acompañaban las carnes de jabalí y ciervo, y a las noches pan de castañas y cerveza ligera. También tomábamos carne de setas y potajes de berzas para aliviarnos de los primeros fríos del invierno, acompañados de abundante hidromiel. Subir y bajar el Astura era el pan nuestro de cada día.

El frío, el frío, bien recuerdo aquella sensación; de niño, cuando me quejaba y buscaba el calor de la hoguera, mi padre siempre me contaba, separándome de las llamas, de cuando el gran río Rhin se congeló un invierno y nuestros ancestros germánicos pudieron cruzarlo andando huyendo del horror de los Hunos de Atila y la terrible helada que todo envolvía.

El vino de uvas de mi hermano y el de manzanas de mi cuñada obraban en Chana el milagro de devolverla a nuestros primeros días de bodas. Al tercer trago le salía el bisabuelo vándalo y nos retaba a luchas y carreras, tanto a pie como a caballo; era una princesa montañesa. Hacer correr los galgos y alancear toros bravos era su diversión coyantina.

No fueron años felices, pero al menos resultaron tranquilos si lo pienso bien.

− ¿Por qué no fueron felices aquellos años si apenas tuviste batallas?

−No vinieron los hijos. No hubo manera. Chana los perdía, uno tras otro, apenas los concebía.

No, no seríamos nosotros dos y nuestros hijos los que repoblarían las tierras de Suevia. Tras las fiestas volvíamos al castillo hablando de esto y lo otro aprovechando la alegría de esos días, y hasta el año siguiente, que volvíamos un poco más viejos, más serios, y desesperanzados. ¿Serían los Hazos que estaban en contra? ¿Alguna magia oscura? Le construí dos bellos palazuelos a orillas de los ríos para que ella se distrajera de los rigores de la vida guerrera; le gustaba cuidar de sus avecillas y estaba muy orgullosa de sus preciosos gallos de maravillosas plumas con las que se adornaba. Tomaba frecuentes baños en el balneario romano y daba largos paseos a caballo de valle en valle para sentir el calor de los aldeanos mientras yo andaba levantado piedras; pero nada.

Los negros cuervos de los mitos suevos seguían volando sobre mis torreones. Disfrutábamos a días y a ratos, el regalo de una nueva joya astur o una tela bizantina que me traían de Leione devolvía la sonrisa a su blanca faz pero al poco otro hijo se perdía de camino y con él se iba nuestra última esperanza.

No hubo verdadera felicidad en aquellos años y me callo. No quiero recordar más. Prefiero dormir y descansar.

El año de los bretones.

E a si mesmo, yo, Amalarico rex, declaro que tu hijo Radamiro, que vive en tierra de bretones, herede tus torreones e tierras e…

− ¿Qué? ¿Cómo saben esos lerdos que yo tuve un hijo? Pero si de los bretones no habrá quedado ni las gaitas, ¿cuándo vieron estos cabreros un bretón?

−Se los estarán imaginando con el romance que el abad les está contando, y el ciervo debe estar exquisito tal y cómo lo preparan.

−No empieces otra vez, monje oscuro, ¿Quién eres? ¿Por qué no veo tu rostro?

− ¿Quién soy yo? ¿Quién eres tú? Escucha al abad que de Bracara vino, ¿no te hace recordar algo?

¿Bracara? Bracara y Dumio. Recuerdo las bodas del rey Miro con la rica Sisebutia en la hermosa capital de Suevia. Bracara, nuestro orgullo supremo. El palacio palatino, el tesoro real expuesto, doce obispos oficiando, cuatro duques y doce condes vestidos con nuestras mejores galas. ¡Y las damas! Nunca se había visto tantas joyas y piedras preciosas juntas. Tanto oro en la Tierra Dorada.

Chanagunda, con su alta estatura y larga melena levantaba oleadas de admiración y envidias; de su cuello y muñecas colgaban las mejores ajorcas y collares que nunca habían realizado los artesanos astures. Media mina llevaba a cuestas mi esposa y cada poco cambiaba los ropajes.

– ¿No recuerdas más?

Los nobles bizantinos con sus largas túnicas de bordados prodigiosos y sus damas de elaborados peinados y las túnicas en oro bordadas; también a los francos de Austrasia que se nos habían aliado en nuestra pugna con Gotia. Unos bárbaros a nuestro lado con sus tristes ropajes solo buenos para montar a caballo. Los aristócratas les miraban como si fueran a darles en cualquier momento una limosna o un plato de pote de grelos.

– ¿Y a nadie más? Había otra gente de hablar extraño y costumbres sugerentes.

–Sé por dónde vas, monje; sí, habían venido también los bretones, con sus gorritos rojos. Un pequeño grupo que corrían de aquí para allá al rabo de su obispo.

Eran extraños en cierto modo, divertidos, ruidosos. La verdad es que fueron la alegría de la fiesta con sus gaitas celtas y su inútil empeño en tumbarnos a los suevos bebiendo cerveza. Les corrimos a gorrazos, ¡pero cuánto nos reímos! Tanto cayeron en gracia que el rey les concedió nuevas tierras en las costas norteñas al renovar el contrato de federación; total, estaban prácticamente deshabitadas, y pronto o tarde les llamaría a las armas.

El rey conspiraba a espaldas de todos; con nosotros, con los nuevos aliados, ¡y hasta con los godos! Solo él mismo sabía que tramaba pues tener en la corte al príncipe Hermegildo y sus hombres era algo que a todos nos llenaba de suspicacia. Pero el caso es que se hicieron muy amigos y entre ellos cuchicheaban. Mi hermano y yo andábamos de aquí para allá con los ojos bien abiertos y los oídos atentos, pronto necesitaría el rey nuevos duques; pero nada sacábamos en claro. Fiestas, son las bodas del rey, alabanzas; nada. Pronto saldríamos de nuevo a campear pero, ¿en qué dirección soplarían los Hazos malignos? Volvimos a casa con las manos vacías y muchas promesas, silbando a los vencejos.

– ¿Y no viste a nadie más?

—Sí, bueno, estaba ella, Columba; la hermana de Mil, el príncipe de los bretones.

Semiescondida tras los hombres, silenciosa, sin apenas más joyas que unos enormes pendientes de alabastro y un colgante con una gran cruz celta; pero era imposible no fijarse en ella con su cabello rojizo y sus inmensos ojos verdes. Callada pero atenta al conciliábulo de los hombres; Febreiro andaba con la mosca detrás de la oreja pues ahora iba a tenerlos de vecinos al norte de su valle dorado y nos pidió que le acompañáramos para tener una entrevista con ellos; yo no le quitaba ojo a la bretona, estaba soltera. Su hermano buscaba una buena alianza pero todos los presentes y conocidos estábamos ya casados y él no quería entregarla a un aristócrata galego; buscaba para ella un hombre de armas.

Tras las bodas las guerras, bien lo sabíamos todos; ellos eran federados nuestros y aunque ansiaban tomar las naves y volver a sus tierras de Britania lo más realista en aquellos momentos era tener una tierra donde poder criar hijos y cerdos; a ser posible al mismo tiempo. Nos fuimos todos con el viento de cara. Los godos a Vandalucía y con ellos los bizantinos que les tenían por vecinos. Los francos acompañaron a Mil a Bretonia para embarcar de vuelta a casa y mi hermano y yo a las Marcas de Gallaecia; el rey seguía confiando en nosotros para guardar la puerta de atrás de su florido reino. Tan solo nos quedaba hacer lo que nuestro padre Hermingar nos había enseñado: paso corto, vista larga, ¡y garras de gavilán!

— ¿Cuándo volviste a verla? A Columba.

—En la desgraciada campaña cántabra.

Leovigildo, gran cabrón arriano, se habría cansado de plantar nabos con la vándala en su nueva ciudad y se fue con todo su ejército hacia el norte, a sacudir a los vascos y ampliar sus dominios. Miro, que tenía ojos de lince, estaba observando cada uno de sus movimientos, tenía docenas de informantes católicos por todos lados, y esperando la oportunidad; nos puso a todos enseguida trotando montaña arriba.

Avanzaba por la costa astur en dirección a Cantabria y apenas verme llegar a su altura me espetó un jodido:

– ¡Qué! Mi conde de los arbolitos, ¿no te gustaría ser Duque de Cantabria? Pues ven conmigo a pelear.

Era bravo el rey Miro, seguramente el mejor rey que tuvimos jamás y yo, yo, solo pensar en los saltos que daría Chana al poder volver a su tierra, ¡de duquesa! ¿Y quién sabe si después no vendría algo mejor? Yo peleaba como un león, el león de los suevos que venía para ser el nuevo duque de los cántabros. Un gran león brillaba en mi pendón condal, pero el del rey llevaba un Hazo.

Los primeros días apenas tuvimos alguna escaramuza con los godos y avanzábamos tranquilos y seguros. Yo me iba ganando el ducado a pulso, siempre en vanguardia y hablando con todos los patricios que nos encontrábamos. ¡Sí! Era yo, Ruimundo, el esposo de Chanagunda, que venía para liberarles del yugo godo. En todas partes era acogido con vítores y aclamaciones pero bien sentía los ojos del rey lince pegados a mi cogote. Ya sabes, monje, cómo éramos los suevos, al menor desliz cabeza rodando por la hierba; por muy condal que fuera.

Y subimos desde la costa hacia Amaya. Al fin tendría ciudad propia; Leione y Asturie quedaban atrás, nunca había tenido la menor posibilidad de reposar allí mis posaderas condales, ¡pero ahora Amaya era mía! La reconstruiría, nuevos fortines, un palacio ducal, una ceca propia, una…

Fue una borrachera, una auténtica borrachera de fantasías lo que pillé.

Y allí estaba ella.

Columba.

Princesa guerrera.

Tan solo cuatro cabezas por detrás del alazán de su hermano y siempre presta al combate como un federado más. Columba, la princesa pintada de azul. Nombre alado, garras de águila, que en mi espalda clavó noche tras noche musitando conjuros en lengua britana.

Amaya, tenía Amaya y la complacencia real a mis locuras y desmanes, tenía Amaya, y a Chanagunda preparando los baúles para cargarlos en los carros y mudarse, y estaba aquella princesa roja y oscura, maravillosa. Mirada y pensamiento iban de una mujer a otra, mi escaso razonamiento se centraba en complacer a Miro y los duques, aliarme con todos los notables cántabros que aún quedaban vivos y, y, lo que tenía que pasar pasó. Los godos aplastaron a várdulos y vascones echándoles a las montañas que caen al mar, se quedaron con todo el valle del rio Ibero, y después enfilaron sus tropas hacia nosotros.

Nos desmocharon, aquello no fue batalla si no matanza. Astures y bretones salieron pitando puerto arriba para volver a sus costas y nosotros, pegaditos a las montañas, como pudimos, sorteando avanzadillas, librando escaramuzas de escapada hacia Suevia siguiendo la antigua calzadilla romana. Tan solo al cruzar el Astura y ver en lo alto mi castillo pude respirar tranquilo, y conmigo el rey y toda la tropa galega. Habíamos ido a por un ducado y volvíamos con medio ejército diezmado. Todos callados, a revolver en el caldero el potaje de berzas que nos tenía Chana preparado.

— ¿Y ahora qué? Le dije al rey cenando.

—Tranquilo, conde, Leo no viene tras nosotros; solo ha mandado un duque para corrernos. Se vuelve a Toleto antes de que arda en llamas; ese godo pérfido tiene el peor enemigo en su propia casa.

— ¿Una conjura ducal?

—No, mejor aún. Su propia esposa, Govinta, mala como pocas, que no le perdona los años que se ha pasado levantando el estandarte godo con la amante vándala. Espera y verás, ya llegará nuestra oportunidad.

—Pues como nos salga como ésta no volvemos a probar la cerveza.

—Tomaremos cerveza y volveros a probar el vino vándalo. Tú permanece fiel.

— ¡Soy fiel a mi rey hasta la última gota de sangre!

—Baja la voz. Fiel a tu esposa. Hay cosas que sabe un rey que un conde ignora. ¿Crees que no sé cómo corrías por las noches tras esa loba britana? Los cuervos me cuentan muchas cosas. Espera y protege la frontera. Pronto habrá nuevas bodas.

— ¿Bodas? Pero si tu hijo apenas comienza a cabalgar en potrillo.

—No, en Gotia. Los bizantinos le están comiendo la Cartaginense y amenazan toda Vandalucía mientras anda por el norte zurrándonos a nosotros. Leovigildo tiene que mover ficha. Aliados, ¿entiendes? ¡Casar a sus hijos!

—Pero si a Hermenegildo, el mayor, se lo rifan los patricios.

— ¡Pero Leo necesita una corona! ¿Con quién le va a casar? ¿Con una vándala? Nadie quiere un arriano en casa ni de invitado. ¿No hablaste con nadie en mis bodas? ¿No ves lo que hay delante?

—Gotia no tiene amigos. Al sur Bizancio, al oeste nosotros, al norte los francos; nadie los quiere como parientes. Arrianos.

—El oro no tiene familia; tenemos que estar atentos a la engatada. Los godos, entre ellos se degüellan, pero siguen teniendo el mejor ejército de Occidente y pueden moler a quien se le ponga por delante. ¡Ya lo has visto!

— ¡Ya! Nos pasaron por encima visto y no visto. Parecíamos peleles.

—Por eso. Guarda la frontera y atento a los emisarios. ¡Ya cambiaran los vientos! Mañana oficiaremos en tu bosque sagrado homenaje a nuestros caídos.

—Mañana llamaremos a las águilas y a los santos protectores.

El oro no tiene parentesco pero nosotros sí; habíamos perdido a muchos hombres buenos y había que honrarlos adecuadamente. El grueso del ejército permanecía alerta en la vega mientras el rey y los principales nos internábamos en el bosque espantando a los osos y llamando a las águilas; un sencillo oficio religioso a la sombra de las hayas.

Al bajar del bosque y despedirnos el rey me dio la última consigna:

— ¡Oro! Necesitaremos pronto mucho oro para ir de bodas.

—Eso dígaselo a Febreiro, no hay oro en Arbolia. No lo hallaron los romanos no voy yo a…

— ¡Búscalo! O busca cómo conseguirlo. La promesa de tenerlo es el mejor cebo para tener buenos bocados que llevarse a la boca y grandes aliados que nos guarden las espaldas. ¡Busca!

Buscar oro bajo los árboles, en los campos y praderas, en las cuevas naturales, las arenas de los ríos, trabajo de esclavos; solo encontrábamos piedras de colores para hacer abalorios femeninos. Días de boroña y sueños, algo de hierro para que las forjas no pararan y mucho miedo. Las avanzadillas godas se asomaban cada vez más a menudo a las aguas del Astura; les seguíamos desde nuestra orilla siempre prestos a cruzar el río y saltar sobre ellos al menor signo de debilidad. Oteaban y se marchaban, los mismos mensajes iban río arriba río abajo durante semanas, todos alerta, y entonces el godo soltó la coz donde menos se esperaba: la tierra de los baugadas.

Necesitaba más esclavos el águila.

Arrasó el país y se llevó esclavos por centenares para trabajar en sus fincas y levantar nuevas ciudades. No nos lo esperábamos y nos quedamos a verlas venir. Muchos hombres libres perdieron la vida o la libertad en cinco escasas jornadas. El águila goda seguía buscando carnaza en todas las direcciones. Paciencia y a jugar a las tabas. Ya caerá.

Pero no cayó.

Nos caímos nosotros. Déjame dormir.

En los hornos ardió nuestro afán

¿El año 585 dice el abate? ¿Dónde andaría ese Amalarico godo en aquel año funesto?

¿Dónde estabas tú? ¿Lo recuerdas?

De aquí para allá, haciéndome ilusiones.

Después de perder Amaya no me quedé con los ojos cerrados, oro no encontraría pero hierro en abundancia y no paraban los hornos ni de noche ni de día. Armas de todo tipo y tamaño que bien caras las vendía.

Íbamos todos los años a las ferias de Asturie a vender y trocar mercaderías; era la ocasión de ver a los amigos pero lejos de los campos de batalla. Tuvimos un par de años buenos, sí, años buenos, recuerdo las fiestas que montaba con mi hermano y Febreiro. Él nos traía androllas y botillos del Bergio, yo aportaba jamones y otros embutidos y mi hermano carne de ciervo y buen vino de uva, preparábamos grandes caldeiradas; era una ciudad de simples libres, sin apenas esclavos, el duque les trataba con consideración, y cocinaban muy bien el picadillo, costilla, lomo, manos y morro, rabo y oreja; vamos, que sabían cómo tratar al cerdo. Hablábamos de la familia, de los clanes tribales, de las alianzas, las bodas previstas. En el 83 fue cuando se lio la de Dios es Cristo. Sí, fue en ese año.

Hermenegildo ya hacía de príncipe en Vandalucía pero le casaron con una princesa franca; franca, guapa, y católica.

Y se lio el embrollo cual madeja de lino viejo.

Hermenegildo repudió el arrianismo y se pasó a nuestro bando lo que puso a su padre hecho una furia. Tenía que ser la franca la que renunciara si quería reinar en Gotia, bramaba Leovigildo, pero, como buenos godos que eran padre e hijo, mejor embestir que razonar. Y Leovigildo mandó el ejército para amedrentar a su hijo mayor; otro godo que no se apeaba del caballo así tronara el propio Thor, y lo que hizo fue encerrarse en Ispali y llamar en su ayuda a los católicos de toda Europa.

Los bizantinos se acercaron al valle del Ispalis por si caía algo de valor en sus manos y Miro bajó con unos cuantos de los suyos por si podía arrimar el ascua a su sardina; pero el que se abrasó fue él, y con él todos nosotros. Los godos, enfurecidos, atacaron con todo su ejército en pleno, entraron en la ciudad y Hermenegildo salió por piernas hacia Córdoba, donde finalmente lo apresaron. Y a nosotros, los suevos, que ni pinchábamos ni cortábamos en aquel convite por ir de bodas a más de pagar cobramos. Destrozaron medio ejército suevo y atraparon al rey Miro; le dieron una buena paliza los duques godos a cintazos y medio muerto le hicieron jurar vasallaje a Leovigildo, además de tener que pagar un fuerte rescate en oro antes de soltarlo; el oro con el que quería comprar la alianza con Hermenegildo. Total, tanto oro y para que muriera a mitad de camino; nunca volvió a Bracara el rey Miro.

Cuando estas noticias llegaron al norte pareció que el cielo se hubiese ennegrecido; sin rey pronto los godos vendrían por nosotros pero no íbamos a esperarles como corderos que llevan al degüello. Eborico, que no era más que un crío y nada bregado en batallas intentó templar gaitas para apaciguar a las águilas godas mientras éstos resolvían las contiendas de Leovigildo con sus hijos, pero lo que consiguió es que el duque Andeca le mandara de una patada en el culo a pasar el resto de su vida fregando iglesias, y después se casó con su madre Sisegutia para ser entronizado; todos callados y amén por Dios, a ver qué sale de esto.

Todos con Andeca y a ser más bravos y precavidos; poco tardó Leovigildo en enterarse de estábamos de nuevo fortalecidos y habíamos llamado a los francos de Austrasia que vinieran a reforzarnos para ir a por sus barbas. Había ordenado matar al rey Miro, a su propio hijo Hermenegildo, y cualquiera que se le cruzase, por muy príncipe o duque que fuera, sería el próximo de la lista de difuntos a sus pies.

Nos fuimos todos para Gigión a esperar la flota franca y lanzarnos de nuevo a rescatar Cantabria, no íbamos a esperar sentados la próxima coz de la mula goda. Allí llegamos todos los notables suevos bien pertrechados, los astures ya estaban esperándonos, llegaron también los bretones con Mil a la cabeza; allí había hasta viejos baugadas supervivientes de cien batallas. Y la flota franca que no llegaba.

Mil me tomó a parte, a la sombra del alto torreón, para que dejara de mirar a la playa; siempre andando por bosques y quebradas las arenas calmas me llamaban al reposo pero el bretón me reclamaba; pronto entendí la razón.

Tenía un hijo, un hijo que Columba criaba en Bretonia, que ya era hora que me enterara y que era indudable mi paternidad pues era suevo de los pies a la cabeza el niño, y ya caminaba. ¿Qué te podría decir ahora, monje oscuro, de cómo me sentí entonces? El corazón se me salía del pecho, me pitaban los oídos, me temblaba la quijada. ¡Era padre!

Y la puta flota franca no llegaba.

Y nunca llegó. Así que nos cayó la del pulpo. El inmenso ejército godo se nos vino encima, tiraron abajo las grandes puertas de la ciudad amurallada y realizaron una matanza terrible. Era el final. Nuestro final como tribus, como pueblo, como raza. El final de Suevia en las cenizas de los hornos se hallaba, esparcidas por los vientos se iban hacia la playa.

Pero no era el mío. Escapé descolgándome con una soga por un lienzo de la muralla y tiré abajo al primer godo que pasaba. A godo muerto godo puesto. Le cambié las ropas, ¡así le quemarían más guapo! y me largué de vuelta a Arbolia como que iba a Gotia a dar noticias de la gran victoria. Mil ideas e imágenes bullían en mi cabeza mientras el caballo trotaba por la vieja calzada romana; tenía una esposa, si no la habían matado ya, un hijo en la lejana Bretonia, y una amante que como los godos se fueran para allá sería la última princesa bretona, pues casi seguro que a estas horas los huesos de su hermano se estarían fundiendo en los hornos.

Subía el puerto y pensaba.

No quedaba otra, recoger el oro y cuatro cosas y salir huidos hacia Bretonia. Chana entendería, Chana lo aceptaría, seguiría siendo mi esposa. Eso, mi esposa ante la Iglesia y lo que quedara de mundo conocido. Aceptaría a mi desconocido retoño, lo amaría, lo mimaría; el hijo que tanto soñamos tener.

Soñaba. Oculto en una braña a mitad de puerto soñaba y rememoraba.

Columba.

Sueña, y en el ensueño recuerda historias que relataba feliz entre los brazos pintados de la bretona. Los miedos de los niños. Ahora él es un niño, el poderoso conde campeador imbatido no es más que un lloroso crío por los miedos que su padre le metía con los cuentos germánicos.

Venía el dragón, venía el dragón por las noches, el dragón inmenso por la orilla del río va llegando echando fuegos por todas partes. Sus escamas son de acero, sus ojos lo ven todo, en sus tripas guarda un inmenso tesoro de oro y piedras preciosas y con sus fauces lo destroza todo. Es imparable ese viejo dragón que asalta pueblos y aldeas, mata a los hombres y mujeres, rapta a los niños y niñas y se los lleva a su oscura cueva. Es espantoso el viejo dragón, nada podemos hacer para pararle y nos trae cada noche la destrucción.

Esta noche llega el dragón, huelo sus cenizas y fuegos.

Llega. Pero esta noche alguien le aguarda, una persona, Windungo, el paladín, con su escudo redondo y su larga pica; apostado en una gran roca espera la llegada del inmenso animal. El rey de los Hazos.

Llega el dragón, arrasa los prados, tumba los árboles, se rasca el lomo contra las rocas produciendo un ruido tremendo, y desprecia la presencia de un simple mortal encaramado a una roca. Un hombre solo, ¡un héroe! le golpearé con mi cola y caerá muerto y lo arrastraré por el suelo.

Pasa el dragón de largo, bufando.

Bufa, ladrón de niños, bufa aún más, y que tu aliento de espanto llegue más lejos.

La soberbia, ¿sabéis niños cómo es la soberbia de un dragón? Inmensa, mayor aún que su apestoso aliento que lanza hacia los campos y árboles que tiene delante. Espantando a todos los animales, horrorizando a los humanos, y despertando, despertando a mis pequeñas amiguitas, millones de amiguitas que dormitan en mis colmenares.

Las despierta, las asusta, y las obliga a salir en defensa de sus reinas. Mis amiguitas, las abejas.

Millares y millares de abejas abandonan los colmenares y se lanzan furiosas sobre el pérfido ladrón picándole por todas partes, por todos lados y, especialmente, en los ojos, cegándole. El dragón se revuelve, inútilmente, se frota contra las peñas y los árboles, inútilmente, y dando cabezadas ciegas termina por caer a los pies de Windungo que, enfundado en su cota de malla, no teme la picadura de sus amiguitas. Sonríe el héroe, el momento ha llegado, y de un salto cae sobre el cuello del dragón y le clava una y otra vez la pica, una y otra vez. Cuando el monstruo reacciona y consigue tirarle abajo ya tiene medio cuello roto y su sangre cae a borbotones, ciego el monstruo se revuelve golpeando su cabeza contra las rocas, no puede ni abrir la boca, pero tendrá que hacerlo en algún momento pues las amiguitas le están cubriendo los orificios nasales.

¡Abre la boca, monstruo!

Y apenas lo hace para tomar aire le clava la pica en lo más hondo de la garganta, ¡no la volverás a cerrar! Ya solo queda apartarse y observar sus estertores.

Windungo, un hombre, un sencillo mortal, ha matado al monstruo y de vuelta a su cabaña recoge una pizca de miel de una colmena para endulzarse los labios. ¡Qué mal sabe la sangre de dragón! ¡Qué pecina! Ahora es Windungo, el primero de los héroes, el señor de los colmenares, el padre de todos nosotros, los suevos, es el nuevo rey de los Hazos. Un hombre.

Despierto, ¿despiertas? No, ensueño. Recuerdo la historia que me contó Columba, la de pechos pintados de intenso azul perverso, la de cabellos de fuego.

El fuego, fue eso, el fuego, lo que expulsó a los celtas de las tierras de sus ancestros.

Columba me contaba, me decía…

Era una tribu feliz que vivía en las costas de Britania; tiempo atrás se habían marchado los últimos legionarios hispanos y disfrutaban de su recobrada libertad haciendo frecuentes fiestas dedicadas a la celebración de los santos, los Apóstoles y Nuestra Señora de las doce estrellas. Eran pescadores y marinos constantes viajando al continente para comerciar con sus hermanos celtas de Armórica.

Grandes fiestas en las playas o en los bosques cercanos, la noche de San Juan Bautista era su fiesta preferida; no era más que una niña pero acompañaba a su padre, el rey Aimirgín, a todas partes, al templo, los convites a los ahijados, los juegos de los mayores y las carreras de sacos para los niños, el soga tira para los mozos y el lanzamiento de tronco de árbol y barras de hierro, las luchas en los corros para los más bravos y, al llegar la noche, las grandes hogueras para quemar lo viejo de las casas y de nosotros mismos.

Pero llegó el fuego, el gran fuego.

Grandes y numerosas naves de hombres bárbaros llegaron una mañana a la costa oriental y desembarcaron con sus armas y equipamiento guerrero. Combatían y quemaban, mataban y quemaban, por todas partes sangre y fuego. Mi padre intentó pararles con sus mejores guerreros pero fue inútil, los mataron a todos.

Deprisa y corriendo nos dirigimos a las naves, los niños, las mujeres, los viejos, los pescadores, al auxilio de los marinos y las velas, y partimos hacia el sur, al albur de los vientos.

Una última mirada a la hermosa sin par tierra de Britania, los altos farallones, las pequeñas playas y acogedoras calas, y los fuegos, fuegos en la noche, por toda la costa fuegos; el país en llamas.

Las olas, durante días embarcados sin apenas alimentos yendo hacia el sur. Siempre al sur en el mar conocido hacia las costas de Hispania. Nos acogieron, alimentaron, buscaron acomodo en castros y cabañas, también eran celtas estos hispanos. Nuestro obispo Mailoc pidió entrevista con los obispos católicos de Suevia y con el rey para explicar nuestra situación; gente de paz buscando refugio. No hubo problema alguno, éramos bien recibidos, cristianos; las naves iban y volvían de Britania para traer los supervivientes que no habían sido esclavizados y se firmó un convenio de federación; tendríamos tierras y uso libre de los puertos pero nuestros hombres, la mayoría eran todavía unos críos, como mi hermano Mil, deberían estar dispuestos para la defensa de Suevia cada vez que el rey lo necesitase. El duque de Lucu sería nuestro protector y enseñaría a los jóvenes las artes guerreras. A todos, pues éramos tan pocos que niños y niñas hacíamos la misma instrucción en las artes de la guerra.

Una nueva tierra igual de verde y hermosa. La misma gente y costumbres similares, arroyos y montes, bosques profundos y los hermosos prados. Un nuevo hogar. Mi niñez en Hispania, una hispana más soy ahora, ¿Volveremos algún día a Britania? ¿O al menos nuestros hijos? Con su propio rey cristiano para expulsar a los bárbaros.

Por ello peleamos a vuestro lado, ése es nuestro afán.

La princesa pintada, ¿volveré a verla? Tengo un hijo, necesito conocerle, ¿cómo será? Está amaneciendo, debo continuar. ¡Qué mal se cabalga derrotado! ¿Cómo se vuelve a casa pensando que tal vez todo se ha perdido? Tal vez el propio hogar. Deshecho.

Chana no sabrá nada, supongo. Aguardará confiada mi regreso, victorioso al fin, rodeado de hombres valerosos y cargado de tesoros. Confiada.

El confiado era yo; pues apenas alcancé las altas brañas del puerto con las luces del alba comencé a sospechar que algo malo, muy malo, estaba ocurriendo; nubes de humo, un humo negro y espeso, avanzaban hacia el norte y el inconfundible olor del bosque ardiendo. Lluvia de fuego. El cielo lloraba lágrimas centelleantes y mi mundo estaba ardiendo.

Hueles la muerte.

No es la muerte campeando, defendiendo un castillo, o un lance de coraje de hombre a hombre, no, esto es la muerte de todo.

Arbolia arde por los cuatro costados y mires donde mires solo ves muerte y destrucción, y siguen cayendo piedras ardientes del cielo. ¿Quiere Dios matar la vida para mejor exterminar a los hombres? ¿Tienen culpa las bestias, las plantas, las avecillas, de los pecados de los hombres?

Lo está matando todo.

Debo encontrar a Chana, sacarla de este espanto y salvar su vida y mi alma.

Encontrar a Chana. El condado ardiendo, mis riquezas son humo que aluman los rayos de un sol pequeño. Apenas se ve algo a lo lejos. ¡Quieto!

Dos carros.

Dos carros y diez caballeros atisbo a ver a lo lejos. ¡Son mis carros y mis hombres! Pica espuelas y alcánzalos, ¡alcánzalos ya!

Mis guerreros miniados, brillantes entre las nubes de humo espeso que al sol ocultan nuestra desesperanza completa. Al verme de godo vestido se alarman y galopan para lancearme pero a grandes voces consigo detenerlos antes del golpe fatal quitándome el casco y mostrando mi larga melena.

¡Soy yo! ¡Soy Ruimundo! Vuestro conde, ¿Dónde está Chanagunda?

Se aquietan rodeándome y golpeándome con él hasta; no soy enemigo que venga a correr lanzas.

— ¡Te has rendido, cabrón!

— ¿Nos has traicionado, Ruimundo?

— ¡Cerdo arriano!

—Tranquilos, tranquilos, esto solo es vestimenta, sigo siendo el mismo Ruimundo de siempre y estáis de suerte que no tengo ganas de partir alguna cabeza con lo que está cayendo. ¿Dónde está Chana?

—Viene en los carros con los enseres que hemos podido salvar.

—Pues vamos a buscarla y salgamos pronto de este horror inmenso.

Ni un beso, hay más humo y fuego en los ojos de Chana que en todos los montes de Arbolia; solo verme vestido de godo, ¡con todo lo que les habré maldecido! y sobran explicaciones.

Seguirme. Os guiaré lejos, lejos, muy lejos de la ira de Dios. A Bretonia. Conozco bien mis montañas.

Bueno, eran mis montañas, y ríos, y valles. Eran de mi rey, eran suevas. Iremos con los bretones, tal vez nos recuperemos. Siempre lo hemos hecho; también lo haremos esta vez.

Recuerdo lo que me contaba el abuelo, de cuando los suevos vinieron de Germania a Hispania huyendo de los Hunos y el frío extremo; llegó un día en que el mundo se había quedado vacío, se habían comido los unos a los otros de tanto hambre como había, tan solo el mar, el infinito mar occidental escuchaba el sonido de sus lágrimas goteando sobre las piedras de las playas del fin del mundo.

Saldremos de ésta.

Caminamos casi a oscuras por trochas y veredas, subiendo y bajando pandos y colladas, buscando puentes para cruzar los ríos, buscando las zonas de praderas pues los incendios se extendían de monte a monte por causa del furioso viento y los castros se veían abandonados; tal vez las gentes hubieran huido a las cuevas del enfado celeste, tal vez la noticia de exterminio suevo hubiera llegado ya con el viento o los cuervos.

Era el fin del mundo. Y además los godos, que arrasarían a su paso todo lo que quedase en pie; seguramente vendrían en cuanto parase el fuego del cielo.

Mi vestimenta de visigodo nos abría paso o alejaba a los pocos fieros astures que asomaban el hocico en algún paso o castro. Alguno me reconocía pues me habían sido deudos hasta el momento.

¡Ruimundo! ¿Es el fin? ¿Es el fin del mundo?

No lo sé, rezarle y preguntarles a los santos; yo no me voy a quedar para verlo.

Siempre hacia el occidente, hacia la puesta de sol, parando a pernoctar en algún castro que aún tuviese cuatro casas en pie, atravesando la tierra astur camino de Bretonia por las grandes montañas y largos valles donde ahora corrían de aquí para allá, asustadas, cabras y vacas sin dueño.

Al quinto día ya estábamos más calmos y animados, muy atrás los montes en llamas y había cesado la lluvia de fuego, acampamos junto a una laguna de verdes aguas.

Empanadas de jamón cocido y queso fundido, algo de embutido, y cerveza de bellotas, no había otra cosa que llevarse a la boca. Una puesta de sol cenizo que no olvidaría aún si mil años viviese recordando lo que me contaba mi padre de su infancia cuando durante todo un año el sol parecía haber perdido su vigor y su luz era azulada, ni aún al mediodía podían distinguir su propia sombra. Y le siguieron diez años sin verano, solo frío y hambre extremos. Raquíticos se quedaron los hombres y las bestias, escasa la caza, y los frutos se podrían en las ramas de los árboles. Ahora yo soy el padre, tal vez nos venga una época como aquella.

Pero saldremos adelante.

Como que me llamo Ruimundo, o me llamaba; porque ahora de godo no sé qué nombre tomaré si también invaden Bretonia. Mejor callar y echar las tabas con los hombres. Aún me quedan diez. Tengo que hablar con Chana de una santa vez, lleva cinco días sin dirigirme la palabra. Reticencia, no me quiere contar lo que le ocurre, ¡siempre hemos vivido así! a uña de caballo, peleando.

¡Un momento! Los carros, apenas quedan cosas en los carros y estamos a la intemperie, menos mal que es verano, aquí hay muy pocas cosas. ¿Dónde está el oro? ¡El puto oro!

— ¡Chana! ¿Puedes venir un momento? Vamos hasta la laguna a dar un paseo, aprovechemos que aún hay luz; necesitamos hablar.

— ¡Hablar no! ¡Tú me tienes que decir a dónde coños me llevas de monte en monte! ¿Por qué no vamos a Asturie o a Bergio? ¿Ya están allí los godos?

—Si no están hoy estarán mañana, habla más bajo. Vamos a Bretonia.

— ¿Pero qué se nos ha perdido a nosotros en Bretonia? ¿Te vas a hacer pescador ahora? ¿Vas a criar vacas? Eres un guerrero, no sabes ni ordeñar una cabra, ¡tenemos que ir a Bracara! Con los tuyos.

—Hasta que esta tormenta del cielo y guerra de los hombres no cese y se aclaren las cosas estaremos más seguros con los bretones. Han perdido a su príncipe en Gigión y necesitaran un jefe más ducho en armas que un viejo obispo. Hazme caso, sé cómo son estas cosas.

— ¿Que tú sabes cómo son las cosas? Nunca has tenido la menor idea, Ruimundo, nunca. Ni tú ni tus puñeteros reyes, que al fin os han llevado al desastre total. ¿Qué sois los godos? ¿Qué sois los suevos? Pulgas y chinches en la historia de Hispania. Yo soy de Cantabria, de la Hispania eterna, nosotros ya estábamos aquí antes de que naciera el primero de los suevos, de los godos, de los vándalos, de todos los extranjeros. Vosotros pasaréis, como pasaron los romanos, y nosotros permaneceremos. Yo tendría que haber sido duquesa de Cantabria y me veo ahora alana huyendo como las lobas por entre los brezos, ¿cómo crees que me siento? Una puñetera manzana por toda cena.

—Da igual, los bretones necesitan un nuevo jefe, y a eso voy.

— ¿Y por qué te van a elegir a ti, un puto suevo? derrotado y… harapiento.

—Derrotado pero no harapiento, ¿dónde está el oro, Chana?

— ¡Déjate de oros! ¿Por qué vamos al norte en vez de a tierra de suevos? En Bracara habrá más gente como nosotros, nobles, con los que te puedas aliar y reponerte. No pienso pasarme el resto de mi vida limpiando mejillones. ¿Por qué vamos al país de los gaiteros?

—Que dónde está el oro, Chana, no me calientes más. ¿Dónde está mi oro?

— ¿Tu oro? Querrás decir ¡mi oro! Son mis joyas, sin mí no eres nada; ya te puedes sentar encima del pico de tu espada pues es lo único que tienes.

— ¡Chana no me faltes al respeto! ¿Dónde está el oro?

— ¿Me amenazas cabrón? Que no vales más que para limpiar el estiércol de las cuadras.

— ¡Mira, Chana! Por Dios, ¿dónde está el puto oro?

Lo siento, de verás, lo siento, lo estoy sintiendo ahora mismo como si lo estuviera viendo. Me calenté, me enfurecí, y perdí todo control de mis actos. Saqué el cinto y me lie a cintazos con ella. A cada golpe respondía con una injuria, era brava Chana, una cántabra de las hablaban sus viejas leyendas, y no se arrugaba, y yo, yo era un jodido bárbaro loco por recuperar el oro que en casa se guardaba. Pasé a atizarle con la hebilla, a hacerle sangre, pero ella no se doblaba ni arrugaba, se lanzaba a por mí para arañarme la cara, para darme patadas, puñadas, y le seguí golpeando con el cinto destrozando su bonito vestido y al fin matándola. Uno de los golpes, le pegué con toda mi alma, le dio en la sien y cayó fulminada.

Una rama rota era ahora mi amada Chana. Arrojé su cadáver a las aguas de la laguna. Con las últimas claridades pude ver su rostro asomando entre las algas, su largo vestido con ellas se confundía, pero no su rostro, su largo cabello negro desafiaba las verdes algas y las ocultaba. Chana muerta, ¿y ahora qué? Se llevó el oro consigo, y mi puñetera alma.

El peine de Chana, el peine con el que domaba sus largos cabellos negros como crines de las hermosas yeguas cántabras. El peine de Chana. El cabello de la esposa, mi esposa.

De cada cabello un hilo

De cada hilo un hijo

De cada hijo un conquistador de mundos, de mundos conocidos o ignorados; así debía de haber sido.

Solo me quedaba suyo un peine y el corazón de la manzana, en mis manos tenía un peine y un corazón, un corazón que siempre me estuvo enamorado. ¿Y ahora qué?

Nada, mis hombres que vieron la trifulca y el homicidio huyeron picando espuelas y me dejaron solo con los carros y los fuegos. Ahora nada.

Noche en vela, mirando las llamas, y escuchando los relinchos del caballo bayo. Noche mirando a las estrellas que al fin se dejaban ver tras los días de espanto de la ira divina. Pero, ¿y mi propia ira? Cuanto mal había causado, ¿qué culpa tenía Chana de mis continuos fracasos? Míos y de todos los suevos. Los vi morir, a todos, a los mejores guerreros de Suevia, tan solo quedaba yo, Ruimundo, el último conde suevo sobre la tierra.

Con la aurora a mis espaldas de nuevo cabalgar, solo, vestido de godo, por las altas brañas de la cordillera; ya debes de estar en tierras de Febreiro. Cayó como un héroe defendiendo el estandarte suevo en la murallas de Gigión; sí estos valles le pertenecían y en cuanto pase el puerto comenzaré a bajar a Bretonia. No tiene pérdida.

¿Qué eso que hay delante? ¿Un corral de piedras? ¿Y dentro? ¡Ah! colmenares, colmenares destrozados, ¿pero a qué godo loco se le pudo ocurrir destrozar un colmenar? Bien que recuerdo los míos, y la miel, la miel y la cera que a Chana me llevaba cada poco, la hidromiel que me preparaba cantando. Está todo destrozado, ¿por qué? hasta estos montes no llegaron los fuegos del cielo. ¿Quién, en su sano juicio, destrozaría los colmenares?

Así estaba de cavilante cuando al salir del corral me encontré con la respuesta de bruces, ¡un oso! No me dio tiempo ni a desenfundar la espada, de un zarpazo me abrió una pierna de arriba abajo, otro par de golpes que me dejaron noqueado y se lanzó por el caballo. Como lo había dejado bien sujeto a un árbol no pudo escapar el precioso bayo. Lo destrozó y se puso a devorar sus vísceras ante mi impotente mirada.

Me desmayé, me desvanecí como un mal sueño, Chana, Columba, el niño que nunca había visto, el oso, creí morir allí mismo. Pero no fue así. Horas después desperté, malherido, el caballo muerto y la tarde cayendo, ¿qué podía hacer? El paso hacia Bretonia no quedaba lejos, seguir subiendo, con la lanza como bastón de viejo, lavándome las heridas en el arroyo, con lo poco que podía portar bajo el escudo y monte arriba, a cruzar al otro lado, hacia el país de los bretones.

Fue mala decisión, debí bajar hacia el valle y buscar ayuda y cobijo humano, aquellas seguían siendo tierras suevas hasta que algún puto conde godo se presentara para quedárselas. Me equivoqué por el deseo de ver al niño, y a su madre. Braña arriba, a pasar el puerto, solo y cojo. Y se me hizo de noche. Cavilar, lo que se dice cavilar, no era capaz, tan solo un puro deseo humano de pasar al otro lado, a otro país, a otro mundo.

Y el mundo se me vino encima; una manada de lobos olfateó mis heridas y me dieron caza cuando alcanzaba el alto del collado. Intenté defenderme pero, ¿Qué puede un cojo contra cinco lobos?

Escuchaba un pájaro, el dulce trinar de un pajarito que en una rama se vino a posar cuando ya los lobos se llevaban mis tripas entre sus fauces oscuras. No era más que un conde llamargo muriendo entre lobos; llueven hojas muertas en los bosques de Febreiro.

¿Seré ahora convertido en el Hombre Verde de Arbolia? ¿O tal vez en un hazo maligno que se arrastre por los montes de aldea en aldea suspirando por un plato de leche de cabra?

¡Hermingar! ¡Hermingar! ¿Dónde están tus Hazos? Llévame con ellos. Ya tan solo los cuervos vienen a picar en mis restos.

¡Déjales que coman de ti! Que por cada picada un hijo te darán y los hijos de Columba a la mar se harán y la verde Hibernia, la isla esmeralda, la inexpugnable, conquistarán. Déjales que piquen y revuelquen, ¡qué gran gloria te darán! Cantarán, cantarán tus descendientes tus hazañas con la más bella voz que nunca se escuchó. Déjales.

¡Ah! Ya veo venir mi hueste brava con sus caballos negros para recoger mi alma. Gracias, Padre, cabalguemos. Tenemos que campear.

Nuño, el león de España

Caen las últimas luces sobre Aviados, ya se ven algunas estrellas, y Nuño baja caminando hacia el Monasterio de Santa Eugenia que tiene a su lado agregado un pequeño hospital de peregrinos.

Ahora soy el nuevo Señor de Aviados y de la Puerta de Galicia y tendré que hacer algo al respecto; más que hospital parece establo y los Caballeros del Templo hace tiempo que se quieren quedar con él, y de paso con el monasterio. Bastante haré con soportarles en el Valle de Boñar para además tenerlos en mis predios; allá arriba, en la loma, construiré un gran castillo para vigilar toda la Puerta y mi condado. Tendré que llevarme bien con los caballeros hasta que tenga mi propia gente armada pero ahora vamos a ver si hay alguien pernoctando en el hospital. Algún franco o lombardo despistado y medio muerto de hambre, seguramente.

Tan solo un hombrecillo, joven y flaco, muy alto y rubio, con aspecto enfermizo, se encuentra sentado sobre una piedra a la entrada del hospital. Juega con una larga y singular vara ente sus manos en la que hace dibujos con una pequeña navaja.

—Buenas tardes tenga el peregrino, ¿ha cenado algo? ¿Entiende mi lengua?

—Algo entiendo y hablo. ¿Es usted el señor de estas tierras?

—Conde soy de todo cuanto le alcance la vista. ¿Va usted a Compostela o vuelve a casa?

—De vuelta estoy; también pasé por San Salvador de Oviedo.

— ¿De dónde es usted? ¿Necesita algo?

—De Italia. Estoy bien aquí con los monjes, su acogida no puede recibir más que halagos; los moros de la aldea cercana me dieron de comer espléndidamente. ¿Y usted? ¿Qué necesita?

— ¿Yo? ¿Qué puede necesitar un conde? (¡Oro! Mucho más oro, y más moros que trabajen las tierras) Mire usted, por su habla y maneras se nota que es gente instruida, soy descendiente de suevos y bretones, por mis venas corre la mejor sangre de Hispania, pronto partiré con el rey Alfonso hacia Portugal para combatir a los sarracenos, ¿qué podría necesitar?

— ¡Ah! A combatir a los sarracenos. Sarracenos, suevos y bretones, visigodos y romanos, reyes y emperadores; se fueron, ellos ya no están, pero sus crímenes permanecen.

— ¿Cómo? No le permito que ofenda…

—No ofendo, soy hijo de un duque lombardo y sé de lo que hablo; desde que nací no he conocido otra cosa que guerras y batallas; muerte por todas partes. ¿No quiere sentarse a mi lado? ¿Quiere una manzana? Están muy ricas.

—Se la acepto, tengo un venado dándome patadas en los intestinos. Así que hijo de duque, y ahora está de peregrino en tierra extraña; siempre con el culo al aire y nadie que le guarde y proteja.

—Me vale y me sobra con la acogida de las gentes de cada lugar por el que paso. Y eso es lo que usted necesita, mi joven conde, si no me equivoco somos de la misma edad, lo que necesita es a la gente. Hablar con ellos, tener en cuenta sus consejos y peticiones, tenerlos siempre de su lado. Al enemigo, el que sea, siempre lo tendrá enfrente, dispuesto a matarlo, entonces necesita tener las espaldas siempre bien guardadas; ellos, sus paisanos, serán quienes le guarden; aunque no sean más que pastores de cabras.

—Ya, ya, lo sé bien; hoy les reuní en concejo para que tengamos todos las cosas bien claras. Pero son reticentes, muy reticentes a cualquier novedad; yo soy conde desde hace como quien dice cuatro días y no quiero hacerme valer rompiendo cabezas. ¡Aunque tentado he estado hoy mismo!

—Evítelo siempre que le sea posible, cuando haya graves problemas reúna a las gentes como ha hecho hoy y busquen llegar a un acuerdo; por malo que sea siempre será mejor que una disputa que fácil se envenena y solo trae que discordias y venganzas. Créame, sé de lo que hablo.

—Algo he oído de cómo las gastan en su tierra de Italia, aquí tampoco somos mancos, y recordaré su consejo. Sí, lo recordaré mientras viva, mejor un mal concejo que una buena matanza. Le dejo, tenga buen camino el peregrino y llegue a casa. Salude a su padre el duque de parte de este pequeño conde de las montañas leonesas.

—Hoy serás joven y pequeño tu condado pero la vida da muchas vueltas y tal vez el rey Alfonso haya encontrado en usted un fiero león que defienda y acreciente sus tierras y reino. ¿Quién sabe?

—Ya. ¿Quién sabe? Aún no he puesto la primera piedra de mi castillo y ya tengo que partir a la guerra. Ni siquiera sé si lo veré terminado.

—Si no lo termina usted lo harán sus hijos; un castillo, por grande que sea, no es más que un gran montón de piedras que cualquier día se derrumba o lo tiran abajo pero si cuenta con la lealtad de sus gentes eso se pasa de padres a hijos y no hay rey que lo pueda echar abajo. No lo olvide.

—No lo olvidaré, descuide, ¡muy ricas las manzanas de los monjes!

—Deje aquí su corazón, yo me encargaré de enterrarlo. Adiós y suerte en Portugal, que vuelva fortalecido y feliz.

—Adiós y con Dios, hermano. Buen Camino.

¿Qué quieres ahora? ¿Quién eres, monje oscuro?

Buscador de misterios soy y Domingo me llamo; te quiero ayudar Ruimundo.

¿Tú ayudarme a mí? Mira, monje rapado: ¡vete a fregar iglesias! Yo sí que te voy ayudar por hacerme recordar y salir de mi largo sueño. Toma, este collar de azabaches era de mi esposa Chana, de cada una de las piedras ve colgando un misterio tras otro, los que llegues a encontrar, y cuando lo hayas completado vienes y me lo cuentas. No sé por qué me caes bien, tienes algo que me resulta familiar, la testarudez, sí, va a ser eso. Testarudo como un suevo.

¿Y este conde cabrero y más que fulero? No sé, bueno, tiene carácter, un algo, creo que voy a echarle una mano.

Volver a sentir la inigualable sensación de campear por las tierras hispanas. Sí, va a ser eso, pelear por reconquistar Bracara y nuestras tierras lusitanas. ¿Qué tribu será esa de los sarracenos? Ya me enteraré. Seguro que ni saben montar a caballo.

Notas anejas al relato

Para un mejor conocimiento de la historia de los Bretones en España pueden dirigirse a este enlace de la Wikipedia:

Bretones_en_Galicia_y_Asturias

Un resumen de la historia de los Suevos pueden encontrarlo en el siguiente enlace:

Reino_suevo

Una aproximación a la historia de Los Guzmanes pueden encontrarla aquí:

Los Guzmanes

El primero de los condes fue Nuño Rodríguez, que tenía como mote o apelativo Guzmán; tal vez porque tenía antepasados bretones. El caso es que su descendencia formó una de las familias nobles más famosas y poderosas de la historia de España.

Descendientes suyos fueron Alfonso Pérez de Guzmán, el Bueno. Fundador de la Casa de Medina Sidonia.

Guzmán el Bueno

Ramiro Núñez de Guzmán, fue el líder de la guerra de Los Comuneros de Castilla y León contra el Emperador Carlos; el Reino de León quedaba relegado a ser pura comparsa en los planes imperiales y Ramiro lideró el levantamiento para restituir las viejas leyes y antiguas Cortes del Reino; las más antiguas del mundo. Pero perdió la guerra contra el imperio.

Palacio de los Guzmanes

Otro famoso revolucionario, rebelde contra todo tipo de rey o emperador, fue Andrés María Guzmán, que, residiendo en París, inició la Revolución Francesa asaltando de noche la Catedral de Notre Dame y poniendo a replicar las campanas con el tañido convenido por los revolucionarios, a sus toques los insurrectos acudieron y pelearon hasta hacerse con el control de la gran ciudad; era dirigente del Club de Los Cordeleros, mano derecha de Marat, y estaba en el centro de la conjura para cargarse a los Borbones y hacerse con el poder.. Le llamaron Don Tocsinos, por el replique que realizó durante horas en el campanario, fue personaje fundamental al inicio de la revolución pero terminó siendo guillotinado a la par que Dantón; al que había traicionado o se traicionaron ambos, con los revolucionarios nunca se sabe.

Andrés María Guzmán

Y es que también tuvieron reyes en la familia de los Guzmanes, y muchos: los Trastámara de Castilla y León.

El primero de ellos fue Enrique II el de Las Mercedes, que tras haber matado con sus propias manos a su hermanastro, el rey Pedro el Cruel, fue coronado como rey de Castilla y León en sucesivas Cortes, pues cada reino tenía las suyas, y le llamaron el de Las Mercedes por los muchos bienes que concedió al pueblo. Enrique II era hijo ilegitimo del rey Alfonso XI y doña Leonor de Guzmán; el cuarto de los diez hijos que tuvieron extramatrimonialmente. Su madre le había dejado en herencia un territorio en Galicia: el Condado de Trastámara, que incluía desde Santiago de Compostela hasta su desembocadura en la ría de Muros y Noya, y su padre el rey Alfonso las villas de Sarria y Lemos; o sea el control del Camino de Santiago por todo el recorrido en el Reino de Galicia; con las rentas que semejante patrimonio enseguida le procuraron enseguida se vio rico y poderoso. Pero el muchacho no se conformó y aspiró a ser rey, que condes ya eran muchos en la familia.

Con él se inicia la dinastía de Trastámara que reinaría durante siglos en Castilla, León, y Aragón; la última reina de los Trastámara fue la Juana la Loca. También eran Trastámara, descendientes de doña Leonor de Guzmán, sus padres Isabel y Fernando, los Reyes Católicos.

<u>Enrique II de Castilla y León</u>

Y otros muchos Guzmanes más intervinieron decisivamente en la historia de España y el mundo hasta nuestros días; la lista sería muy larga. Pero no todos fueron guerreros, condes, duques o marqueses o revolucionarios. También los hubo frailes.

Santo Domingo de Guzmán, el fundador de la Orden de los Dominicos que se extendió por todo el mundo y creador del Santo Rosario, es un buen ejemplo: según cuentan se le ocurrió la idea al volver a Burgos de su peregrinación a Santiago de Compostela.

<u>Santo Domingo de Guzmán</u>

Son cuentos fantásticos y cualquier parecido o coincidencia con la realidad me la tendrán que perdonar. Normalmente me documento todo lo que puedo cuando escribo un relato de tipo histórico y pueden surgir coincidencias inevitables. No soy historiador y no defiendo esto, aquello, o lo de más allá. Simplemente escribo cuentos.

Los nombres de los personajes son aproximados e ignoro cómo se llamaban los personajes históricos y cómo los pronunciaban en suevo, bretón, o visigodo. Los lugares del oeste de España y Portugal que terminan en -Riz, como Mondariz, Allariz, Guitiriz, etc. son topónimos suevos. También los lugares que terminan en -Ris, -Mil, -Ulfe,-Urfe,-Ufe, son propios de los suevos. El recuerdo del conde Febreiro dio lugar al nombre Cebreiro, el paso entre León y Galicia. Algunas montañas leonesas recuerdan al rey Miro con su nombre, igualmente a los Hazos y Hazas. Los Hazos, algo muy propio y distintivo de los suevos, serían una especie de dragones de un tamaño entre el de un león y un caballo; ignoro si existieron realmente semejantes monstruos en la antigüedad, pero los suevos los llevaban en sus estandartes; tal vez solo serían prueba de su fantasía, ¿o no?

En Alemania y Chequia aún conservan muchos mitos sobre dragones en nuestros días.

El castillo de Aguilar se encuentra en las inmediaciones de Sabero, León, y se pueden visitar sus ruinas realizando una bonita excursión de senderismo.

Castillo de Aguilar

Asturie es la actual ciudad de Astorga, **Leione** la de León, **Ispali** es Sevilla, **Toleto** es Toledo, **Lucu** la actual Lugo, **Bracara** la actual Braga de Portugal, **Bergio** es el valle y comarca del Bierzo y **Gigión** la actual Gijón. El río **Astura**, que tanto aparece en el relato, es el río Esla; **Coyanza** es hoy día Valencia de don Juan, el río **Ibero** es el Ebro.

Échale la culpa a la teja.

Sí, échale la culpa a la teja y no te enfades más porque ya no duerma contigo. Una sencilla y casi mortal teja que cayó de nuestro tejado en la puerta misma de la peluquería que hay en los bajos y casi mata a una clienta.

Aurora, mi esposa, estaba dentro aquel día, le estarían alisando el cabello o pintando las uñas, no sé, y ya da igual, el caso es que cual imparable némesis subió a casa y le dio el empujón al asunto que cambió por completo mi existencia.

Subió hecha una furia y en dos semanas escasas tuvimos reunión de la comunidad de vecinos, ¡había que solucionar ese tema cuanto antes! O alguno terminaríamos en la cárcel. El administrador contactó raudo con una empresa de trabajos verticales y antes de que terminase el mes ya teníamos presentado el proyecto de retejado del edificio. Nueva asamblea de vecinos y se aprueba el presupuesto cagando leches. ¿No vamos a poder ir a la peluquería por el temor a que nos caiga una teja y nos mate? ¡Se aprueba! Gritaron las vecinas de la comunidad al unísono. Había fondo de reserva más que suficiente.

¡Será por fondo lo que hay en esta casa! Se levantó hace siglos sobre los restos del palacio del rey Ramiro II, al que los mahometanos de su siglo llamaban El Diablo, el rey de los gallegos, el Emperador de los Hispanos. Perros cristianos. Politeístas y guarros.

Como levante un día de estos la cabeza el buen rey Ramiro nos vamos a enterar todos.

El caso es, apunta fino que te esnortas, que llegaron los albañiles y subieron al tejado para comenzar las labores de retejado. Yo, de vez en cuando, subía a echarles un vistazo o llevarles unas botellas de agua helada; que esto parece Tamanrasset cuando llega el verano, más que nada por charlar del material que utilizan, cuerdas, mosquetones de seguridad, arneses y cosas de esas. Yo aprendí a escalar con sogas de pita y verles trabajar me da envidia sana. Y al cuarto día picaron en la puerta para despedirse pues ya habían terminado la faena. Uno de ellos, le he visto alguna vez escalar en las Hoces de Vegacervera sin cuerdas ni nada, me dejó un recado al despedirse.

—Lo sentimos mucho, pero no pudimos evitar rozar en la antena de televisión. Tendrás que llamar a un antenista para que la reoriente.

—Vale, no pasa nada, yo me encargo del tema. Llamaré al administrador. (Joder, tengo que comprarme unos pantalones de montaña como que los que lleva aquí el hombre araña. Los míos están de pena desde que me caí de culo por aquel nevero de la Peña La Calabazosa.)

Y nada. Encendí la tele y me puse a comprobar el desaguisado que habrían provocado los albañiles escaladores. ¿El Canal Plus? Bien, perfecto. Entonces será la Televisión Digital Terrestre, que hace cuatro meses tuvimos que ponerle un amplificador nuevo. Tampoco, se ve y escucha a la perfección. ¿Entonces qué antena movieron estos caganidos?

¿No será la gran antena parabólica comunitaria que hace tiempo que no usamos? Calla, que por la boca muere el pez. En la habitación pequeña tenemos una vieja y pequeña televisión de tubo catódico. Hay que encenderla. ¡Ves! Solo pilla ruido y granulado. Espera, dale a la búsqueda automática, ya encontrará el satélite Astra o algún otro; como siempre.

Y el aparato comenzó a rastrear emisoras de televisión y satélites de comunicaciones; y al cabo de un minuto encontró un canal. La imagen llegaba bien pero el sonido distorsionado; ¡Buff! No hay quien les entienda nada. Pero, quieto, quieto y siéntate en la cama, ¡observa! ¿Estás viendo lo mismo que yo?

¿Eso qué es? ¿Una nueva serie de SyFy Channel de la que no has oído hablar? ¿Y en que idioma hablan si solo se escuchan algo como susurros en maorí? Joder… ¡Y ese maquillaje que llevan las pavas! ¿Y esos cuerpos? Y, ¡hay carajo! Se están frotando, frotando, y venga a frotarse; ¡pero si hasta levitan! Y cuando se calientan les sale del cuerpo como una especie de aura luminosa que simula alas prodigiosas. Calla, calla, ¡que aquí llega el pavo! Ay, Señor.

Y me enganchado, pero enganchado enganchado. Que Aurora no se entere pero ando buscando por internet como un loco un viejo televisor de tubo catódico de los grandes. ¡De los de 42 pulgadas por lo menos! Y lo encontraré. Lo encontraré aunque tenga que ir a buscarlo a Burkina Faso.

¿Vosotros me comprendéis, verdad?

Yo, que nunca pude resistir dos episodios seguidos de cualquier telenovela norteamericana o venezolana, ni tampoco las guarradas que ponían los fines de semana en el Canal Plus, y me encierro ahora por las noches, encandilado y gozoso, para ver estos programas prodigiosos que me llegan de algún punto de la galaxia. Tengo que escribir a mis amigos de Setiathome para que intenten encontrar la fuente de esta señal de los cielos.

Aunque, bien pensado, ¿para qué les vas a decir nada? Casi mejor que sigan otros cincuenta años buscando señales de radio intergalácticas. Tal vez algún día encuentren algo. ¿Qué mayor señal de inteligencia que la televisión puede dar una raza humana? Digo yo. Y éstos quieren escuchar la radio.

Las grandes batallas del Peloponeso

Hace un mes estaba cenando con unas profesoras de español en E.E.U.U. y Canadá y en un momento dado una de ellas me pidió disculpas por su acento norteamericano, bastante acentuado al ser de Texas. ¡Oh! No se preocupe por ello, le dije, desde muy niño estoy acostumbrado a oír hablar en español a norteamericanos, con su simpática manera de pronunciar. Y una vez en casa recordé una anécdota, una tontería de cuando era un crío, me fui a la cama y me pareció soñar la historia de un niño, un niño rubio en un país de morenos; del ensueño nació este cuento.

Es fantástico u onírico o vaya usted a saber; basado en los recuerdos de un niño que tal vez nunca creció, o existió. Permítanme que se lo presente.

— ¡Dani! Dani, ven aquí, ven; vas a conocer a un amigo nuestro, un señor americano.

— ¿Qué es? ¿Argentino o mejicano?

—No, es americano del norte; de Chicago. Salúdale.

—Buenas tardes, señor, ¿cómo está usted?

— ¡Hola, amigo! Mi nombre es Yúlian; ¿Cómo te llamas tú?

—Me llamo Dani.

—Muy bien, Denny, encantado de conocerte ¿me acompañas? Voy a buscar a tu padre; me han dicho que está muy ocupado.

—Sí, es que estamos en fiestas y él forma parte de la comisión organizadora

—Entonces tendremos que ir hasta la feria

—No, no hace falta; están reunidos en el bar de Antoliano; haciendo cuentas para pagar las fiestas.

—No sé dónde está ese bar, ¿me llevas tú?

—Yo le guiaré. ¿Vives en Chicago con los gánsteres?

—No, ya no; allí fue donde nací y me crie. Ahora vivo en San Francisco de California, ¿es aquel bar al otro lado de la calle?

—Sí, tenemos que cruzar por el semáforo y entramos a buscarle.

El bar tiene una larga barra de mármol ya desgastado por el continuo ajetreo de los parroquianos trasegando vinos y cervezas durante docenas de años. Está casi abarrotado y las mesas llenas de gente jugando a las cartas o al dominó. Un grupo variopinto al fondo, junto a la puerta de los servicios, sube constantemente el tono de voz.

—Esa gente extraña del fondo, los que dan voces, ¿son gitanos, Denny?

—Mercheros, vienen con los feriantes; no les mires. Ven con mi papa, está aquí sentado.

La comisión de festejos está sentada alrededor de una mesa de mármol pero en vez de tener sobre el tapete cartas y amarracos hay montoncitos de billetes. El padre de Denny está haciendo cuentas en una libreta de anillas y diciendo a los comisionistas como repartir las pelas.

—Hola, papá; mamá me dijo que viniera con este señor americano.

—Hola, dame un beso; ya le conozco. Espera un minuto que ya terminamos y recogemos.

— ¿Para qué es ese dinero?

—Tenemos que pagar a los músicos y otros gastos de la feria; ya terminamos. ¿Nos vamos fuera?

De repente, del grupo del fondo salen voces y exclamaciones que nunca debería escuchar un niño y en segundos se prepara un tumulto tremendo; salen las navajas a relucir, el sonido inconfundible de los muelles de una inmensa navaja de Albacete no se olvida en la vida, y en un par de segundos uno de los gitanos sale corriendo a la calle con las manos en el vientre intentando sujetarse las vísceras. El contrincante se ha derrumbado con una navaja clavada en el corazón y los demás aúllan como lobos y sueltan mandobles como si aquello fuera Las Navas de Tolosa.

— ¡Julián! Sácame el niño en volandas, rápido.

El gigantón toma con un brazo al crío y sale apartando con el otro la gente como si estuviera jugando a fútbol americano mientras los cinco miembros de la comisión retroceden hacia la puerta sin perder de vista la trifulca; la pasta en los bolsillos de la americana. Una vez en la calle y en la acera contraria Julián, ya más tranquilo, posa al niño en el suelo con sumo cuidado, ha cruzado la calle en tres zancadas y la experiencia le dice que están a salvo, pero por el rabillo del ojo observa al gitano en la otra acera, pataleando tirado en el suelo mientras se le escapan los intestinos. ¿Dónde estará la policía?

—Tranquilo, ¡eh! Denny, tranquilo; ¿no has visto nada verdad? Es que daban voces, discutían, y tuve que sacarte corriendo.

– ¿Te refieres a los dos que se han matado? A mí eso no me asusta.

– ¿Cómo que no te asusta? ¿No te dan miedo las peleas?

– ¡Bah! De esas ya he visto muchas, cuando no se matan por dinero es por las mujeres, lo hacen cada dos por tres; y en las fiestas se pelean mucho más. En todas las fiestas de los barrios hay peleas y algunos se matan.

– ¿Y de verdad no te asustas?

– ¡No! ¿Por qué? Aquí nos pegamos todos; si vieras a mi abuelo cómo zurra con la cacha. Más de una vez le he visto echar a todos los del bar a la puta calle.

–No hables así, un niño no dice esas cosas aunque se lo escuches a tu abuelo. Vamos a tu casa; entonces, ¿qué es lo que te da miedo? ¿No hay nada que te asusté?

–Sí, los extraterrestres. Son grandes como tú, ¿puedes doblar este dedo (el meñique)?

–Pues claro, mira.

–Entonces no eres extraterrestre; y yo tampoco. Mira.

– ¿De dónde has sacado eso del dedo? ¿Quién te ha contado eso de los extraterrestres?

–Sale en la tele, una serie de televisión; lo ven mis padres pero a mí no me dejan y me mandan a la cama nada más que aparecen, porque dice mi madre que me asusto y después tengo sueños malos. Y me despierto por la noche gritando y peleándome con ellos.

– ¿De verdad?

–Sí, (mirando al suelo) los de los platillos volantes son malos y nos quieren dominar.

–Pero no les vamos a dejar, ¿verdad, Denny?

– ¡No!, lucharemos todos juntos, nosotros y vosotros, los de América, y les venceremos.

−Bien, ya podré dormir tranquilo si contamos con campeones como tú. ¿Dónde me llevas ahora?

−Vamos a la feria; allí estarán todos.

Caminan unos cuantos metros cruzando las vías del tren hasta llegar a una explanada que en otros tiempos fue una era donde trillaban trigo y centeno. En un semicírculo imperfecto están dispuestas las casetas de las atracciones y la gente deambula de aquí para allá hasta que la orquesta se lanza con los primeros acordes de *"Presumida"* y las parejas van acercándose a la tarima verbenera.

– ¿Por qué bailan esas dos chicas juntas, Denny?

– ¡Ah! Esas dos, son Palmira y la Medialuna. Como son tan feas nadie las saca a bailar y salen solas. ¿Quieres que te presente a la reina de las fiestas? Es la más guapa del barrio.

– ¡Oh, no, no! Yo también soy feo y no sé bailar apenas; no soy capaz de seguir el ritmo de una canción. Déjalo. (De las tres chicas que lucen orgullosas su banda de guapetonas la más alta no le llega al hombro)

−Si quieres yo te enseño; es muy fácil.

−Gracias, corazón, pero ni lo intentes. Cuando estaba haciendo el servicio militar, en un buque de la NAVY, tuve un compañero hispano de camareta, Tito, Tito Puente, que era capaz de hacer música con los pucheros y sartenes de la cocina. Dos años juntos, en el mismo barco, y fue incapaz de hacerme bailar un chachachá o algo así; lo mío es el deporte para la música estoy negado. Me parece que viene tu madre a buscarte para ir a cenar; tendrás que acostarte pronto.

– ¡Sí! Mañana es el día más importante del año; pero no quiero acostarme enseguida.

– ¡Tienes miedo! Te perseguirán los del dedo meñique.

— ¡No! Ahora no, como somos amigos de los americanos y sois tan grandes y tan fuertes les echaremos enseguida. Nosotros también sabemos pelear; mañana verás. No te lo puedes perder.

—Claro, no me marcharé hasta el domingo por la tarde.

—Ya verás que bien te lo pasas con nosotros; te presentaré a todos los de la banda.

— ¿Qué ya eres de una banda? ¡Pero si solo tienes cinco años!

—Voy a cumplir seis, y soy de la banda de La Mano Negra. Mañana verás.

Queda Yúlian en la feria asombrado y casi estupefacto, la mano derecha en el mentón, mirando como el peque se va con su madre; como si estuviera en otro planeta. No es su primer viaje a España, la tierra de sus ancestros; profesor de atletismo y lengua española en la high school de Santa Mónica, California, y está aprovechando el viaje con unos amigos para conocer familiares y perfeccionar el dominio del idioma que aprendió de sus padres y abuelos allá en el frío Chicago; el de los gánsteres como dice el crio. Cuantas cosas vería él a esa misma edad; pasan los años, vas a otra tierra, a otro país, y seguimos igual. (¿Nunca cambiará esto?)

Llega la noche plácida entre los acordes de rumbas y chachachás pero Yúlian se retira tras cenar algo ligero con la familia de su amigo Isidro. El viaje ha sido largo y su organismo no ha conseguido adaptarse al nuevo horario; vitalmente sigue estando en la Costa Oeste, así que intentará dormir un poco aprovechando que ha refrescado pero aún se puede dormir con la ventana abierta.

—Abuelo, ¿me dejas tu boina vasca, la grandota?

— ¿Y eso? Ah, que quieres salir a cazar murciélagos, ¡pero si no sabes!

—¡¡Sí!! Sí que sé, que tú me enseñaste.

—Ni hablar del peluquín; a la cama, cernícalo, que ya es muy tarde y tenías que estar durmiendo.

Llega la noche; cada uno sabe cómo la pasa, o atraviesa. Un tren de sueños pasa pitando y recoge los ánimos infantiles y se los lleva, rivera arriba, hacia las montañas, y más y más lejos. ¿Hasta dónde alcanzan los sueños? Al menos hasta donde llegue la imaginación del yacente. El niño, aunque es verano y está de vacaciones, tiene que estudiar el Catecismo de la Iglesia Católica Apostólica Romana pues el año próximo hará la Primera Comunión, y sueña, sueña con los personajes que aparecen en el pequeño cuadernillo que todas las tardes tiene que repasar.

En un amplio salón apenas iluminado con lamparitas de aceite un grupo de hombres y mujeres discute animadamente y no reparan en su presencia; aunque entiende su lengua tal y como si fuera uno más de la partida no comprende nada de los temas sobre los que discuten, sus pasos le llevan a una pareja de hombres que hay al fondo del salón, seguramente los más jóvenes de todo el grupo pues a uno de ellos ni siquiera le ha salido la barba; se planta ante ellos y les escucha decir:

—Que no puedo, de verdad que no puedo hacerlo; nada me sale bien. No soy como tú. ¿Cómo se te ocurre pedir besugo en esta celebración?

—No decaigas, Juanín, no te derrumbes. Primero hay que ser, y lo demás te vendrá por añadidura.

¡Juanín! Se despierta el niño gritando. Yo tengo un primo que también se llama Juanín, y también siempre está con lo mismo: que yo no sé leer, que no me sé los números, que nunca seré capaz… ¡Oh! Aún es de noche; estaría soñando, seguiré durmiendo. A mí tampoco me gusta el besugo, ¡puag!

La claridad de la mañana que entra por las ventanas despierta al peque que se apresura a vestirse y calzarse para bajar a desayunar; pasa el tren de Matallana dando los pitidos de atención al llegar a la calle Peligros y otro más para saludar el maquinista a su familia y amigos. ¡Es don Pedro! Don Pedro el maquinista el que va conduciendo, se va a Bilbao, ¿cuándo me llevará mi padre a montar en la locomotora? Me lo tiene prometido y don Pedro me enseñará conducirla. Se va a Bilbao, cuando vuelva se lo tengo que decir. Espera a que la nube de humo oscuro se evapore para abrir la ventana y mirar si alguno de sus amigos ya anda por la plaza cuando ve entrar como un ciclón al americano gritando:

— ¡Jai, Jai! ¿Hay alguien en casa?

—Estoy yo, responde el peque, sentándose en las escaleras, y saludando con la mano.

— ¿Qué haces aquí sentado? ¿Dónde está la familia?

—Estarán durmiendo; es que no soy capaz de atarme los zapatos.

— ¿No sabes hacer una lazada con los cordones? Mira, es muy fácil. Hazlo así. Ahora tú.

—Bueno, bueno, bueno, que tenga que venir un señor de América para enseñarte a atarte los zapatos, ¡no te da vergüenza!

—Hola, abuela; ahora ya no me da vergüenza, ¡ya sé cómo hacerlo! No se me olvidará, seguro.

—Pues, ala, venir los dos a la cocina que ya está el desayuno preparado. Mucho madruga usted.

—Pero si ya hace más de una hora que amaneció.

—Estamos en fiestas, a saber a qué hora se levantará hoy la tropa. Aproveche para visitar monumentos. Hasta mediodía no habrá nadie visible en todo el barrio.

—Bueno, pues me iré con mi amigo Isidro a hacer fotos de esta bonita ciudad.

La mañana de sábado transcurre lánguida, con esa extraña placidez que antecede a la tormenta. Yúlian e Isidro aprovechan para fotografiar la catedral, el mercado medieval, puestos de legumbres y verduras de todo tipo, gallinas, conejos, ¡vivos! Venden de todo y los animales vivos, ¡vendedores de botijos con los burros engalanados! Cuando vean estas fotos en América les va a dar un pasmo.

Solo después de pasada la una del mediodía vuelven de regreso a Valdelamora y preguntan a mi madre por nosotros; ella les indica donde buscarnos: pasando las vías del tren, en los prados, tenéis que acercaros hasta aquellas sebes que tenéis a la vista.

Mi padre estaba cazando pájaros con liga y yo no andaría lejos.

— ¡Hola, Daniel! ¿Cazando pájaros para comer? ¿Los vas a echar a la paella?

—No sería mala idea, pero no, no son para comer. Tan solo guardo en estas pequeñas jaulas algún macho de jilguero o verderón. Es por sus cualidades de canto.

— ¿Y los vas a cruzar con tus canarios?

—Podría intentarlo. Los cruzados tienen cualidades muy interesantes tanto en su canto timbrado como en su plumaje singular.

— ¿Dónde está Denny?

—Por ahí cerca; estará cazando truchas en la presa de San Isidro.

— ¿Truchas en un canal de riego? ¿Y las cazáis? España es una continua fuente de sorpresas, y más esta ciudad. Vamos a buscarle.

Un grupo de chavales corren de aquí para allá por las dos orillas de una gran presa de riego que encauza el agua kilómetros arriba sacando el líquido del río Torío para regar prados y huertos que rodean la ciudad. Cuando se instalaron las legiones romanas a toda esta zona se le llamó Babilonia y Babilonia lo llaman los abuelos.

— ¿Cuántas truchas habéis cazado? Enséñame el cesto. Bueno, no está mal, una trucha y tres barbos.

—Ese grande lo cogí yo, se lo llevaré a mamá para que lo cocine.

—No, no, no; tienes que devolver el pez al agua ya mismo.

– ¿Por qué? Lo he cazado yo, ¡así! Con las manos, como tú me enseñaste.

—Bueno, ya veo que has aprendido a cazar peces. Pero los barbos, ¿ves las barbas que tiene en la boca? No se comen; tienen muchas espinas y se te clavarían en la garganta.

Antes de que termine la frase ya están los barbos de vuelta a la presa; la trucha la cazó Alberto y se la lleva a casa. Denny aún recuerda cuando se le clavó una espina y lo mal que lo pasó. ¡Creía que se ahogaba! Regresan a la fiesta a tiempo para el baile vermú y tomar un refresco mientras las parejas se pavonean meneando el solomillo alrededor de un baldosín. ¡Viva el pasodoble español!

Comida familiar, café y puro que estamos de fiesta; los peques no; los peques a dormir la siesta. Ya os despertaremos para que vengáis a ver el partido de solteros contra casados. Ser obedientes.

Oscuras nubes de evolución vertical se acercan presurosas bajando de la montaña a la ciudad, pero la auténtica tormenta se acerca a ras de tierra, caminando sobre dos, que digo, sobre muchas, muchas piernas.

Como una especie de mancha oscura que va llegando siguiendo caminos y praderas al borde de las vías del tren de Matallana. Pasan frente al imponente y elevado Colegio de La Asunción y alguno ya tuerce el gesto, pasan frente a las Casas de Don Pablo y sus rostros es un puro mal gerol. Algunos ya van haciendo acopio de piedras del balasto de las vía ferroviaria. Ya tienen a la vista la era donde trillan los bastardos de Valdelamora y la feria donde algunos parroquianos tiran con escopetas de perdigón o compran papeletas de rifa. Ya hay algunos espectadores avanzados que se van acercando para ver el partido que en unos minutos comenzará: solteros contra casados; ¡te lo vas a perder! Hay jugadores de La Cultural y del Júpiter, incluso uno de La Ponferradina.

No lo van a permitir los tejeros. Les va a caer un pedrisco que se van a enterar.

Pero, hay ocasiones, extrañas, que parece que siempre hay uno que no duerme, que está alerta, pendiente de algo, de esa negra nube que se aproxima. Es Vicente, que desde su ventana ve llegar a la banda de los de Nava y en instantes les adivina las intenciones. Baja las escaleras de casa de cinco en cinco y sale corriendo a la calle yendo de casa en casa dando la voz de alarma.

— ¡Vienen los de Nava! ¡¡Pedrea!!

Corre y corre por calles y plazoletas avisando a sus compañeros de banda para que se dirijan raudos a la era.

— ¡La Mano Negra! ¡La Mano Negra!

Incluso los peques saltan de la cama al escuchar el reclamo. ¡Pedrea! ¡Hay pedrea! Laten los corazones como caballos desbocados y los rostros se afilan como lobeznos que se sienten cazados. Ni diez segundos tarda ahora Denny en atarse los zapatos.

En menos de dos minutos ya hay al menos una docena de mozos reunidos junto a la vieja columna del tendido eléctrico armados de ondas y tiradores, los pequeños van recogiendo piedras de la vía y haciendo montoncitos tras la barrera de los mayores para que no les escaseen las municiones y en cuanto empiezan a llover pedruscos se refugian en el viejo reguero que pasa bajo las casas, paralelo a la vía del tren.

Se suceden ofensivas y repliegues; los de Nava, conscientes de su superioridad numérica, realizan al rato un movimiento envolvente yendo un grupo atravesando el trigal para intentar rodear a los de La Mano Negra y llegar hasta la era. Pero el Colefo, curtido a en cien batallas a sus dieciséis años, cavila en instantes una jugada maestra.

Cruza la vía de cuatro saltos y se mete en el reguero donde los pequeños aguardan instrucciones.

— ¡Todos detrás de mí, rápido!

Agachados, gateando, recorren el túnel del viejo reguero a oscuras, palpando, silenciosos, lobeznos rabiados. Al salir de nuevo a la luz saltan a las vías, sigilosos, preparando los tiradores.

Están justo detrás de la banda de Nava, que no se enteran con la refriega y el afán de avanzar hacia la era. A una orden del Colefo comienzan a disparar con más precisión y mejor entrenamiento que un pelotón de fusileros; parece que llevasen toda la vida haciéndolo. Pasaron del chupete al tirador.

Ocho peques y la onda del Colefo disparando sin cesar causan estragos en los tejeros que no se esperaban un ataque por la espalda; ¡no puede ser!, los de las Casas de Don Pablo se declararon neutrales, ¿quién tira, cojona?

A cada orden de disparo le sigue una segada de cabezas o costillas rotas y para cuando los de Navatejera quieren darse cuenta ya están entre dos fuegos. No hay enemigo pequeño si va armado de un buen tirador y ha estado entrenando su puntería durante todo el verano. A los tejeros no les queda otra que salir huyendo por el trigal para reunirse con sus compañeros pero tan solo para encontrarse que el otro grupo está siendo apedreado por los mozos de las bandas de San Mamés y San Lorenzo, los Payanos, que, mira por donde, venían a ver el partido de futbol y disfrutar de la feria. ¡Y se encuentran una guerra! Quien puede pedir más.

Son inquinas de años, o siglos, pasadas de abuelos a hijos y nietos. Es la guerra. La misma guerra de siempre, librada durante milenios con el primer material bélico que tuvimos a mano: las piedras. Nuestros ancestros, allá en la verdes praderas del Gran Valle del Rift, no aullarían ni lanzarían piedras mejor que nosotros hace un millón de años; y seguro que nos reconocerían como parte del clan, de otra tribu, pero del mismo clan de los humanos. Vaya que sí. ¡Qué puntería tenemos!

Aullábamos, aullábamos como coyotes, como comanches, siux, los apaches chiricagua, nuestros héroes de las películas americanas que veíamos los fines de semana en el Cine Ventas. No hay tregua con el enemigo, si alguno de los nuestros recibe pedrada y no puede continuar se retira hacia las casas para que sus padres le curen la herida; y si es de los pequeños, además, para que le calienten el culo con la zapatilla.

¡Hay del enemigo caído! No conocerá clemencia hasta que termine la batalla, de eso nos encargamos los pequeños. Los que querían rodear y envolver se ven pillados entre dos grupos de tiradores; no les queda otra que tirarse a la presa y cruzar a nado para ponerse a resguardo huyendo escondidos entre las sebes de los Prados del Obispo hacia el colegio de Los Jesuitas.

—¡¡Victoria!!

Vuelven cantando las huestes gloriosas que para su lado hubiese querido Viriato a la era donde los espectadores ya están rodeando el rectángulo de juego. Abrazos y achuchones, collejas, entre bandidos y aliados; los chinchones en la cabeza son el bien más preciado, no habrá chavala esta noche que se resista a los vencedores de esta nueva batalla en los campos de Babilonia.

— ¡Daniel! Pero, pero, pero, ¡Daniel! ¿Vais a jugar soccer después de lo que ha pasado? ¿Cómo, como si nada?

—Este partido es una tradición como la fiesta de los toros; a las cinco de la tarde pita el árbitro y comienza el partido. Les va a caer una buena manita a los solteritos.

—Pero, pero, ¡y la policía sigue sin aparecer!

— ¿A qué tienen que venir los lecheros? Hay partido de fútbol, sí, pero esto no es el Campo de La Puentecilla; no nos hacen ninguna falta.

— ¿A qué tienen que venir? Pero, pero, ¡yo no había visto tanta violencia desde la Guerra de Corea! Si llegan a tener armas de fuego no queda uno vivo, Daniel. Y sigues impasible.

—Es el pan nuestro de cada día; te dejo que empieza el partido y tengo que calentar.

– ¿Y Denny? ¿Dónde está? Yo le vi, yo le vi… ¿Pero tú sabes con qué rapidez tira las piedras?

−Con su madre que lo está cambiando de ropa, en casa. Lo que no sé es dónde guarda el tirador; cuando lo encuentre le voy a poner bueno. Me está volviendo loco para que le haga un arco como el de Ulises; es que fue con su madre a ver la película de Kirk Douglas. ¡A ver si así deja el dichoso tirador! Hasta luego, te veo cuando termine el partido.

Plácidas tardes de verano en la inhóspita Hispania eterna, ¿alguien ha notado algo extraño? ¡Bah! Será foráneo, pues de siempre es sabido, lo dicen las abuelas, que tras la tormenta viene la calma. Y mientras los grandes disfrutan dándose patadas corriendo tras un pelotón de cuero los pequeños se lo pasan pipa con la cucaña o las carreras de sacos, jugando con las canicas de colores al guá, con los tacones de goma de los zapatos corren por las aceras de cemento, o están de rodillas en el suelo haciendo carrera ciclista con los platis de las botellas de Coca-Cola. Las chicas saltan a la comba o al Lunes. Algunos niños saltan al burro inglés (¿Tijerita, navajita, ojo de buey?) Otros juegan al trompo, la peonza lo llaman los pijitos, o hacen figuras en el aire con sus yo-yos.

−Pero, venga, deja las chicas, son unas aburridas; vamos a buscar a mi abuelo.

– ¿Tu abuelo Isidro? ¿Sabes dónde está?

– ¿Dónde va estar a estas horas? En el bar de Antoliano, como todos los sábados por la tarde.

– ¿Y para qué quieres verle? ¿No puedes esperar a la noche?

−Para que me suelte una propina; a ver si le pillo contento.

– ¿Una propina? ¿Eso qué es?

−Dinero, un duro. Es para montar en los caballitos. Mira, está allí, sentado en la terraza con los amigos. Crucemos la calle.

Al llegar a la altura de la mesa del abuelo pasa en sentido contrario una chica rubia que lleva una falda ajustada que deja ver sus rodillas y el abuelo exclama:

—Galatea, Galatea, ¿Dónde irás a estas horas mi dorada Galatea?

— ¡A fregar escaleras! No te jode el viejo, ¡pelele!

— ¡Ja! Jujana, le has echado el piropo a una vallisoletana. Te ha dejado hecho una rodea. Ya puedes fregar la acera.

— ¡Calla, Veneno! ¿Qué sabrá esa de fregar? ¿No habéis visto que rodillas más bonitas tiene?

— ¿No es la nieta del Cervezas? Me suena su cara.

—Y ahora también el culo, señor Tocino. Pues al Cervezas no habrá salido, que es más cetrino que el moro Muza. Callar un momento, que pasa la panadera; eso sí que es un culo glorioso.

Una señora alta y delgada, con fama de ser castellana recia, pasa ahora ante las mesas donde los parroquianos se aplican concentrados al dominó o la barrachina; al pasar frente a la mesa del abuelo saluda:

—Buenas tardes señor Tocino…

Y el abuelo salta como una restralleta.

— ¿Dónde irá la bella Dulcinea? ¿Dónde? ¿Tal vez por harina para amasar unos buenos chuscos o una larga barra que llevarse a la boca?

— ¿Ya estamos, Jujana? Pues que sepa usted que hoy he vendido todo el pan pero aún me ha sobrado algo como para darle una buena hostia a alguno.

—Nos conformamos con un currusco de los suyos.

— ¡Calla, Veneno! Se aceptará una sencilla oblea bendecida con sus blancas manos.

—De barquillero ya hace bien su hijo el mayor, que buenas tortas estaba soltando hace un momento en el Camino del Hospital.

— ¿Puedo ir a verle, abuelo? ¿Puedo?

—Cernícalo, tú te vuelves a la feria ya mismo, toma un duro y arranca. Y que no se entere la abuela o tendremos fiesta en casa; ya sabes, ¡chitón! Ten cuidado no te pille un coche al cruzar la calle.

—No se preocupe por su nieto, yo iré con él a la feria. Es demasiado pronto para comenzar a beber.

—Gracias, amigo americano, por cuidar del guaje. Está todo el mundo en la era, viendo el fútbol.

— ¡Calla, Veneno! Si no sabe mear que no empiece a beber; ni ahora ni nunca. Chau.

Tras cruzar la calle paran un momento en el quiosco pues algo ha llamado la atención del niño.

—Es muy curiosa la manera de hablar de tu abuelo, ¡y esos requiebros a las mujeres! Muy cervantino, tengo que tomar más apuntes para mis alumnos de lengua española.

—Es que se ha pasado todo el invierno conmigo, ¿sabes? Tenía yo que leer un libro sobre la vida de don Miguel de Cervantes y el abuelo me obligaba a leerlo en voz alta, para corregirme. No paraba de reírse y me ha prometido que me comprará El Quijote por mi cumpleaños.

—Vaya, que buena idea. Pero que sea una versión para niños o te costará mucho entenderlo.

— ¡Qué va! Yo lo entiendo todo; si vienes a casa te enseñaré mi colección de tebeos.

— ¿Qué son los tebeos?

—Pues esto, lo que venden en los quioscos. Miraba a ver si ya salió el DDT.

— ¡Ah! Comics, comics españoles. ¿Y cuál es tu personaje preferido?

—Pues cuál va a ser: Daniel el travieso. Ven, te enseñaré los que tengo.

—Mejor que no vayamos a tu casa, vi a tu madre muy, muy enfadada contigo. Por algo sobre unas piedras, escuché decir, ¿tú sabes algo?

— ¿Yo? ¿Yo? ¡Ah! Que me viste. Bueno, vale, sí, nos fuimos con El Colefo, que mi madre dice que es un Mau-Mau, a la guerra y una vecina, ¡la asturiana! nos vio y se lo contó a mi madre y ahora me amenaza con llevarme al Hospicio y dejarme allí, abandonado. Esa es una chivata, se chiva de todos; una noche de estas le vamos a preparar una buena.

— ¡Pero te podrían haber dado una pedrada y matarte o perder un ojo!

— ¡Ja! ¿A mí? Ni en sueños, esos tejeros solo saben hacer ladrillos y sacar a pastar las vacas. Por lo menos le aticé a una docena, y a uno en toda la cocorota, ¡Ja! No hay quien me gane con el tirador.

— ¿Y por qué tenéis ese odio a los de Navatejera?

— ¿Odio? ¿Quién les tiene odio? Serán los mayores; yo estuve hace un mes, en la boda de mi prima Teresina, con los primos de mi madre, que son de allí, de Navatejera, y lo pasamos fenomenal y nos hicimos muy amigos. A lo mejor mañana por la mañana me lleva mi madre para verles y jugar con ellos. Son mis mejores nuevos amigos.

— ¿Y eso? ¿Os vais a tirar piedras a los del pueblo de al lado?

—No, con ellos no se puede ir de pedrea, solo saben tirar piedras como los cabreros, llaneando. Es porque son rubios, como yo.

— ¿Y eso? No entiendo.

—Soy el único rubio del barrio y de la escuela, y se meten todo el tiempo conmigo. Que si soy extranjero. Y me estoy todo el tiempo pegando con uno y con otro, y luego llega mi madre y me echa la bronca; encima. Es que dice que voy a terminar como mi tío el Guzmán, cada cuatro días a puñetazos o en el cuartelillo. Que me voy a hacer un pendenciero, un maloso como los de los tebeos.

— ¿Es el que oímos comentar a la panadera? ¿Cómo dijo? El barquillero. ¿Por qué le llamó así? ¿Guzmán? ¿Cómo Guzmán el Bueno?

—Porque suelta unas hostias como panes y dicen que tiene los puños de hierro; ya le he visto más veces de pelea con los coreanos. No importa, ya sé cómo pelea mi tío Isidro.

— ¿Los coreanos? ¿Hay coreanos en vuestro barrio? Eso tengo que verlo yo. Yo estuve en guerra con ellos, ayudaré a tu tío; vamos.

— ¡Que no! Quieto, no cruces la calle. No son coreanos como los de las películas. Son gitanos. Viven en chabolas detrás de las tapias del cuartel de Almansa y a todo el valle le llaman ahora Corea, los policías, porque cada poco tienen que venir con sus furgonetas y escopetas. Déjalo. Si el abuelo está sentado en la terraza del bar es que no pasa nada. Vamos a la feria, me gastaré el duro aprendiendo a tirar con escopeta de balines.

—Bueno, en eso sí te podré ayudar. Pero, oye, una cosa: ¿por qué tu abuelo llama continuamente a su amigo el gordito, Veneno?

—Porque se llama Benedicto, y mi abuelo dice que ningún ser humano puede llamarse de ese modo, que se cambie el nombre a Benito. ¿Y sabes lo que Bene le dice?

—Pues no. ¿Qué le dice?

—Que se cambiará el día que mi abuelo se llame Isidoro, en vez de Isidro, ¿entiendes? Y están así todo el rato; si supieras qué burradas soltaba antes mi abuelo a las mujeres…Pero como ahora me ayuda a aprender a leer y escribir dice que va tomando nota, que se está volviendo tan florido y vacante como don Victoriano Crémer; y no para de reírse.

— ¿Quién ese señor?

—El tío de mi amigo Vicente, el poeta del régimen, le llama mi abuelo, y chaquetero, y no sé cuántas cosas más. No puede verle. La última vez le soltó que antes de hablar ya ha mentido tres veces, ahí, en la terraza del bar, y el poeta se puso, ¡cómo se puso!

— ¿Y qué pasó?

—Nada, les separaron enseguida. Mi abuelo ya se estaba quitando la boina de la cabeza, y cuando hace eso, cuando hace eso, puede haber muertos. Así que los separaron enseguida. Se ponen a discutir de la Guerra Civil, ¿sabes? Una que hubo aquí hace muchos, muchos años; y se ponen todos a morir. Se tiran a matarse unos a otros. No hay que hacerles caso. Yo, cuando empiezan a hablar de fusilamientos y del odio que se tenían me largo a leer tebeos. Como dice mi abuela, agotan la paciencia de un santo. ¿Me enseñarás a tirar con la escopeta de perdigones?

— ¡Uff! No sé si debería, no sé si debería. Pero vamos, vamos a la feria, me parece que el partido ya terminó. (¡Qué nación es ésta! Son racistas hasta con los rubios de ojos azules; a ver cómo se lo explico a mis alumnos. Y el abuelo cervantino y anarquista con sus amigos don Quijote, ¡Señor Tocino! y Sancho Panza, ¡Veneno! Me voy a quedar calvo intentándolo.) Vamos, Denny, nos acercamos que ya terminó el partido, pero, pero, ¿no es tu padre el que está boxeando?

En la era hay grupos aquí y allá, unos festejando el triunfo y otros protestando la derrota. A un lado, cerca de la barraca de las escopetas de balines dos parejas hacen fintas pugilísticas.

— ¿Es tu padre, no? ¡Y está boxeando! Vamos, tengo que ayudarle.

—Naaa, tranquilo, solo le hace la sombra al contrario por si acepta el intercambio de golpes. No hagas caso.

En efecto, el contrario se retira al tercer amago; el gancho de izquierda del Alemán es legendario pero el otro contrario no tiene tanta sensatez y se anima a lanzar un par de directos a la cara del contrincante; mala idea, recibe un swing en la mandíbula. K.O.

− ¡Daniel! ¿También haces boxeo?

−Solo, aficionado, Julián, solo de aficionados. El profesional es aquí, Manolín, campeón de España de peso superwelter. Este bobo protestón ya se habrá enterado. (Por el que está tumbado en el suelo, inconsciente y sangrando por la boca) A veces echamos unas fintas y hacemos guantes. ¿Verdad, campeón? ¿Ahora vas a ir por la corona de los medios? Te veo en forma.

−Tú sí que tendrías que pelear, pero por la de los crucero; con esa barriga que estás echando. Te están perdiendo el respeto, Alemán, mira que te lo llevo diciendo; que aquí enseguida te pierden el respeto pero como no eres de este barrio sigues sin entenderlo.

−Voy a ducharme y me cambio, luego os veo, ¿vale, hijo?

−Sí, vale.

−Pero, espera un momento, Daniel, ¿por qué ha sido la pelea?

−Estos, que no saben perder. Íbamos empatados hasta los minutos finales y entonces nosotros sacamos a Calo, que jugó en el Barcelona.

− ¡Yo soy del Barcelona!

−Ya lo sé, traidor, que eres un traidor, y que, bueno, técnicamente, técnicamente, él no vive en el barrio, si no una hermana suya, ¡y metió un golazo por toda la escuadra! Y ahí se acabó el partido. Ya te digo, Julián, éstos, cuando se casen sabrán lo que es perder, y todos los días. Os dejo. Cuida del amigo americano.

−Sí, eso, que me cuide el peque. Oye, Denny, ¿tú también quieres ser boxeador como tu padre y su amigo?

− ¿Yo? ¡Qué va! Eso es de mariquitas, como dice mi tío el Guzmán, ¡solo saben que bailar y tocar, bailar y tocar! Como Cassius Clay; son muy aburridos. Yo a quien voy a ver entrenar es a Lorenzo el carnicero. ¡Es campeón de lucha libre americana! ¡¡Guaaggg!! Eso sí que es bueno, ¿sabes? Coge las canales, los terneros muertos, y las sacude de aquí para allá,

¡¡Guaaggg!! Es chulísimo. Y va a ir a Alemania a pelear por la corona europea. ¡Si me quisiera enseñar!

– ¿Que te gusta el Wrestling? (¡Oh, may god!, yisuscraist, me lo llevo, me lo llevo a California como sea. Cuando vuelva a Madrid miraré el papeleo en la embajada, ¡pero me lo llevo a Santa Mónica!) Bueno, bueno, anda, te enseñaré a disparar con escopeta; vas a ser un marine, un tirador de élite.

Y se gastó dos duros enseñándome.

Tardes de verano en España, barracas de feria y fiestas de los barrios; ya nadie se acuerda. Llevábamos ya veinticinco años de paz inigualable, interminable; solo un extranjero podría negarlo. Sobre las ocho de la tarde la gente se arremolina hacia la tarima donde los músicos están ya terminando de afinar sus instrumentos y al poco se arrancan con el éxito del verano: la yenka.

De todas partes sale gente joven que se pone a bailar y al minuto incluso la banda de La Mano Negra al completo está meneándose por aquí y por allá. También las chicas se animan y cuando termina la pieza ya está la zona de baile llena de gentes de todas las edades. Los ye-yés están desenfrenados y piden más y más jaleo.

–Ahora, una de Los Brincos: ¡Borracho!

–Denny, que bien bailas, ¿eso qué es, el twist?

–Aprendí en la boda de mi prima, ¡ven a bailar!

–No, espera, ven acá, deprisa. Ven.

– ¿Qué pasa?

–Ese grupo que acaba de llegar, ¿son coreanos?

– ¡Esos no! Son los de La Casona, aliados. ¡Uy, uyyuyuyui, mira! Vienen Pichorro, Pecholobo y sus primos, el Tete, el Nene, ¡todos! que han venido de Suiza a pasar con ellos las vacaciones. ¡Verás enseguida la que preparan! Observa.

— ¿Y eso por qué?

—Porque uno de los de las Casas de Don Pablo está bailando con la hermana de Pichorro. Verás, verás, enseguida la que lían.

La distancia no permite escuchar la conversación pero sí se comprende rápido la gestualidad, antes de que terminen de tocar *Me lo dijo Pérez* ya hay ocho o diez mozos dándose patadas y puñetazos en el centro de la era. Se para la música y se aparta la gente, asustada. Narices sangrantes y ojos morados es la cosecha casi instantánea que se recoge en esta pequeña trilla.

—Vámonos, Denny, vámonos a casa, venga.

— ¡Nooo, quieto! Que ahora mismo les separan. Espera.

De la cantina de la feria ven llegar a la Comisión de Fiestas, estaban tomando una caña, y se acercan a los que se pelean. Empiezan a soltar galletas, con la mano abierta, y enseguida paran todos de zumbarse; bueno, todos no, ya sabemos cómo es Pecholobo, que no razona, pero el tío Juan le coge por la pechera y le suelta una torta que le da dos vueltas la cabeza.

— ¡Pichorro, ven aquí! ¿Quién os dado permiso para montar una pelea en la fiesta?

— ¿Qué pasa? ¿Ahora hay que pedir permiso para defender a tu hermana?

—¡¡Pam!!

Eso no ha sido una torta, ha sido una hogaza de cinco kilos lo que le ha plantado en la jeta. Pichorro también panza arriba.

—Para eso estamos nosotros, los de la Comisión. Si queréis daros de hostias, y lo digo por todos, os vais hasta el Puente de los ojines. Largo, y que no lo tenga que repetir.

—Venga, venga, no peleéis más, que no ha pasado nada. Aquí tenéis que venir a disfrutar de la fiesta no a montar gresca. Tete, no te calientes, no te calientes y ven a tomar una caña.

— ¡Ves, Yúlian! Ya está mi padre haciendo de juez de paz. ¡Nunca permite que haya una buena pelea! Siempre tiene que meterse a cazolero, como le dice mi madre. ¡Bah!, ya se acabó lo bueno.

— ¡Que te marches, Tete, que Juan está cerrando la mano! No tientes tu suerte.

— ¡Joder! Es que ha pegado a mis primos y el honor…

—¡¡Pam!!

Una hogaza como la rueda de un carro que se lleva el Tete.

— ¡Vaya! Esto se está poniendo divertido.

—No, ya se acabó. Esos tres no se levantan en media hora por lo menos. ¡Bah! Me voy a casa a ver la tele con la abuela; están echando ahora Viaje al fondo del mar. Eso sí que es chulo, salen monstruos y extraterrestres espantosos, no me la quiero perder. Hasta luego, quédate con mi padre.

Pues sí, ya pasó el jaleo y la sangre no llegará al río, como otros años; la música se reanuda y la gente vuelve a bailar y disfrutar de las atracciones de feria. Risas y sonrisas, bailes sueltos y agarrados, manzanas azucaradas y nubes de algodón rosa para los niños.

Paz en el reino del tirano pescador.

¿Alguien lo duda? No hay quien rechiste y menos en una jornada jovial como ésta: la gran fiesta de Valdelamora; donde el diablo perdió el rabo y le afeitaron los cuernos a base de bien.

Por mentarlo; sería el diablo, siempre enfadado con la jovialidad humana, el que preparó el fin de fiesta, o tal vez, descreídos, un simple fenómeno atmosférico pero cuando más animada está la fiesta un rayo terrible desgarra el cielo y en minutos descarga agua por toneladas. Todos a la carrera a buscar refugio.

Yúlian y Daniel entran a la carrera en casa pues la puerta está abierta. (En aquellos tiempos la puerta siempre estaba abierta cuando llegaba el verano. A nadie se le ocurría cerrar la puerta de casa. Las abuelas abrían la casa nada más levantarse y permanecía abierta la puerta hasta que se iban todos a la cama; los niños íbamos de una casa a otra entrando como Pedro por su casa, a nadie le extrañaba, pero un día llegó la droga, y se cerraron todas las puertas hasta hoy día) Empapados, piden toallas para secarse. Los abuelos están sentados viendo la televisión y el peque ya está terminando de cenar.

—Os pilló la tormenta.

—Nos pilló bien pillados; menuda jabarda está cayendo. Como no pare pronto vamos a tener que salir en piragua mañana por la mañana. ¡Qué manera de caer agua! Julián, sube conmigo y te cambias de ropa, ¡ah! y te quedas a cenar; ya te irás al hotel cuando pare de llover.

—Pero que puedo llamar un taxi, no os molestéis.

—Cuando pare de llover puede que encuentres alguno; ven, sube.

Tardarán un buen rato en bajar pues Yúlian es un hombre muy fornido y hay que rebuscar entre la ropa de mi padre para encontrar algo que le sirva. Cuando bajan tan solo se escucha los sonidos de la televisión y el agua que golpea las ventanas.

—Dani, ¿qué estás haciendo?

—Nada, viendo la tele con los abuelos.

— ¡Anda! Es un péplum, ¿cómo se titula? No, espera, yo la he visto. Pero, claro, claro, los actores hablan en español, no es su voz auténtica, ¡qué curioso! Este film es muy bueno; muestra una de las grandes batallas del Peloponeso.

– ¿El peloqué?

—Pelonada, te vas para la cama ahora mismo. Recoge tus cosas.

– ¿No puedo quedarme a verla?

—No, cernícalo, a la cama. Es una peli para mayores de 18 años; tiene mucha violencia y luego sueñas y te levantas a media noche. Largo, chau.

– ¡Abuelo! Cuando sea mayor, cuando sea mayor, ¡las veré todas! ¿Te enteras? ¿Te enteras? Las veré todas. ¡Uy! Vale, vale, me voy.

Los retortijones de oreja que daba el Jujana convencían a cualquiera y en minutos el peque está en la cama soñando con los personajes de la Historia Sagrada.

Fin

No sé si aquel niño existió y creció, tal vez siga igual en algún universo paralelo, ¡Sí, vale, me encantan las pelis de griegos y romanos! Nunca me pierdo un estreno, pero yo creo que solo fue un sueño, una ensoñación ajena, que aquella noche, tras la charla con unas profesoras de español en Norteamérica, me llegó cuando ya me peleaba con la almohada. Comentando esta pesadilla con Aurora encontró unos días después, cuando ya tenía el cuento casi finalizado, un par de pequeñas fotos, descoloridas, y, ¡vaya! al mirarlas allí estaba al completo la Comisión de Fiestas del Barrio de Valdelamora de mi sueño.

Las fotos eran de una visita anterior de Yúlian a España y las había enviado desde su casa en Redwood City, California, a los pocos días de irse; yo no las conocía o recordaba pues el niño, ese niño de las fotos, tendría cuatro años cuando debió de hacerlas. Mi madre las había conservado por alguna extraña razón guardadas en un libro de Fenimore Cooper que conservo en casa: El último mohicano.

Casualidades de la vida. Para mí tan solo era un sueño, una idea para escribir un cuento, otro cuento fantástico, un solipsismo, pero tengo delante de mí las fotos y mi cabeza se llena de recuerdos, que no pueden ser míos, ¿o sí?

Ahí estaba, detrás de nuestro grupo la fábrica de lejías Rebeca, la fábrica de Motores Piva, el vivero de Flores Sabadell; la era donde se hacían las fiestas del barrio, campos de lúpulo cerca del puente de Los Ojines bajo el cual pasaba el agua de la vieja Presa de San Isidro.

Y en la segunda foto, tras el peque y su padre se ve la columna de alta tensión por donde entraba muchos años atrás la corriente eléctrica en la ciudad; incluso se puede reconocer la torre de la iglesia de Las Ventas de Nava. Pero por más que busco información en Internet y bibliotecas en ningún sitio encuentro ni he encontrado jamás la menor referencia al barrio de Valdelamora, donde pudo vivir y crecer el chavalín de las fotos.

No puede ser, no está en Internet, ergo, nunca existió; pues si, si, los personajes de un cuento, un sueño, fueron reales, entonces, entonces, ¡esto es REAL! O podría serlo.

¿Pero quién lo está escribiendo, o soñando, viviendo? ¿Usted lo sabe?

Cuando nos quedamos sin red

Crear historias de amor para lectores inteligentes es una empresa que, supongo, a nadie dejará indiferente y bajo esa premisa os presento un nuevo relato, un cuento terminal, una carta de despedida a un amigo especial, para vuestra consideración sincera.

Esperaré sentado vuestra sentencia.

Sí, todos lo recordamos; cuando comenzó este espanto. Fue aquella noche, sobre las 23.35, hora de Berlín, creo recordar, cuando se disolvió la red, paulatinamente, silenciosamente, como si una inteligencia supranatural hubiera decidido desconectarnos de la nube de comunicaciones y regresarnos a nuestro estado anterior, natural, cuando estábamos desconectados, a solas con nosotros mismos. Y entonces conocimos, descubrimos, nos reconocimos, en el horror que somos.

Acordaros.

Mi esposa me dio la primera muestra de extrañeza e inquietud a su jovial manera; estaba hablando por teléfono con una de sus hermanas, una de esas charlas interminables por teléfono que hacían entonces, ¿alguna de vosotras las recuerda? una, dos, tres horas desollando a otros familiares, compañeros de trabajo, o simples conocidos, lo que se os pasara por la cabeza.

— ¿Qué ocurre, Aurora? ¿Por qué te enfadas?

—La tonta de mi hermana, me ha colgado en mitad de la conversación; espera, se va a enterar ésta. Oye, Dani, no sé qué pasa, intento llamarla y no da el tono.

—Mándala un mensaje de texto y te despides hasta mañana.

—Lo intento, pero me indica el iPhone que no tiene cobertura de red. ¿Tú entiendes algo?

—Problemas de tu compañía telefónica, ¿Cuántas veces te habré dicho que te cambies a la mía? Usa mi teléfono y la vuelves a llamar.

— ¿Dónde está?

—En mi bolso, colgado del perchero.

—Oye, guapito, ¿por qué no dejas de leer medio minuto y me lo traes tú? ¿Sigues leyendo a Cicerón?

—Parecido, es ciencia ficción. Isaac Asimov. ¿Te apetece tomar un vino o ya es muy tarde?

—Sí, gracias, ¿queda blanco? Godello si hay, y si no Verdejo.

—Me parece que no, tan solo algo de clarete. Voy por el teléfono.

Tenía por aquel entonces la acendrada costumbre de apagar el teléfono móvil apenas entraba por la puerta de casa así que mientras se encendía fui descorchando una botella de vino que estaba en el frigorífico y me serví un par de copas.

—Ahora te traigo el teléfono, ¿por qué no pones la tele? Te distraerá, llevabas no sé cuánto tiempo hablando con tu hermana.

— ¿Mido yo cuánto tiempo pasas tú al ordenador?

—Vale, no empieces, voy por el móvil.

De vuelta a la cocina y con el aparato en la mano comprobé que también se encontraba sin cobertura.

—Lo siento, yo también estoy sin red. Pero puedes utilizar el teléfono fijo; espera, ¿qué raro? Perdona, tampoco hay línea en el fijo, cero decibelios de intensidad de red en todos los trastos. Bueno, pues, ¡déjalo para mañana! Habrá fallado algún satélite de comunicaciones. Mañana por la mañana seguís hablando. ¿Está rico ese vino? Nunca había traído esa marca, estaba de oferta.

—Sí, está bien, pero es un fastidio; teníamos que corregir unas cosas de horarios y calendarios para hacer cambios a partir de mañana mismo. Pon la tele, anda.

La siguiente sorpresa nos llevábamos al comprobar que ni la televisión de pago por satélite ni la de señal digital terrestre estaban disponibles.

— ¿Tampoco hay tele?

—Nada, ¿quieres ver un programa grabado?

—De eso nada, a estas horas no me pones un programa de esos de búsqueda científica de extraterrestres o la vida salvaje en las selvas de Borneo. Apágala.

—Chica, ¿qué quieres que te diga? Habrá una tormenta o temporal y se habrá ido la señal en media España.

—Tormenta, ¿en dónde? ¿En las Islas Canarias? ¿No ves los días que estamos teniendo totalmente despejados y con este calor tremendo?

—Bien, no sé; consulta en tu iPad si ocurre algo raro en algún sitio. Tal vez sea una tormenta solar extrema que nos está alcanzando.

—Tú sí que tienes una buena tormenta, ¡pero en la cabeza! No leas esas cosas antes de acostarte. Alcánzame la iPad.

Tampoco funcionaba. Sin señal.

—Espera un segundo, comprobaré la red wifi.

El router no daba más señal de vida que el piloto de estar encendido, ¡uyuyuyuyuy! Encendí el ordenador de mesa. (No creo yo que las líneas telefónicas también hayan dejado de funcionar. Son cables de cobre que llevan más de cuarenta años colgando de las paredes del edificio) Estaba equivocado. No había conexión a Internet de ningún tipo. Volví a apagarlo.

—Bueno, mira la hora que es, me voy a ir a la cama en cuanto apure esta copa; ya no me apetece ni leer. ¿Se habrá chafado alguna red y las demás han caído en cascada? Mañana estarán restablecidas; voy a apagar todos los aparatos y me marcho a dormir.

—Espera un poco, no es tarde, y te tomas el vino conmigo, no tienes por qué beber la copa de un trago. ¿Por qué no pones la radio?

— ¿La radio a estas horas? No sé si tendrá pilas, ¿para qué?

—Tal vez haya comenzado la Tercera Guerra Mundial, ¿no me decías algo esta tarde de follones entre rusos y polacos? Tal vez la hayan liado.

—No creo, ¿Quién tiene ganas de meterse en semejante verbena? Con los primeros fuegos artificiales se acabaría la bachata en quince segundos. Vale, encenderé la radio.

Más extrañeza. No sintonizaba emisoras nacionales, pero la búsqueda automática dio con una emisora local; la de la Virgen del Camino.

— ¿De qué hablan?

—No sé qué del aeropuerto, espera, que han apagado las luces.

—Bueno, pero eso es normal; a estas horas no hay vuelos. ¿No hay otra cosa?

—Es que también han dejado a oscuras la zona militar.

— ¿Y qué? Será para ahorrar.

—Ahorrar. No sé, pero no es normal. Habrá algún tipo de alerta. Los militares funcionan de un modo distinto a los civiles.

—No empieces a estas horas con tus historias de la puta mili. ¿No hay otra emisora? Da igual, por lo menos ponen música; anda pon otras dos copas, solo pasa un minuto de las doce, ahora darán las noticias. Tendremos el reloj adelantado.

—Negativo al cambio de emisora, positivo al vino fresquito, esperemos las señales horarias.

Me dirigí a la cocina para sacar la botella del frigorífico y al regresar a la sala me saltaron las alarmas interiores. Teníamos las ventanas abiertas para que nos alcanzara algo de frescor y me di cuenta de que la calle se había quedado a oscuras. Apenas serví dos nuevas copas levanté la persiana para asomar a la calle. El alumbrado público había fallado y algunos vecinos estaban haciendo lo mismo que yo: asomarse extrañados.

Por la calle grupos de chavales corrían excitados gritando y saltando como cabras a la escasa luz de la media luna y la que salía de las ventanas de las casas.

— ¡Tú, cabrón! ¡Tira el spray, hijoputa! Como baje te suelto una hostia que te enciendo.

— ¿A quién vas a dar tú, puta vieja?

—El que te voy a dar soy yo, puto hispano de mierda; como te acerques a la fachada te pego un tiro entre ceja y ceja.

Al ver asomar el cañón de la escopeta los chavales salieron a la carrera en incluso alguno perdió la gorra; corrían como liebres, me hizo gracia.

— ¿No le habrás puesto munición de jabalí, verdad?

—La tengo cargada con postas. Ya jode las veces que nos han grafiteado la calle. Como pille a uno le caliento, ¡vaya que sí le caliento! Oye, ¿tú sabes qué pasa?

—Ni idea, vecino, ni idea. No tenemos teléfono ni internet ni televisión y la radio, una emisora que encontrado, solo pone música. ¿Y vosotros?

—Estamos igual. Y ahora se quedan las calles a oscuras con esos salvajes aullando y corriendo en bandadas de aquí para allá.

—No son más que estudiantes, los jueves ya se sabe, ¡están de botellón!

—Pues que se piren a la orilla del río a mamarse. Como vea a uno meando en los contenedores de la basura le voy a soltar un tiro en las posaderas que se va a acordar toda su puta vida.

—No mates a nadie que no es para tanto. Voy a ver si me acuesto que mañana es día de labor.

— ¿Quién da esas voces? ¿A quién va a matar?

—Juanón, el vecino de enfrente; está montando guardia con la escopeta en el balcón no se pongan a cagar entre los contenedores o nos llenen la fachada de pintadas aprovechando que se ha ido la luz de la calle. ¿Qué dicen los de la radio?

—Que el apagón debe ser general, toda la ciudad, Trobajo del Camino, La Virgen, todo se ha quedado con las calles a oscuras. ¿Es eso posible? Son tres municipios separados.

– Pero estarán todos conectados al misma compañía eléctrica, fallos en cascada. Bueno, tenemos luz en casa. Me tomo el vino y me voy a la cama.

– ¡Pero si mañana no madrugas! ¿No puedes quedarte un rato charlando conmigo? Aprovecha esta noche, que hoy no tienes a tus amigos de Facebook para dar la brasa a alguien.

–Vale; mientras tengamos luz en casa… Ponen buena música en esa emisora.

Para qué diría yo nada. En instantes nos quedamos a oscuras y la radio silenciosa. (¿Y ahora qué? ¿Puse pilas nuevas en las linternas? Comprobación empírica.)

– ¿Dónde vas?

–Un momento, porfa, voy por las linternas.

–Podemos encender las velas.

–Sabes bien que yo no soporto el tufo que sueltan. Verás qué linterna le compré a un moro la semana pasada, parece un foco de estudio de televisión. Un segundo.

Fue más de un segundo, y de dos; pues al caminar prácticamente a oscuras y con las prisas, descalzo, tropecé con una de las patas de una silla, (Juramentos en arameo que procuraré omitir, a la pata coja hasta el dormitorio) ¡Ajá! La linterna de pila de petaca no falla jamás y la del morito, será china seguramente, es un cañón de luz. Bueno, supongo que ahora sí que nos podremos acostar y mañana Dios dirá.

No sé qué diría pero de acostarse nosotros nada de nada, y nadie. De la calle comenzaron a llegar voces y sonidos de carreras al por mayor. Me asomé de nuevo a la ventana. Grupos de encapuchados armados con palos y piedras la emprendían con los escaparates de los comercios y antes de que pudiera ni chistar ya estaban prendiendo fuego a los contenedores de la basura.

– ¡La revolución! ¡Empieza la revolución!

Gritaban como poseídos, o drogados; putos zombis.

Ya la estaban liando los mierdas de babilonios; los que más me joden son los que se ponen la careta sonriente, los santiaguitos. Unos caganidos que no han currado en su puta vida.

– ¿Qué pasa? ¿Qué están haciendo?

–Lo único que se les ocurre al irse la luz es arrasar todo lo que funcione; la cabeza no les da para más que para llevar capucha.

Por la mía pasaron en instantes docenas de ideas, conceptos, paradigmas vanos. Ya lo veía venir.

–No sé que estará pasando en Kaliningrado pero aquí vamos a tener verbena de la buena esta noche, me temo. Saca las cosas del refrigerador y ponlas en el fregadero y las cubres con los cubitos de hielo.

– ¡Sé mejor que tú lo que tengo que hacer! Apártate de la ventana.

– ¿Por qué? ¿Quieres que me pierda la gran verbena de San Isidro Labrador?

– ¡Que te quites inmediatamente! Baja las persianas y cierra las ventanas, todas, ¡ya!

No hizo falta que me lo repitiera. En instantes comencé a escuchar los sonidos de las escopetas de bolas de goma de la policía nacional. Detonaciones secas, gritos desgarrados e insultos en varios idiomas. Habrá batalla. Andan todos con ganas de untarse y se van dar betún del bueno. ¿Dónde tengo el walkie talkie? ¡Ah, sí!

– ¡Auro! Un segundo. ¿Tenemos agua corriente? abre un grifo.

–Funciona, pero no tenemos gas. Tendrás que ducharte con agua fría si es en lo que estabas pensando.

—Me vale con que pueda lavarme los dientes. Me llevo al baño todas las cazuelas.

— ¿Para qué quieres las cazuelas?

—Y la sopera que nos regaló tu madre. Trae todo al baño, llenaré la bañera, tenemos que llenar todo lo que tengamos. ¡Ah! y las cafeteras.

—Pero si no hay corriente eléctrica, ¿cómo vas a hacer café?

—Usaré el liofilizado. Las cafeteras tienen depósitos, a llenarlos.

—Mira, para, para ya; me estás poniendo de los nervios. No empieces con paranoias como esos americanos que salen en el National Geographic Channel. No empieces. No estamos tan locos.

Empezamos, y nunca terminamos, pero seguimos corriendo cual manada de mamuts hacia el barranco y despeñadero. Algo nos estaba ocurriendo. Por la ventana de la cocina escuchamos en esos momentos los inconfundibles sonidos de los disparos de pistola automática y revolver americano.

—Espero y confío que sean al aire o correrán ríos de sangre catedral abajo. Hay que llenar la bañera y todos los cacharros que tengamos.

—Hazlo tú, yo bajaré todas las persianas y cerraré las ventanas. Nos asaremos con este calor extraño pero es que nos está entrando el humo de los contenedores; ¡vaya peste! ¿Qué podemos hacer? ¿Qué hacemos, Dani?

— ¿Dejar de fumar? Así los mecheros nos duraran mucho más.

El inconfundible olor producto final y complejo de nuestra avanzada civilización se nos estaba colando en el piso y la colleja de mi esposa me hizo reaccionar. Mentalmente repasaba las provisiones de alimentos y agua que teníamos en casa, y también las que dejábamos en el trastero para que estuvieran más frescas. ¿Leche? ¿Cuánta? ¿Agua? tanta, más la embotellada. ¿Pan? ¿Vino? ¡Umm! Chocolate; compré unas cuantas tabletas que estaban ayer de oferta.

Por el walkie talkie escuchaba las comunicaciones de la policía. Aterrador pasatiempo. Se batían en retirada; a esperar refuerzos. Un sargento gritaba a su capitán que despertaran a todo dios, al puto ejército, o quemarían media ciudad esta misma noche.

Más tiros; estos no se andan con florituras. Habrá llegado la Guardia Civil. Le deben estar viendo las orejas al lobo. Y el lobo está bien cebado y crecido con tantos años de crisis, estafas, desfalcos, y lunes poniendo los güevos al sol; en paro. El que no tiene callos en las pestañas de ver tanto hijoputa no sabe de lo que hablo. Hay ganas de jarana, de la grande, por todos lados. Estos no son cuatro estudiantes de novatadas de principio de curso o borrachos de despedida de soltero, estos parece que han entrenado. O estarán tan hartos como yo. Esto es un cabreo monumental y más de uno va a salir por la tronera esta noche.

— ¡Auro! ¿Qué haces?

—Echar un cigarro, no te jode. ¿No oyes los disparos y los gritos?

—Quítate el pijama y te vistes con ropa de senderista, ¡ya!

— ¿Nos vamos de excursión?

—Puede, y a saber dónde terminaremos. Cámbiate rápido.

— ¿Ropa de senderista a la una de la mañana?

—Está ardiendo el ayuntamiento y no sé cuántos sitios más. Y ya han cortado el agua. Bomberos kaputt sein. ¿No querrás vestir de Dolce y Gabbana si tenemos que salir corriendo? Bajo por las mochilas al trastero y subo en un minuto. Cámbiate y saca mi ropa también.

Por las escaleras coincidí con algunos vecinos, unos subían, otros bajaban, alguno ni se sabía, se habría vuelto gallego en ese punto y momento alarmante. Yo tan solo les entendía decir: ¿Qué pasa? ¿Qué hacemos? ¿Dónde vamos? Me zafé lo mejor que supe y conseguí llegar al trastero. Las mochilas a mano y revisión ocular y rápida de cuanto atesoramos. Al salir de nuevo a las escaleras escucho un par de tiros y gritos desgarrados en la calle. Me atrevo a asomar la jeta por la puerta de la calle. Juanón se ha cargado a un tipo que yace a cuatro palmos con la tapa de los sesos al aire y otro encapuchado camina pesaroso agarrándose a las paredes.

—No tires, vecino. ¿Dónde dejaste las postas?

—Las guardo para cuando lleguen los rusos. Esos hijoputas se pusieron a llamarme fascista; ¡a mí! ¿Qué es, moro o negro?

—Espera un momento, a ver si le encuentro la documentación. Un segundo. Yago Fernández, de Oviedo, España. Era un carbayón, Juanón; asturiano como tú. Se pasaría con la sidra y se puso ofensivo. Me voy para adentro que parece que viene una mara calle arriba, no asomes que están pegando tiros por todos lados.

Subí los escalones de cuatro en cuatro y gritando a los vecinos de la escalera que se metieran en casa a la carrera y trancaran sus puertas con todo lo que tuvieran. ¡Cagando leches o nos matan a todos! Silencio en toda la puta casa y que no se vea una jodida lucecita. Como que estamos muertos. Entré en el piso y encontré a mi esposa echa un flan pero ya vestida con ropa deportiva.

—Tenemos que llenar las mochilas, pero que no se oiga una voz. ¿Dónde está tu gorra?

— ¿Mi gorra? ¿Para qué quiero una gorra a las dos de la mañana?

—Mañana también saldrá el sol, te ayudaré a buscarla; tranquila.

— ¿Qué son esas voces en la calle? ¿Ya no hay policía? ¿Han desaparecido?

—Lo que ha desaparecido es la sensatez. La gente ha saltado a la calle y se reúne en bandadas; tienen menos sentido que los estorninos. Habrá pillajes y violaciones en masa. Tú callada y haz lo que yo te diga.

— ¿Pero cómo se pueden comportar así? ¿Solo porque se ha ido la luz?

—Y el agua corriente, Aurora. Somos así, puras bestias, con poco más seso que los bisontes. Sin electricidad ni agua corriente no hay civilización occidental que valga; los vaqueros han pegado cuatro tiros y se ha producido la estampida. Nos quedaremos en la cama calladitos y descansando. ¿Vale? Hay que descansar; mañana será otro día.

— ¿Descansar? ¿Con esta tensión de nervios? Calla, ¿qué se escucha en la sala?

Era la radio, se me había olvidado apagarla. Los locutores estaban comentando lo que estaban viendo.

— ¡En directo! Desde La Virgen del Camino, León, España, emitiendo con baterías, estudio uno.

— ¡Joder, es que no tenemos otro! Calla un poco, Alfredo. A quien nos escuche: ¡Esto es un puto caos! Cuando nos quedamos sin energía salimos a la calle para ver qué pasaba y desde aquí arriba vemos todo el valle de la ciudad de los dos ríos. Los helicópteros de la Guardia Civil no paran de dar pasadas yendo y viniendo, al aeropuerto ha llegado hace poco más de media hora un Hércules de la Fuerza Aérea Española, automóviles de todo tipo no dejan de llegar a la Base Aérea. Se ven tráficos aéreos pasando en todas direcciones. ¡Un momento! llega Rufino con noticias frescas. Esperar a que se ponga los cascos. ¿Qué nos cuentas de tus notas de actualidad impagable para deleite de nuestros oyentes?

—Ni cascos ni hostias. Esto es una calamidad, Alfredo.

— ¿Qué dices, Rufo? No jodas el ambiente calamitoso que estamos creando. Estamos intentando hacer un programa tipo La Guerra de los Mundos.

—Ya, y tú eres Orson Welles, no te jode. Escuchar, escuchar todos los radioyentes, no estoy borracho o de pachanga. Estaba ahí fuera, echando un cigarro mientras estos dos intentaban poner de nuevo en marcha la emisora con baterías de camión. Veremos mañana, si los camioneros no nos cuelgan por los güevos de la espadaña del santuario de la Virgen, pero a lo que vamos. Se ven incendios desde aquí arriba hasta donde alcanza la vista, y son muchos kilómetros, y cuando ya no sabía que pensar sobre la estupidez humana la catástrofe se nos ha venido encima.

— ¿Catástrofe, qué dices de catástrofe? La gente tiene ganas de cambio, ¡de auténtico cambio! Están aprovechando la oscuridad para agitar el árbol patrio y que caigan de una vez tantas frutas podridas como tiene. ¡Es una bendición lo que está pasando!

—Y una polla como una olla; no me habéis dejado continuar. No lo habréis escuchado metidos en el estudio con los auriculares puestos. He visto un avión, un puñetero Jumbo o un 777, algo inmenso, que intentaba aterrizar en el aeropuerto que tenemos ahí al lado.

— ¿Que has visto un avión transoceánico aterrizando en nuestro aeropuerto? Cuenta, cuenta.

—Intentando aterrizar. A la desesperada. Y se ha estrellado. Habrá docenas, qué digo docenas, habrá cientos o miles de muertos y heridos. La mayor parte del avión ha caído sobre Trobajo del Camino, la pista le sería corta o estaba mal iluminada, o con ninguna iluminación, y se ha ido a caer sobre el pueblo. Dad la voz de alarma a ver si alguien nos escucha, yo me piro ya mismo a buscar a mi mujer y mis hijos. Os advierto, las carreteras están a oscuras y habrá accidentes en cualquier curva; bajar con precaución a la ciudad. Yo me largo. Esto es una catástrofe, una catástrofe. ¡Quitar el puto rock and roll! Nos vemos mañana. Si es que hay un mañana.

— ¿Un avión? ¿Un jodido 777? ¿Sobre Trobajo? Yo también me las piro. Tengo que ir a buscar a mi novia; está de fiesta en un pub rockabilly. Agur, y ser solidarios en la desgracia. ¡Larga vida al rock and roll! Leandro se va.

—Pero, pero, pero, ¡me vais a dejar petado con una exclusiva mundial a la mano! ¡Es la oportunidad de nuestras vidas! Nos escucharan millones y millones, mañana o pasado; lo estoy grabando todo. Y lo seguiré emitiendo hora tras hora.

—Mira, por mí, como si te quitas el tatuaje que te hicieron sobre la raja del culo con la lima de uñas. Hay muertos e incendios por todas partes y no me voy a quedar aquí metido poniendo discos. ¡Allá tú y tu conciencia!

Conciencia no sé si tendría o de qué nivel el locutor radiofónico pero aguantó toda la noche poniendo música. De vez en cuando tomaba el micrófono y comentaba sobre los incendios que veía cuando salía a la calle, fuera del estudio radiofónico, y lo que le confesaba algún transeúnte que por allí pasaba, el desiderátum. Nosotros escuchábamos las sirenas de las ambulancias, los bomberos, los policías, un puñetero maremágnum por las ventanas, teníamos la del dormitorio entreabierta, hacía demasiado calor para ser mayo. Sentados en la cama, los grandes cojines en la espalda, fumando un cigarro tras otro.

—Mañana la cama va a atufar a tabaco rubio, Auro.

—Oleremos a pestes todos. ¿No notas esa pecina que entra por la ventana?

—Huelo la muerte a leguas, corazón. Estaba recordando documentales sobre el gran apagón de Nueva York en 1.965, por entonces era un niño; nunca pensé que viviría algo similar.

— ¡No me engañes! Tú ya has pensado en esto, lo otro, y lo de más allá cuatro o cinco veces antes de que ocurra. ¿Qué hacemos, Dani? ¿Cómo podríamos ayudar a esa pobre gente? Lo estarán pasando mal.

—No podemos hacer nada más que estorbar. No tenemos coche y cualquiera sale a la calle con lo que se escucha por el patio. Antes de apagar el walkie escuché a un policía gritar que habían sacado del cuartel del Ferral a los de la U.M.E, así que tranquilízate.

— ¿Eso qué es? ¿El servicio secreto?

—Cagativo, como decía mi capitán. La contrata de la limpieza, pero para toda la región militar. Ellos tienen medios para afrontar este desastre o se los buscarán. No le des más vueltas e intenta dormir un poco; cuando amanezca tendremos que estar despejados. Cerraré la ventana para no escuchar tanto jaleo. ¡A dormir, corazón! Hay que descansar algo.

La tempestad estaba encima, en las calles, en los campos, y yo no era capaz de imaginar hasta dónde llegaría el oleaje. En su desesperación tronchaban los árboles y arrancaban los arbustos de cuajo de calles y jardines para lanzarlos sobre los automóviles o los escaparates de bancos y comercios y sus pobres mascotas aullaban aterrorizadas o huían espantadas hacia el río. Yo tan solo escuchaba, oía e imaginaba, recapacitaba, ¿cómo llegamos a este punto? ¿Por qué se forzó tanto hasta llegar a la fractura? Necios y sordos nos cavamos nuestra propia tumba. ¿Quisieron que esto fuera así? ¿Que ocurriera de este modo? ¿Qué sucedieran estas cosas? La llegada del alba pareció aquietar como ensalmo mágico el furor de las bestias y poco a poco el silencio volvió a su gobierno apacible. Nos quedamos traspuestos, tal vez el agotamiento nervioso, y el despertador de mi esposa nos sobresaltó tal como si sonaran las trompetas del Juicio Final; hasta ese punto se nos había ido la conciencia.

Tuve que ayudarle a incorporarse pues no se veía capaz por si sola.

—Vamos, Aurora, lávate la cara y despertarás; yo te preparé el café con leche.

— ¿Seguimos sin luz en casa?

—Seguimos, pero tal vez haya vuelto el agua.

Negativo, los grifos ni tan siquiera goteaban y la única luz era una extraña claridad que entraba por las persianas. Fui levantando una por una, primero las del patio, no parecía haber cambio alguno. Excepto que no se escuchaba a vecino alguno. Las que daban a la calle mostraban un campo de batalla, contenedores de basura humeantes, jardineras destrozadas, escaparates rotos y comercios que habían sufrido el pillaje de las masas humanas. Alguna columna de humo lejana aparecía sobre los tejados pero lo que más sobresaltaba era esa calma irreal, que te golpeaba como algo físico, un campo cuántico de maldad humana; ni tan siquiera se veían palomas por la calle.

Había charcos de sangre aquí y allá.

Tomamos un desayuno frío sentados en la mesa del comedor, callados, sin poder sostener la mirada del otro.

— ¿Me acompañas hasta el trabajo? No tendrás nada que hacer, supongo.

—Claro que te acompañaré, quiero ver cómo están las cosas después de esta noche tan oscura. No te cambies de ropa.

— ¿Te crees que voy a ir a trabajar vestida de montañera? Ni lo sueñes.

—Hazme caso, por una vez. No sabemos en qué estado estarán las calles del centro y si podrás entrar a trabajar. Confía en mí, seguimos en estado de catástrofe y hasta que vuelvan las cosas a su estado anterior es mejor que hagas lo que te pido. En esta casa el único ducho en temporales soy yo. (Pero no en tempestades semejantes. Putos jipis, estaban esperando la oportunidad para hacer arder Troya; a ver como salimos de ésta)

—Vale, te haré caso en lo de la ropa. Tenía que poner dos lavadoras esta mañana.

—Ya las pondré yo si restablecen la corriente. Por el momento seguimos sin red telefónica así que puedes dejar el móvil en casa.

—Ni hablar del peluquín, ya lo arreglaran en cualquier momento. ¡Cómo vamos a estar sin teléfono un día entero!, ¡Aggg! Qué olor viene del wáter, mira a ver si puedes hacer algo.

Asco daba caminar por las calles, asombro el centro de la ciudad ¿han vuelto los vándalos o habrán sido los baugadas? Todo patas arriba y tanquetas de la Guardia Civil atravesadas en los cruces principales, tan solo algunas chicas en bicicleta y críos en monopatín se movían veloces por asfalto y aceras.

—No sé si podréis hacer algo con los ordenadores apagados.

—Trabajaremos como cuando no los teníamos, todavía me acuerdo, y la gente necesitará medicinas y muchas otras cosas más. Hasta la noche.

Un beso fugaz y de vuelta al hogar.

En una esquina me tropiezo con un viejo amigo, un sargento de la policía municipal, va de paisano pero el walkie talkie en la mano le delata.

— ¿Qué pasa, Chepo?, ¿haciendo horas extras para subir tu cotización a la Seguridad Social?

— ¿Horas extras? Ya estoy jubilado hace meses pero con este caos he venido a echar una mano a los compañeros. ¿Qué tal la noche en tu barrio? Fue donde empezó el follón, según me han dicho.

—Seguramente; había fiesta de estudiantes, ya sabes, cientos de universitarios llenando calles y bares, y se quedaron sin teléfono y después vino el apagón. Ardió Troya.

—Debió ser la hostia; me han comentado de por lo menos cinco muertos por bala y tres compañeros heridos, ¡y de los nacionales ni puta idea! Hubo tiros por todas partes.

—Es que a la fiesta de los estudiantes se unieron fieras de otro pelaje, de los que tiran de chicharra y saben a lo que van. Han reventado comercios, bancos, de todo. ¿Pillasteis alguno?

—En los cuartelillos no cabe una aguja. Algo bestial. Y encima lo del avión. Todos los hospitales están colapsados, el ejército ha montado hospitales de campaña y están usando los botiquines de los cuarteles. Solo en Trobajo cuentan los muertos por docenas, o por cientos; ni se sabe.

—Pero tienes alguna idea de lo que ha ocurrido, supongo.

—Algo me han comentado un par de guardias civiles, que a su vez tienen comunicación con los militares.

— ¿Cuándo llegarán los refuerzos?

— ¿Refuerzos? ¡Cuándo! No hay y seguramente nunca.

— ¡Qué me dices! ¿Cómo no van a mandar ayuda? ¡Esto es una emergencia nacional! Tendrían que estar ya mandando gente de todo el país para echar una mano.

—Inexacto; como mínimo toda España y Portugal se quedó anoche si redes de comunicación, fallando la red se fue la luz, sin electricidad no funciona nada y no tenemos agua corriente.; tendrás que ir a hacer la colada al río.

—Pues no veas el montón de ropa que tengo para lavar. Así que hemos vuelto al paleolítico; te dejo, voy a ver si consigo encontrar pilas.

— ¿Para qué quieres pilas si esto es el puñetero apocalipsis?

—Para que no me falte ni la luz ni la sensatez. Yo también tengo walkie talkie y no quiero que se quede sin carga; os estaré escuchando.

—Sigues siendo Ladmis Pan, supongo.

— No he cambiado de distintivo, nadie se acordará de él salvo cuatro amigos. Pero solo estaré a la escucha.

—Déjate de chorradas; si lo ves mal llama.

—Vale, cuídate; a ver cuánto aguantan las emisoras.

La tienda de Más barato que en Canarias había sido devastada pero encontré algunos paquetes de pilas que guardar en la mochila. (¡Necesito fuego! ¿La ferretería más cercana? Caminando por La Rúa se me abrieron las puertas del cielo) Una enorme moto japonesa yacía a la puerta del Casino. Navaja multiusos y su estupenda batería ya estaba a resguardo en mi mochila. La ferretería estaba abierta y pude comprar un par de camping-gas, cuatro bombonas y tres paquetes de pastillas para barbacoas.

— ¿Te vas otra vez de campamento a la montaña? ¡Con la que se ha montado esta noche!

—Se estará mejor en el campo. Acampada en el hayedo, chuletas y salchichas. A última hora les preparo leche pantera y aullarán como lobeznos.

—Qué suerte tienes de poderte ir a la montaña, está todo patas arriba. Estos políticos que tenemos no valen más que para meapilas. ¡Con este caos y estarán todos metidos en la cama! No vuelvo a ir a votarles.

—Yo tampoco. Gracias por todo y hasta otro día.

Mientes como un bellaco. Está esto bueno, como para marcharse de fin de semana a Picos de Europa y dejar a Aurora sola en casa.

De camino a casa paré en el mercado del Conde Luna para comprar algún recado de mi esposa. Casi todos los dueños de los puestos estaban en el bar y los juramentos que soltaban debían estar haciendo vibrar las campañas de la catedral. Aun así conseguí algo de pan, un par de hogazas. No podré congelarlas pero aguantarán una semana en el trastero. Latas, mis últimos euros se fueron en comprar unas latas de espárragos. Tenía que haber ido ayer al cajero automático, ¡tú siempre con la cabeza en el hiperespacio profundo!

La pequeña mochila a tope y bolsas en cada mano, caras espantadas y abuelas musitando: te lo estaba diciendo, que esto venía, que nadie para el agua mansa.

Me acordé entonces de mi abuelo materno. Tómatelo como si fuera una riada y ponte al margen y anda con tiento; sea de agua o de gente malhumorada el resultado es el mismo si te pilla desprevenido.

Orden en el caos, que la casa no sea un desbarajuste, prever lo inesperado, estar a la que salta y el walkie y la radio siempre a mano. ¿Qué hacer? ¡Ah, sí! la cama. De vez en cuando encendía uno u otro aparato por si escuchaba alguna conversación y sobre el mediodía me animé a dar una vuelta por el casco antiguo.

Todo el mundo intenta simular que no pasa nada pero es un intento baldío. Niños y jóvenes no tenían clase y deambulaban en pandillas, mucha gente que ni recordaba que tenía una bici en su trastero la había sacado para poder ir de un sitio a otro pues el tráfico rodado había sido restringido; apenas se veían pasar por las calles alguna ambulancia y coches de policía. Panchitos y cucarachas parecían haberse escondido en las alcantarillas pero algún chino había abierto su tienda de chucherías.

Era todo una gran simulación, no se podía esconder la gran preocupación que nos acongojaba; nada funcionaba. Pasamos todo a modo manual, desenchufados; verás que bien lo pasamos. Las escasas sonrisas tan solo se veían en caras de ancianos que recordando tiempos pretéritos no se alarmaban o inquietaban porque no hubiera teléfono o electricidad, que no funcionasen los semáforos o que hubiera que ir por agua potable a un caño que aun manase, un artesiano. Estos pacíficos ancianos fueron probablemente la primera generación humana que conocieron la electricidad y el agua corriente en sus casas, sufrieron tiempos muy duros, hambruna y represión, para que sus nietos tuvieran a mano tantos juguetes. Sonreían ante las inquietudes de sus nietos.

Una comida fría y solitaria, vino templado y casi media hora antes de lo habitual saqué la bici del trastero para dirigirme al trabajo. Entonces comencé a ser consciente de la magnitud de la catástrofe; lo que había comenzado como una bronca nocturna en mi barrio había alcanzado cotas de rebelión ciudadana en el centro y desastre mayúsculo en los barrios al otro lado del río. Barricadas, habían intentado poner barricadas atravesando coches en algunas calles pero habían sido destrozadas por las tanquetas del ejército o de la Guardia Civil.

En una rotonda una pareja de municipales me echan el alto a pesar de voy rodando por el asfalto y mi carril.

— ¿A dónde va usted? No puede pasar, documentación.

— Al trabajo, tengo que pasar. Curro en la Compañía Nacional de Transporte Ferroviario.

— ¿Y no sabe usted que no funcionan los trenes? ¿No se ha dado cuenta al pasar por la estación? ¿Ignora que no hay electricidad en ninguna parte?

—Disculpen ustedes, pero tal vez ignoren que muchos trenes funcionan con locomotoras diésel. Si queremos recuperarnos de este desastre cuanto antes los trenes tienen que empezar a correr por las vías; y a eso voy. Si me lo permiten.

—Le dejamos pasar, pero que sepa que entra en zona de guerra; puede que no salga vivo de ese barrio que hay detrás de nosotros.

— ¿La plaza del Huevo zona de guerra? ¿Ya están los latinos bailando bachata a estas horas?

—Sí, están de danza con los conguitos, los tanos, los ticos, los moritos, los rumanos, y cuarenta putas razas más que viven en esa zona. Sabes dónde te metes, estás advertido.

—Yo nací en ese barrio sin par y me bautizaron en esa iglesia que veis. Sé de dónde vengo y a dónde voy, pero gracias por la advertencia.

Si ya iba con la mosca en la oreja los munipas me hicieron ponerme en alerta naranja. Había grupos aquí y allá, casi todos con palos y barras metálicas que ni se molestaban en esconder. ¡Uff! Tómatelo como un final de etapa de la Vuelta Ciclista a España, al menor signo extraño esprintar con todas tus fuerzas.

No fue necesario; a quien cojones le importa dónde vaya un cabrón de ciclista. Paso franco hasta el bar de Ono; hay cuatro compañeros de trabajo ya vestidos de paisano y tomando un chato.

— ¿No vienes un poco pronto para fichar? Y para lo que hay te podías haber quedado en casa.

— ¿Qué pasa? ¿Estamos de huelga?

—Que no funciona prácticamente nada y falta la mitad de la plantilla. Echa un trago.

Eché dos y les acompañé hasta la puerta de la Base, donde habían dejado sus automóviles. Nada indicaba cambio alguno al entrar. El potente sonido de una locomotora diésel me reconfortó más que un discurso real televisado. Somos la última línea roja que defenderá esta puñetera civilización, cuando nosotros paremos vosotros volveréis a las cavernas; putos yonkis del teléfono móvil.

El jefe me recibió con un escueto:

— ¡Ah! Eres tú el que está de tarde.

— ¿Qué pasa por aquí? Al venir comprobé que no han quemado la estación. ¿Sale algún tren de viajeros?

—Ni de viajeros ni de nada. Todo parado. No hay comunicaciones.

— ¿No funcionan las señales ni los cambios de aguja? ¿Nada?

—Nada. Estamos en contacto con el ejército para ver si conseguimos sacar algún tren pero por el momento nada de nada. Cámbiate rápido de ropa, estarás de vigilante. Es posible que manden soldados esta noche para que vigilen las instalaciones.

— ¿De artillería?

—De lo que tengan, tal vez haya un vigilante jurado que pase por aquí de vez en cuando; no le putees, que te conozco. Al loro, porque como puedan los tanos se llevaran hasta los raíles de las vías con este desbarajuste.

— ¿No tendremos una ametralladora de dotación en algún botiquín guardada?

—Ni se te ocurra hacer el rambo y procurar los cuatro que estáis de turno pasar buena tarde. ¿Sabes lo de Trobajo? ¿Le pilló a alguno de los tuyos?

—Ni idea, ¿sabes tú algo?

—Hoy han faltado al trabajo quince compañeros, todos los que vivían en esa zona.

— ¿Qué tarea nos dejas para la tarde?

—Quiero todas las diésel funcionando al mil por mil. No funcionan los ordenadores, lo que gastéis lo apuntáis en este cuaderno. Tenemos funcionando los compresores, si necesitáis gasoil para algún aparato sacarlo del depósito de la calefacción que está lleno, y puedes cargar los walkies en el cuarto de baterías.

— ¿Y no anda ni un puto tren? Tanta fibra óptica y tanta gaita escocesa de última tecnología para qué, ¡eh! ¿Para qué?

—Solo las emisoras y el tren-tierra. ¿Cómo van a salir los trenes sin señales automáticas? ¿Cómo mandas los mensajes de estación a estación?

—Joder, con el telégrafo; seguirán funcionando digo yo.

— ¿El telégrafo? Muy bueno lo tuyo, me voy a casa riendo. Suponiendo que quede alguna línea que no se hayan llevado los cables los tanos o los rumanos, ¿dónde encuentras tú hoy día un telegrafista? Están todos jubilados hace años.

—Te das una vuelta por los bares del barrio La Sal y encuentras por lo menos cinco promociones en buen estado y otros tantos que hicieron la mili en ferrocarriles. No se les habrá olvidado el código, raya, punto, raya…

—Anda, venga, déjate de chorradas, me voy a casa. Cierra todo bien antes de irte. ¡Uhnn! Te doy permiso para salir en la hora del bocadillo a ver si encuentras a algún compañero de los viejos tiempos y te da alguna idea.

Las locomotoras diésel ronroneaban como mansos gatitos tras varias horas de cuidados intensivos de la brigada de tarde y antes de pararlas las dejamos a resguardo dentro de las naves de la Base. Ya se había pasado la hora del bocata pero me largué a dar una vuelta por el barrio, ¡un día es un día! Salí hasta el bar que hay junto a la mezquita a darme un clareo y tomar algo.

El humo del gasoil nunca le ha sentado bien a mi organismo y aunque he procurado conseguir mutaciones favorables en mis pulmones fumando cartones y cartones de Camel, con filtro, no consigo evitar nunca que me entre una tontuna extraordinaria al inhalar durante horas esos vapores cancerígenos de nuestras locomotoras.

Me encuentro en la puerta a Jamil, un tío de lo más majo del mundo, le cojo de la mano y me lo llevo al bar.

– ¿Qué pasa, cucaracha? ¿Cuándo vuelves a Senegal?

–Hoy no puedo, jefe, ¡me habrán hundido la patera la noche pasada!

–Pues ven a tomar una Coca-Cola, ¡pero estará caliente!

– ¡Como las tomaba siempre en Dakar! Recordaré África gracias a ti. ¡Alá te bendiga!

– ¿Por una Coca-Cola? Tan barato no se venderá. Deja eso, cuenta, ¿qué pasó anoche en el barrio?

–Perdimos la cordura; que El Señor sea misericordioso con todos nosotros.

–Nunca hemos tenido gran cosa así que el perdón será rápido, ¿hubo peleas?

–Todos contra todos, calle contra calle; latinos contra gitanos, moros contra cristianos, argelinos contra marroquíes. ¡Fue Satán que nos echó a unos contra otros!

–Todo lo más os daría un empujoncito, porque ganas de gresca teníais a toneladas. ¿Y esta noche qué? ¿Qué se está preparando?

Bajó la mirada el buen hombre hasta las baldosas del suelo, tuvo que posar el refresco en la barra, le temblaba la mano. Y empezó a farfullar en árabe. Un golpe en el hombro y volvió a esta dimensión del conocimiento; ya se habría subido a la tercera o cuarta planta.

– ¡Jamil! ¿Qué?

–Malo, jefe, malo.

– ¿Vienen los demonios a llevarnos?

—Vienen tantos que su número es superior a las arenas del desierto.

—Vale, ya pillé el mensaje. Cuídate y no salgas de noche a la calle.

– ¿Por qué?

—No te vaya a pillar con la bici, ¡estará todo oscuro y no te veré! No te enfades, cucaracha, saldremos de ésta.

—Español, espera. ¿Por qué tienen que pelearse simplemente porque se hayan quedado sin luz? ¿Por qué?

—Porque ahora son conscientes de que vivían en las tinieblas y cuando una luz les alumbra, aunque sea de bicicleta, se ven los unos y los otros como monstruos. Y los monstruos se pelean, y se matan. Hazme caso, no salgas en cuanto oscurezca.

—Que El Señor te bendiga, español.

—Gracias, que nos bendiga a mí y a todos los ciclistas.

De vuelta a las instalaciones de la Base, caminando por las vías del Paso a Nivel del Crucero, me encuentro con que delante de mí van cinco gorrinas. (¿Cómo llevan la visera?, de lado, folloneros; atento. ¿Qué serán? ¿Tanos, hispanos, o algún tipo nuevo de mutantes extraños?)

—Disculpen, (muy suavemente, háblales con dulzor almibarado) ¿dónde van ustedes? ¿Saben que se encuentran en unas instalaciones de propiedad estatal?

Al girarse observo con claridad que llevan palos y bates de béisbol. (Al loro o estos panchitos van a hacer un home run con tu cabeza al menor despiste)

– Sí, ¿pasa algo? ¿Quién cojones eres tú para echarnos?

—Un humilde trabajador por cuenta ajena que no les está echando nada, simplemente les está advirtiendo que encuentran en una zona prohibida y que se meterán en problemas si no se van enseguida.

— ¿Nos vas a crear problemas tú, gordo de mierda? Me dice el que puede ser el mono jefe de la pandilla blandiendo su bate con pericia.

— Yo no les voy a crear nada pues no tengo por qué hacer nada; me basta con pulsar este botón y esperar resultados.

Al ver el walkie talkie en mi mano izquierda les entran las dudas; puede que su plan de saqueo se venga abajo si no logran desmontar mi velada amenaza. Inician un movimiento como de irse pero les noto al instante la jugada; uno de ellos hace como que se queda rezagado y, de improviso, se da la vuelta y se lanza hacia mí como para darme un cabezazo. (¡Vaya! ¡Pues sí que lo tenía ensayado este chimpancé! Ha frenado a menos de un centímetro de mi frente) Al ver que ni he pestañeado (ese truco ya lo usaba yo cuando tenía ocho años, palurdo; y se caían todos) se me pone chulito.

— ¿Me vas a echar tú? ¡Eh! ¿Me vas a echar? (Ahora el viejo truco de incitar el primer golpe para que sus amigos me muelan a palos en cuanto levante la mano)

En instantes los dedos de mi mano derecha ya habrán alcanzado los cinco kilopondios por metro cuadrado de presión y el brazo se ha armado para soltarle una hostia que ni el badajo de la campana mayor de la catedral conseguiría superarlo. El pavo me pilla la jugada y da dos pasos para atrás y se pone a bracear como un chimpancé en celo.

— ¿Me va a dar? ¿Me vas a dar, eh, viejo?

Solo consigue arrancarme una sonrisa el puto zombi que me va de oreja a oreja y mientras espero pacientemente a que sea él el que intente soltarme una galleta un sonido a mis espaldas me hace cambiar el gesto al instante. El inconfundible sonido del cerrojo de un fusil ametrallador al cerrarse y enclavar un proyectil.

—Este no te va a dar, pero yo sí; y entre ceja y ceja como no os piréis ya mismo. Escucho decir detrás de mí.

El mono se aparta sobresaltado para ver quien habla con esa voz tan fuerte y autoritaria y aprovecho para girar el cuello lo justo y mirar con el rabillo del ojo. Sombrero y ropa de camuflaje, fusil de asalto calibre 5.56, insignias de artillería y compañía de transmisiones; cabo. Los chimpancés salen a la carrera y saltan la tapia en cuestión de segundos largándose cagaditos de miedo.

—Gracias, mi cabo.

—De nada; nos han ordenado pasar la noche en esta Base. Estaba de reconocimiento, localizando puestos de guardia.

—Le ayudaré gustosamente, ese papel que lleva no le servirá de gran ayuda.

Porta un plano de las instalaciones que tendrá cincuenta años de antigüedad como mínimo; un poco más y se lo dan en papiro. Será de cuando hacían la mili en ferrocarriles. Rápidamente se despiertan mis dormidos instintos militares, tanto tiempo adormecidos.

—Tendrá que dejar una pareja subidos al puente del arenero; se divisa medio barrio. Eso para empezar.

— ¿Hiciste la mili en El Ferral?

—Castellón de la Plana, Infantería Motorizable, cabo de transmisiones; por cierto una chulada el walkie que lleva. ¿Cuántos hombres para esta misión?

—Me han dejado nueve, pero esto es enorme.

—Pasaréis la noche en vela pero esta Base no deja de ser un fortín, lleno de agujeros; controlaréis kilómetros cuadrados pero con los dos barrios enfrentados y vosotros en medio seguro que no os aburriréis.

—Eso seguro. Vamos, tus compañeros se marcharon al llegar nosotros; puedes largarte cuando quieras.

—Le echaré una mano para localizar puestos seguros. No quiero que le metan fuego a toda la Base esta noche esas pandas de tarados.

Pasé un buen rato en compañía de los militares yendo de una punta a otra, subiendo y bajando tejados, recordando viejos tiempos siempre con una radio en la chepa.

— ¿Cómo están las cosas en Trobajo del Camino? ¿Sabéis el número de víctimas?

Los helicópteros pasaban sobre nosotros yendo de aquí para allá.

— ¿Se ha restablecido ya el tráfico aéreo?

No sueltan prenda, bien entrenados, ni que yo fuera un puto talibán. Estarán volando a ojímetro. Finalmente el cabo me coge por el codo para indicarme que me las pire, pero ya.

—Marcha ya, que está oscureciendo, o si no vas a tener que pasar la noche con nosotros. Se va a cortar todo tipo de tráfico en cuanto oscurezca.

—Voy en bici y paso por cualquier sitio. ¿Ley marcial y toque de queda?

—Algo similar, el protocolo establecido para estos casos. Arranca sin perder un minuto.

En cuatro o cinco estaba saliendo de la Base y dando pedaladas por las estrellas calles ya casi en penumbra. En una de ellas, de las más estrechas, dos familias gitanas están haciendo la cena con dos hogueras en mitad de la misma. No puedo pasar. Pie a tierra.

— ¡Uhnn! ¿Alubias estofadas y Olla podrida? Se me está abriendo un apetito de oso.

Una abuela gitana, enlutada, pañuelo negro cubriendo sus cabellos se me encara.

— ¡Mira tú, el payo! Cómo sabe lo que cocinamos.

—Oiga, señora, yo de payo no tengo nada. Me parece que voy a tener que hacer lo mismo en mi calle para cenar caliente; prepararé lentejas ilustradas.

— ¿Dónde aprendiste a hacer así las lentejas?

—En el barrio de Las Ventas, las hacía mi abuela; que en paz descanse.

— ¡De Las Ventas de Nava! Entonces habrás probado muchos pucheros de cuando niño. ¿Cristiano?

— ¿Castellana?

— ¡Gitana de León!, mira tú lo que sabe el ciclista. Dejarle pasar vagos, que se le hace de noche.

A su voz la tropa calé se abre como las aguas al paso de Moisés y yo meto otro piñón para largarme velozmente de la zona.

No tientes tu suerte, no la tientes, que ya estás muy viejo. Próximo chekpoint la rotonda de la estación de Adif. La misma pareja de policías municipales, el mismo procedimiento estándar: DNI, carnet profesional, la VISA, y casi tengo que enseñarles las escrituras de una hijuela que me legó mi abuela para ver si así me dejan pasar.

— ¿Todo tranquilo por el centro?

—Todo en calma, pero no pares hasta llegar a casa.

— ¿Y ese humo? ¿Están quemando la catedral?

Los dos munipas se sorprenden casi tanto como yo y rápidamente comienzan a hablar por las radios.

—Negativo, están ardiendo los pinos, al otro lado del río Torío, por la zona de Villaobispo.

No tienen que decirme más; bajo de la rotonda con el plato grande y el piñón pequeño. Villaobispo, mi hermano, se nos mete la noche encima, no llego ni de coña dando pedales, ¡mierda! Confío que el fuego no pueda cruzar el río, aun baja bastante agua. En el Burgo Nuevo tengo que frenar y echar pie a tierra. Otra panda de gorrinas haciendo la gracia, llevan la visera hacia delante, ¿hispanos?, ¿dominicanos? Uno de ellos se me acerca por el flanco derecho haciendo el gorililla.

— ¡Príiiimo! No va a poder pasar sin no nos da algo.

Mi puño derecho sale disparado como un obús, y porque no me dio tiempo a apretar más los nudillos que si no le quedaba un piño fijo; sale disparado su cuerpo a dos metros de distancia intentando mantener la cabeza pegada a los hombros. Sus compañeros se abren y corren a auxiliarlo; me las piro.

— ¡Hijoputa! Nunca putees a un ciclista que va dando pedales. Putos ñoquis.

Subo hasta la plaza de la catedral, ya se ven claras las estrellas en el naciente y la luna aclara la zona. Las llamas avanzan insaciables hacia la urbanización de Las Lomas. ¡Cuántos recuerdos! Tantos amigos que se han ido, cuántos cuentos no habré escrito a la sombra de uno de esos pinos o tomando un caña el bar. A ver cómo se para ese infierno sin agua, sin bomberos, y de noche. Vamos a casa, Aurora aguarda.

Apenas enfilo de nuevo Calle Ancha abajo me para un grupo de ninfas bárbaras; llevan pantalones cortados por las ingles, la barriga al aire y ¿para qué se cubrirán los pechitos? Eva no se andaba con tantos miramientos para comerse una manzana o un platanito.

Frenar y echar pie a tierra. Una de ellas, rubita, con unas piernas de dos metros de largo, se me acerca con una navajita en la mano y me la acerca al cuello.

— ¡Danos todo lo que tengas o te rajo! ¡Ya mismo! ¡Pero ya!

¿Pero esta boba qué se pensará? ¿Qué me está mandando un WhatsApp? Parece que se me ha pegado a la ropa el olor a humo y a puchero gitano; quieto Dan, se van a enterar las pibitas.

– ¡Jaaa! ¡A mí! Al sobrino del Calata le van a chorar unas guajas. Por las tres calaveras, ¡¡jaaa! Como tenga que posar la bici os voy a dar…

Mi acento caló no lo superan ni los nietos del Tío Caquicho y la chavala retrocede sobresaltada. Con el casco, la gorra, y las gafas cubriéndome la cabeza las chicas no saben ahora si han parado a un gitano o a un castellano. Sígueles el rollo.

– ¡Jaaa! Lleváis una ropa muy bonita. Mañana podéis pasar por mi puesto en el mercado y os venderé unas braguitas muy, muy, baratitas. ¡Ja!, y medias preciosas a mitad de precio. Y por ser tan guapitas también unos tops maravillosos a mitad de precio.

– ¡Déjalo, Susana, déjalo! Grita una de las pijas. Es un merchero. ¡Apártate!

–Sí, anda bonita, vete a casita y usa la navajita para hacerte la manicura.

Se abren como mariposas.

A estas pipiolas las pillo yo con treinta años menos y me paso una noche de miedo a costa suya.

Miedo, ¡para qué lo nombraría! Su poder oscuro, imperfecto. Miedo; ya se me revuelven los genes más antiguos.

Dejo la bici en el trastero y subo las escaleras de cuatro en cuatro. Está en casa. Sentada en el sofá, apenas alumbrada por una vela olorosa.

– ¿De dónde vienes a estas horas?

Toma, la primera en la frente. Y aún no me he podido ni descalzar.

–De la peluquería, había pedido hora.

— ¡Pero si la policía me ha asegurado que aquello es zona de guerra! ¡Que se matan por las calles a palos y tiros! ¿Qué hacías allí hasta estas horas?

—No hagas caso a lo que te digan, son tácticas de desinformación. Estaban todas las pelus del barrio abiertas, y la iglesia y la mezquita. Otra cosa será a estas horas, que ya no se ve a jurar. Confío que se les haya pasado las ganas de gresca. ¿Cenamos?

— ¿Dónde conseguiste el camping-gas?

—Pues dónde va a ser, en la ferretería. ¡Ay! Se me olvidó comprar el reborde para la puerta de la cocina, y lo tenía apuntado en un Post-it. Perdona, esta mañana no tenía la cabeza clara.

— ¿Y cuándo la tienes? Haré yo la cena, ¿abres tú el vino?

— ¡Descorcharé nuestro mejor reserva! Tal vez tengamos visita.

Con todas las ventanas abiertas el humo de las velas se iba con facilidad y casi pudimos disfrutar de una velada romántica, cenar viendo las estrellas del cielo; como si estuviéramos en la montaña. Y nos queda tabaco en abundancia.

— ¿Tú cómo lo ves? ¿Qué tal en el trabajo?

—Pues casi como cualquier otra tarde, pero sin trenes. Ni los militares saben cuanta gente habrá muerto, casi todo Trobajo del Camino ha ardido y solo las vías del tren evitaron que los incendios pasaran hacia el barrio Paraíso.

—Vamos, que aquello es un infierno.

— ¿No ha estado siempre al lado del paraíso? Tan solo la vida los separa.

—No te me pongas místico ahora y abre otra botella. ¿Por qué miras tanto por la ventana? ¿Está Venus en conjunción con Júpiter, o algo así?

—Tu pasión por el Ribera del Duero no desfallece ni en la peor de las tempestades. ¡Brindemos por ello! En otro tiempo hubiéramos viajado en el Titanic.

— ¿Cuándo se fue a pique?

—Te habría conseguido un bote salvavidas, atiende: ¡que silencio! Es extraño, pero se agradece.

—No habrá un alma aparte de nosotros en todo el edificio. Se han debido marchar todos los vecinos.

—Tendrán casa en el pueblo y se habrán ido de fin de semana. ¿Te sirvo otra copa?

Supongo que la luz de las velas no traicionó mi gesto de preocupación. Mala cosa; debería preguntarle a Juanón si le sobra una escopeta y munición gruesa. La radio a mano, el walkie, ¿y si pudiera acoplarlo a la antena del Canal Plus? (Ves, Dan, lo que hace el vino, ¡ves!)

— ¿A que ya estás con la cabeza en el S.E.T.I.?

—Casi, cómo me conoces. Espera, se oye algo en la radio.

Alfredo, nuestro impagable reportero radiofónico está haciendo un reporte terrorífico y majadero. Confiesa entre líneas que ha asaltado el bar cercano a la emisora y le está atizando al Chivas 25 años, ¡con Coca-Cola!

Hay gente que nunca tendrá clase, así viva cien años.

—El recuento de víctimas mortales asciende a cuatrocientas veintiuna personas humanas según últimos informes militares a los que he tenido acceso. Los incendios siguen activos pero los vientos del sur, livianos, están echando las llamas hacia San Andrés del Rabanedo. Los chicos de la U.M.E. están cavando zanjas para cortar el avance de las llamas y confían en salvar la capital del municipio. Otro incendio, que desde aquí arriba he estado viendo se ha ido desplazando desde los pinares de Villaobispo y se dirige hacia Villamoros y Villavante; confiemos que no cruce el río y abrase Villanueva del Árbol y toda la zona de urbanizaciones. En la lejanía se observan incendios en toda la provincia, mires al norte, mires al sur, se ven fuegos en todas las direcciones. ¡Glub! Volveremos a las cavernas como esto dure mucho, ¡viva el canibalismo!

—Oye, apaga la radio, no soporto a ese idiota mamado.

La noche. Siempre temimos la noche; tal vez grabados en nuestros genes primates estén los temores de millones de años durmiendo al aire libre, escuchando las risas de las hienas acechando a los hijos de nuestros ancestros, los exploradores. Nosotros vivimos en ciudades desde hace unos pocos siglos pero, como los pelos de las axilas y otros rincones magníficos, no nos ha dado tiempo a liberarnos de esos miedos profundos que resurgen al pasar una noche a oscuras.

Aurora y yo teníamos linternas, varias, incluso una que funciona sin pilas, con una dinamo accionada con manivela. Pero de todo se cansa uno; intentamos dormir como siempre, como llevábamos haciendo más de diez años juntos, y que fuera lo que Dios quisiera.

Lo que quiso fue un espanto.

Sobre la media noche comenzamos a escuchar de nuevo voces y carreras, aullidos desgarradores y lloros de crías. Ya estábamos acostados.

—Dani, ¿por qué no te levantas y miras por una ventana a ver qué pasa? Sé que no estás durmiendo.

— ¿Cómo lo sabes?

—Porque no estás levitando o roncando. Levántate a mirar.

¿Qué podía ver en una calle oscura? La luna estaba como velada y apenas se distinguían bultos que corrían de aquí para allá. Apenas asomé las narices con la ventana abierta comencé a escuchar detonaciones, tiros de calibre corto, de calibre largo, de caza, de todo tipo. Se estaban tirando cuanto tenían vecinos y visitantes; bueno, antes agotaran las municiones. Cerrando y de vuelta a la cama. Muy oscuro está el barrio para hacer fotos.

— ¿Ya están otra vez a tiros por el barrio?

—Sí, y esta noche incluso de ventana a ventana. Esta majadería no tiene sentido alguno, no lo tiene, no lo tiene, no…

—Bueno, pues déjalo. Venga, volvemos al salón; total, no vamos a poder dormir.

—Tal vez deberíamos hacer como la noche pasada y vestirnos por si hay que salir pitando.

—Ni se te ocurra, no te voy a permitir que me estropees la tapicería del sofá con tus pantalones de montañero. Estamos mejor en pijama; hace bastante calor.

Esta noche, noche de viernes, ¡tendría que estar toda la juventud de fiesta! No se capta emisora alguna ni con la radio pequeña ni con la grande. ¡Si tuviera onda larga como las antiguas! Y el walkie yo no quería escucharlo pero Aurora se puso a escanear automáticamente captando emisiones de policías y militares.

Yo prefiero estar sentado en el sillón de orejas y con los pies encima de la mesa (esta noche Auro hace la vista gorda; aprovecha y estira las piernas) con los ojos cerrados, como si estuviese durmiendo. Serán ya las cuatro de la mañana y no paran de dar la brasa. Pero, bueno, ¿qué quieren? ¿otra puñetera guerra civil?

—Dani, espabila, ¡escucha esto! escucha.

Está sintonizando el canal de la policía nacional y lo que se oye da a entender que los problemas, mayores aún, se aproximan. La marabunta ha logrado cruzar el viejo puente romano y se dirige hacia el centro de la ciudad. Los maderos se retiran a la desesperada hacia la plaza de la Inmaculada. The military is missing.

—Ahí no podrán pararlos, es una plaza abierta.

— ¿Entonces dónde? ¿dónde Dani?

—Te lo diré cuando lleguen a Botines, tal vez allí lo consigan. ¡Hay que joderse! También los babilonios usan walkie talkies, les estoy escuchando. Esta va a ser gorda. A ver cómo les paran.

Pero no pudieron parar esa riada humana a la desesperada; serían miles, supongo. La gente de los barrios, hartos y ahítos de pegarse y matarse unos a otros se debieron poner de acuerdo para lanzarse a atacar a la gente del centro, y como aquí solo vivían ya cuatro ancianas, los jóvenes fueron desahuciados años atrás, arroyaron con facilidad a los maderos y tuvieron vía libre para saquear cuanto se les antojara.

No había pasado una hora cuando empezamos a escuchar grupos de saqueadores en nuestra propia calle. Más tiros y más ayes. Atento. En minutos escuché cómo tiraban abajo la puerta de la calle de cuatro patadas.

— ¿Qué hacemos?, ¿Dani? ¡Espabila!

—Tú callada y espera sentada.

A grandes males grandes remedios nos enseñaron los abuelos. Esperé a oscuras tras la puerta de casa. Un grupo había entrado en la casa y corría escaleras arriba y abajo. Observaba por la mirilla pero no conseguía identificarlos por ir con gorras y encapuchados. ¿Panchitos? También hay mujeres. Daban patadas a las puertas intentando echarlas abajo. Un par de encapuchados de liaron a dar patadas en nuestra puerta gritando:

— ¡Abrir, hijoputas! Sabemos que estáis en casa.

Ya podéis pegar con los cuernos, mamones, es una puerta acorazada.

— ¡Nos follaremos a tu mujer y te daremos por el culo, cabrón nazi, y después te sacaremos las tripas!

Ya me estaban calentando, y mira que era templado yo, pero terminaron de joder la marrana cuando empezaron a atacar la puerta con lo que me pareció una pata de cabra. (¿Me vais a joder la puerta y después la esposa? Os vais a enterar, prendas.) Un segundo, visualiza, ¿para qué jugaste tantos años al balonmano? Cámara, ¡acción!

La mano derecha abre de golpe la puerta y la izquierda golpea con el hacha de trinchar en la cabeza del que estaba intentando apalancar, cambio de mano y le atizo al compañero en la nuca cuando intenta huir escaleras abajo; ni les das tiempo a decir: ¡bachata! Mano de santo, los demás capuchinos salen pitando escaleras abajo.

Me adjudico su barra de acero, podré abrir alguna cabeza gritando: ¡Palo a Roma! pero aunque bajo las escaleras a saltos no me dan tiempo los hijoputas, salen por la puerta de cuatro en cuatro.

– ¡Auro!

– ¿Qué? ¿Qué ha pasado?

—Nada reseñable, coge tu mochila, nos vamos.

– ¿Cómo vamos a salir a la calle con toda esa gente gritando y asaltando casas? ¿En pijama?

—Haberte cambiado, comodona. A la calle no, al trastero. Volverán por sus compañeros.

– ¿Por quienes?

—Ponte la chaqueta, puede refrescar.

Bajamos las escaleras y nos vamos a los trasteros; el nuestro no es muy amplio pero cabemos los dos colgando la bicicleta del gancho.

– ¿Y crees que aquí estaremos seguros?

—Más que en el piso. Son dos puertas blindadas las que tendrán que joder para poder tocarnos. Espera, vamos a extender los sacos de montaña y las esterillas. Estaremos comodísimos, pero procura hablar bajito.

—Pues no se está tan mal usando las mochilas de almohada, debí tirar ese par de zapatos. ¿Y ese olor? ese olor que sale por la tapa del pasillo es insoportable.

—Usa tus pañuelos de papel perfumados y lo soportarás. Veinticuatro horas sin agua corriente y estarán todas las tuberías atascadas. Pero, mira: ¡tenemos cava! Alegra esa cara, no va a ser todo malo.

Al cuarto cacillo de cava ya sonríe mi amada y empieza a hacer como si no hubiera pasado nada.

¿Nada? Nunca entendiste a las mujeres.

—Les mataste, Daniel, a los dos; eres un homicida. ¿Sabes lo que has hecho?

—Más o menos. Corazón, yo estoy aquí de paso, no me voy a dar golpes de pecho por eso. No se cruza el océano para joder a los naturales del país a la menor oportunidad; esa lección debían traerla tatuada en la frente precisamente ellos, los finados; eran hispanos.

—Pero si tú nunca has sido racista…

—Y estoy ya muy mayor para empezar a serlo. Pero era ellos o nosotros. No debieron tensar tanto la cuerda. Calla un segundo.

Justo lo que había pensado, volvían por sus caídos. Gritos, voces destempladas, lloros y patadas a todas las puertas. Se los llevan. Ni se les ocurre mirar en los trasteros. Acuérdate de encargar mañana dos coronas de flores, lo cortés no quita lo valiente.

—Ya se van, ¿quieres que abra otra botella?

— ¿Dónde está la de Moët y Chandon? ¿Para cuándo la guardas? No pasaremos de esta noche y lo sabes. Esa gente volverá, son vengativos.

—Para cuando vea venir a Cristo montado en una nube a juzgarnos. Abriré otra de cava que tengo aquí a mano; tranquila, que de esta movida libramos.

—No hagas esas bromas, Dani, no digas eso; estoy totalmente acojonada.

Nos quedamos fritos a media botella, calentitos en los sacos de dormir, y no despertamos hasta pasadas las diez de la mañana, subimos al piso cogidos de la mano. No habían conseguido tirar nuestra puerta abajo pero dejé la barra de acero en el paragüero por si regresaban.

— ¿No tenías que trabajar hoy? Ya llegas tarde.

—No, hoy les tocaba a mis hermanas; pero deberíamos bajar a ver cómo está la cosa y si son capaces de trabajar. No me fío de ellas.

Ya no había niños corriendo por las calles ni ancianos dando de comer a las palomas. El sol estaba como velado por el humo oscuro de los incendios y ya no debía quedar un comercio, banco o cafetería, que quedase indemne. La visera de mi gorra no consiguió disimular la negra mirada que se me escapó al ver que en la plaza de Santo Domingo ya no había ni policía ni tanquetas ni nada que recordase el orden establecido.

La farmacia de mi esposa estaba devastada, la farmacia y todos los comercios y bancos de Ordoño II. No quedaba puerta o escaparate en pie. Las hermanas de Aurora se encontraban en la casa de su madre, a salvo. Acojonadas, pero sin mayores problemas; el perro de aguas de Conchita parecía ser la única alma alegre del universo cercano en aquellos momentos.

— ¿Por qué no quedáis con nosotros y estaremos juntos?

— Ni hablar, nos vamos a nuestra casa. Ya sabrá alguien cómo acabar esta locura. Alguien sabrá poner orden, no sé, militares… ¿Dani?

— ¿Y qué van a hacer? ¿Poner obuses de artillería de campaña en el centro de la plaza? ¿Bombardear los barrios o los pueblos de los alrededores? Algo se les ocurrirá. Sí, nos vamos.

Volvimos al barrio cogidos del brazo y caminando cabizbajos, parábamos a charlar con cualquier cara conocida. Cuando falla la civilización aún nos queda algún rasgo de humanidad dormida; volvíamos al viejo sistema de dar razón y recogerla para cuando encontráramos a algún conocido común.

La humanidad, la humanidad aún nos tenía alguna sorpresa preparada. Subiendo hacia la catedral nos sorprendieron los gritos y esparavanes que daba un grupo de gente en un rincón a la puerta de un banco. Nos acercamos a ver qué pasaba.

Era una muchacha, una muchacha mora estaba dando a luz allí tirada en plena calle. Aurora apartó a manotazos a los mirones y comenzó a gritar a pleno pulmón: ¡un médico! ¡Un médico por Dios!

—Auro, para, ¿dónde vamos a encontrar un médico en plena calle? Ayúdame a incorporarla y la llevamos entre los dos hasta el hospital de La Regla.

— ¡Que está rompiendo aguas, bestia! No la toques. ¡¡Un médico!!

Y el médico apareció; era un mochilero, un joven con barba de tres días que acudió corriendo a la llamada. Se hizo rápidamente cargo de la situación pero pasaban los minutos y no era capaz de sacar a la criatura.

— ¡Jesús! No soy capaz, no lo soy. ¿Dónde saco yo ahora una ventosa?

— ¿Ventosa? ¡Inútil! ¿Para qué tienes las manos? ¿Para limpiarte el culo? Saca al niño de una puta vez.

Pues buena era Aurora para estas cosas, cojonuda. Cogió por la pechera al médico y le aseguró que o sacaba al bebé o le metía a él la cabeza bajo los adoquines del pavimento.

— ¿No has aprendido nada en la Universidad? ¡Saca al niño antes de que se ahogue!

—Señora, perdone; llevo dos días de guardia infernal en el hospital y no tengo ni fuerzas ni ideas para nada. Estoy deshecho, deshecho. No soy capaz de sacarlo.

—Pues rómpele el coxis a la madre y saca al niño. Yo te ayudaré. ¡Dani! Aquí a mi lado.

Y el niño salió, y con mi navaja del ejército suizo le cortó el cordón umbilical. Primero tuve que ayudar al médico a incorporarse, estaba que no se tenía en pie y después a la parturienta entre los dos. Aurora tenía en brazos al recién nacido y lo defendía de los mirones como una leona.

—Bueno, solo le pido un último esfuerzo: ayúdeme a llevar a esta muchacha hasta el hospital de La Regla.

— ¡La Regla! Imposible. Está ardiendo por los cuatro costados, de allí proviene ese humo negro que veis.

Quemar un hospital. Estando como estamos y le prenden fuego a un hospital. Estaba por poner la visera de la gorra hacia atrás. Ya no entendía nada. Aquella noticia me nubló el entendimiento, (¿ese humo viene del hospital?) y pedí socorro con la mirada a mi esposa. Me lo noto al instante.

—Nos los llevamos a casa, Dani. Ya encontrarás el modo de avisar a su familia. Ayúdanos, vivimos aquí cerca.

El mochilero, un chaval majo, nos ayudó a subir la chica a casa y acomodarla en la cama pequeña. Pero cuando comenzó a darnos consejos de cómo cuidar del bebé Aurora le mandó a su casa no muy educadamente.

— ¡Qué sabrá éste de cómo cuidar a un bebé! Que se vaya a dormir que está que se cae. Dani, ¿qué estás haciendo?

—Necesitamos agua, más agua. Ahora somos cuatro en casa. Cuida de la parejita.

Con un par de botellas de litro y medio y las dos de cava que nos habíamos pimplado la noche pasada me dirigí a la fuente de San Martín. Apenas había gente por las calles del Barrio Húmedo, estaban todos haciendo cola en el caño. Estaría dos horas para llenar las botellas; casi a la carrera bajé hasta el Caño Badillo. Suerte. Apenas una docena de penitentes tenía delante; aproveché para pegar la hebra con cuantos quisieran hablar y así mejorar mi visión de la situación real y al momento.

Sí, que estaba fea la cosa. Que habían visto correr por las calles ratas a montones. Sí, que cómo saldremos de ésta. ¿Qué cómo? Pues como toda la puta vida: arrimando el hombro y evitando el salvajismo. Mientras no vuelvan los suevos o los visigodos iremos librando.

Apenas entrar por la puerta de casa y ya Aurora me hace salir a la carrera. Necesitamos leche de sustitución, potitos, vendas, compresas, ¡joder, vaya lista!

—Baja hasta nuestra farmacia o donde puedas, ¡pero no vuelvas a casa hasta que no llenes la mochila con lo que te he pedido!

Ahora me toca hacer de manguta; me pondré la visera de lado y nadie se dará cuenta. Tuve que entrar en tres farmacias hasta completar el pedido y soltar cuatro hostias masculinas y muchas más femeninas, y hasta alguna neutra se me debió escapar.

Tendría que haber traído la barra de acero; ahora soy yo el latino. Habían saqueado también la iglesia de San Marcelo pero en un rincón conseguí una buena porción de incienso; ayudará a soportar el olor a pecina que sale de todas partes y en casa mismo.

Subí las escaleras cantando "Burbujas de amor"; me pirraba Juan Luís Guerra. Auro ya tenía la comida preparada y en una bandeja la de la muchacha servida.

— ¡Llévasela y no tires nada!

Ya se habían hecho amigas.

—Se llama Hafsa, es de Esauira, ¿no conoces esa ciudad? Tú has estado en Marruecos.

—Pues sí, e incluso me bañé en una playa cercana a la ciudad. Pero en árabe solo sé decir: ¡Salam Aleikum!

Un encanto de muchacha y el niño guapo a rabiar; Auro ya lo había bañado y perfumado. Afortunadamente Hafsa hablaba algo de español así que pronto me fui haciendo cargo del paquete que tenía en casa.

Ella mora, el padre de la criatura bereber, y no, no estaban casados. ¡Como estaban en España y aquí hay tanta libertad!

La había, la había niña azul; yo todavía me acuerdo de aquellos días cuando teníamos libertad y salíamos de manifestación con los sobrinos de la mano, comiendo helados, reclamando más guarderías o el fin de la caza de las ballenas de la Antártida, o lo que nos saliera de los cojones. Aún me acuerdo. Pero llegó aquella estafa monumental, de alcance mundial, y el tema se jodió. La libertad se fue por una puerta y por la otra entró la represión. Agua pasada tal y como estamos ahora.

La tarde transcurrió plácida y silenciosa, las chicas charlaban como si se conocieran de toda la vida en la habitación pequeña y no me dejaban ni acercarme a ver al peque.

— ¿Por qué no aprovechas para escribir un poco mientras haya luz?

—Pues tienes razón. Los bolígrafos no funcionan con electricidad, y compré hace cuatro días un paquete de folios.

Y comencé a escribir, escribir esto, con la sana esperanza de que un día, cuando nos hayamos recuperado de esta catástrofe y vuelvan a funcionar las cosas, cuando vuelva a haber libros y sed de cultura, gente con ganas de leer cosas nuevas, entonces quizás pueda vender esta historia acompañando a otras que ya tengo escritas.

Se venderán como churros.

Tener un bebé en casa fue una bendición divina, una auténtica demostración de su existencia. Hacerle cosquillas en la barriguita y escuchar sus risas nos hacía sentir más cerca de la gloria; cualquiera que exista.

— ¿Sabes ya qué nombre le vas a poner? Lo habrás pensado.

—Alguno tengo en la cabeza, pero esperaré a lo que decida su padre.

—Llamadle Alí, tiene un corazón muy fuerte.

Cenamos plácidamente aprovechando las últimas luces solares.

— ¿Qué te preocupa, Dani? No dejas de mirar por la ventana. Ahora no se oye ni una bronca por la calle.

Ya, pero los gatos andan por los tejados y por la calle corren ratas casi tan grandes como ellos. No le digas nada, ya sabes cómo es Auro para estas cosas.

—Es la luz, una luz muy rara; el cielo está velado. No sé a qué es debido.

—Ahora no te pondrás a darme un mitin sobre el Cambio Climático, que te veo venir.

—No sé, disculpa. Por un lado estoy contento; ese peque y la chica en casa y tú; tú estás maravillosa. La chica con la que me casé.

— ¡Y por la Iglesia Católica! Mira que te pusiste cabezón con el tema.

—Casi dos mil años de cristiandad nos contemplaban aquel día. Las cosas o se hacen bien o no se hacen. ¿Bajo por una botella de cava?

—Ni se te ocurra. Tenemos que cuidar de ellos y mañana sales a buscar a su novio. Seguro que lo encuentras.

—Preguntaré en la mezquita y por el barrio de La Vega, y los bares del Crucero. Si está vivo lo encontraré.

La parejita visitante dormía plácidamente y le di un toque en el codo a mi esposa.

—Deberíamos hacer lo mismo; llevamos un par de noches durmiendo poco o nada y se me está cayendo la cabeza.

—Pues acuéstate, yo tengo cosas que hacer.

— ¿Cuáles a estas horas?

—Cosas de mujeres, ¿tú no sabes que los bebés recién nacidos se despiertan constantemente? Menudo padre desastre hubieras sido. Cierra la puerta del dormitorio.

Fue cerrar la puerta, ponerme el pijama, pillar la horizontal y quedarme frito en segundos.

Me despertó Aurora a empellones, asustada.

— ¿Qué pasa? ¿Han vuelto? ¿Saqueadores?

— ¿No notas ese olor? ¡A huevos podridos!

Si hay un sentido corporal rápido en reaccionar en cualquier situación de alarma es el olfato. Y Aurora tenía un olfato superdesarrollado, portentoso. Yo apenas notaba algo, estaba todavía semidormido, pero era una sensación como: ¡peligro, cojones, peligro! Y salí de la cama lo más rápido que pude.

Atrás las cortinas, arriba la persiana, abrir la ventana que da al patio interior. ¡Joder! ¡No puede ser! No puede ser.

Pero al olfato no se le engaña con facilidad.

El cielo estaba encapotado y oscuro, no se divisaba ni una estrella a pesar de estar la ciudad completamente a oscuras. ¡Ese olor! Cerré la ventana y me fui corriendo para abrir una de las que dan a la calle.

Recuerda, montañero, recuerda: es el puñetero olor de las fumarolas volcánicas. Millones de neuronas se habrían puesto en activo simultáneamente reactivando recuerdos dormidos. Recuerda, subiendo al Pico Teide, las fumarolas que había que evitar llegando a la cima; aquel puñetero olor a sulfuro que te avisaba del peligro.

Al asomar me quedé pasmado.

Cielo cubierto por una nube extraña, oscuridad impresionante y el inconfundible olor de los vapores sulfúricos. ¡Pero si el Teide o el Etna están a miles de kilómetros! ¿Cómo es posible?

Y vi caer una paloma.

Una de las palomas que solían acurrucarse en la casa de enfrente cayó a plomo al suelo. ¡Cagando leches! Cerrando todas las ventanas persianas, abajo a tope.

— ¡Despierta a Hafsa! Nos la llevábamos a nuestro dormitorio. Deprisa.

¡Toallas! Empapando toallas. Las más grandes para tapar el tiro de la campana extractora y la parte baja de la puerta de la calle. Nos llevamos a la pareja lo más rápido que pudimos al dormitorio y cerré la puerta. Las toallas empapadas sirven contra el humo pero ¿podrán parar este gas venenoso?

— ¿Y ahora qué, Dani? Estoy asustada, el niño sigue dormido.

—Quedad los tres echados en la cama, yo me sentaré en la alfombra. A dormir.

— ¿Pero cómo vamos a dormir con este olor?

—Usar las toallitas perfumadas, y dame una. Intentar dormir las dos. Cuando se duerme se respira más despacio, se consume menos oxígeno.

— ¿Y tú qué harás?

—Esperar, esperar aquí sentado.

— ¿El qué? ¿Qué esperas? ¿Por qué nos sucede esto? ¿Lo sabes?

—Porque nos hemos quedado sin red.

— Y ya te lo esperabas.

—No de modo consciente, esperaba otra cosa. Nunca imaginé tanta barbarie humana.

—Pero es que te lo tomas con esa calma, con esa tranquilidad… ¿por qué siempre has sido tan diferente? Ya te conocí así y tus hermanos me lo han confirmado cien veces.

—Porque ya hace muchos años que me di cuenta de que éramos como moscas atrapadas en una red inmensa.

— ¿Y qué tenían de malo las telecomunicaciones?

—Ni veíamos la araña ni nos enterábamos de cómo actuaba su veneno. Teníamos todos una tontería extraordinaria a todas horas, y nos vino esto. Este inesperado final de fiesta. Bebían, bebían y comían en los tiempos de Noé y…

— ¡Eso tú! que eres capaz de beberte una botella de vino para cenar.

—Te casaste con un Gargantúa, lo siento, siento…

—Me casé con el príncipe azul: Daniel.

Su príncipe azul, eso fui siempre. Mi Bella del bosque durmiente, mi amada Aurora. Fueron las últimas palabras que le escuché decir. Me quedé dormido, rendido por el sueño y los vapores.

Cuando recuperé la consciencia Aurora ya no respiraba. Levanté la persiana buscando algo de claridad pero una extraña oscuridad lo invadía todo, ¿cenizas volcánicas? Lo único que conseguí fue despertar a Hafsa y a su bebé, que se puso a llorar. Mientras le daba el pecho conseguí llevarme a mi esposa a rastras hasta la habitación pequeña.

¡Cuántas veces te repetiría que fumabas demasiado! ¡Cuántas veces…! El esfuerzo me dejó atontado, mi cabeza quería explotar, no atinaba a pensar apenas. ¡Café!

(Con leche, Dani, tómatelo con leche en vez de agua; la leche es un gran depurativo) Me parecía escucharla repetírmelo una y otra vez.

Preparé uno bien cargado para mí y otro más suave para Hafsa. Buena idea la del camping-gas.

Ahora estaba solo. Jodídamente solo y teniendo que cuidar de una muchacha extranjera y su bebé.

Me desviví; por Dios que lo intenté.

Cuidarlos, mimarlos, Hafsa no podía levantarse de la cama, pasarían semanas antes de que se recuperara del accidentado parto. ¡Ni una puta mascarilla en casa! ¿Cómo se me pudo pasar por alto? Empapaba toallas y más toallas para tapar cualquier ranura imaginaria por donde pudiera entrar el gas asesino.

Aurora nunca fue religiosa, de la religión imperante en este país y tiempo; nunca soportó a los lambepollas ajenas y le tiraba más la superstición de la bondad infinita y la redención venidera. Coloqué sobre su pecho el pequeño cuadro de la Virgen Niña, su preferido, el único que amaba, y la cubrí con una sábana blanca. ¿No querrá Dios resucitarla? Falta nos haría a los supervivientes de esta calamidad inmensa su enorme corazón humano.

Calamidad. Calamidad. Había que tener el corazón de piedra o una sordera completa para no inmutarse con los gritos y lamentos que comenzó a soltar Hafsa cuando, a media tarde, ya le tocaba al peque tomar del pecho, Alí, como yo le llamaba, y no que no daba señales de vida.

Del primer Alí y de su primo debí conseguir fuerzas, ¿místicas? para lograr arrancar el cadáver del bebé de los brazos de su madre. Ululaba más que sus cuarenta abuelas juntas cuando salí del dormitorio con Alí en brazos. Lo deposité con Aurora, junto a su cara, como si cuentos maravillosos se contaran. ¡Joder! Se me caían lagrimones como bañar a los dos cadáveres. Les cubrí con la sábana.

Ya tienes dos para obrar milagros.

Y abrí una botella de vino. A tu albur, Señor Auténtico.

Hafsa, Hafsa me quería matar, asesinar, pero no podía moverse de la cama. Me estuvo llamando de todo en su jerga mora, beduina, saharaui, tuareg, y todas las demás lenguas de los benditos norteafricanos. Mi cabeza parecía estar sufriendo el embate de una tormenta de arena.

Eso la mató, bueno, supongo que la mató más deprisa que si hubiera estado calmada.

Bueno, ¿y qué? ¿Cuánto aguantaré? Aquí sentado, en la Mesa de Circulación, ¿cuándo sale el próximo tren? escribiendo alumbrado con una de las velas olorosas de Aurora. ¿Quién me iba a decir a mí que agradecería algún día sus jodidas velas perfumadas?

Nuestras noches románticas, sentados en la alfombra, a la luz de las velas, tomando uno de sus tés hace-niños; pareja que tomaba uno de sus tés mágicos, pareja que se quedaba embarazada. A nosotros nos funcionó unas cuantas veces.

Me caigo, cada poco apoyo la cabeza sobre la mesa y se me cierran los ojos, al abrirlos tan solo tengo delante el monitor del ordenador, moderno altar de nuestra civilización finada, ¿cuántas horas te habrás pasado mirando esta pantalla? Tantas horas perdiste de vivir una vida plena. Tal vez incluso lujuriosa, si no te diera tanto la risa, tal vez…

Desapareció la red, y sin red solo hay oscuridad, y nos caemos.

Padre.

XXXXXXXXXXXXXXXXXXXXXXXXXXXXXXXXXXXXXXXXXXXXXXXX
XXXX

— ¿Es él, Comandante Flishss?

—Sí, es él. No hay duda.

— ¿Le conocía bien?, ya sabe.

— ¿Y quién conoce bien a otra persona? Llegamos tarde, demasiado tarde.

— ¿Tarde? ¿Por qué dice eso Comandante?

—Era su manera de discurrir hablando. Me había invitado a una de sus fiestas que transcurría tres ciclos terrestres anteriores.

—Ya, era lo previsto pero la parada en el planeta de Tau Ceti se alargó más de lo previsto.

—Fue también por su causa, ¡qué cabrón! Sigo sin saber qué significa esa expresión que tanto usaba. Llegamos tarde, podría estar a salvo él y su familia; nunca me habló de la joven que hay en la cama, y el bebé apenas tendría horas de vida extrauterina.

—Sabíamos de la peligrosidad de ese volcán pero no de cuando entraría en erupción máxima. ¿Este hombre tenía alguna importancia para usted?

—No mayor que cualquier otra persona de este mundo. Pero tenía ideas sorprendentes. Ayúdeme a tomar muestras de su organismo.

— ¿Ideas sorprendentes para usted, Comandante? ¿Esta gente tan primitiva?

—Pues sí, y el que más se reía de su condición atrasada era él mismo. Recuerdo una en estos momentos. En ningún planeta de la galaxia escuché algo similar.

— ¿Y cuál era? ¿Puede compartirla?

—Hablaba de un Señor, una especie de Ser Supremo, que, digamos, para entendernos, tiene un huerto y de vez en cuando planta una semilla en él y de esa semilla nace un nuevo universo. Y el universo crece ante sus ojos como una lechuga. Una hortaliza de este mundo que Daniel comía muy a menudo.

— ¿El universo, universos, creciendo como plantas alimenticias? Pero eso es una visión orgánica del Cosmos y tiene unas implicaciones…

— ¿Y si estuviera en lo cierto? ¿Qué es el universo que conocemos si excluyes la vida orgánica? Un globo de polvo y gas sin más; pero cuando piensas en cosas de comer entras en el misterio definitivo. Era lo que él decía. Sí, tenía ideas sorprendentes. Guarde bien las muestras; nos largamos. Decretaré cuarentena preventiva en este mundo por tiempo indefinido. Tan solo sondas robóticas podrán acercarse. Nos vamos, ya hemos corrido demasiados riesgos. No sé si habrá merecido la pena; tal vez su Señor Supremo lo sepa. Volvemos a casa.

– ¿Es lo que está leyendo, Comandante? ¿Es lo que estaba escribiendo?

–No, es algo que no entiendo…. Dice algo así como:

El día que mi esposa se paró

Cuento fractal y ecuménico

Sencillamente, un día mi esposa se negó a seguir caminando, y allí, en mitad de la calle, se quedó esperando, no sé, a que naciera un nuevo universo y tal que así pasar de su estado inanimado y carnal a otro sigiloso, luminoso, volátil.

Simplemente, se quedó allí; se negó a andar.

Y se nos acabó el tiempo.

Fin

Bajo pedido especial de mi heterónimo Ladmis Pan y como bonus máximus dejo para vuestra lectura inteligente un cuento sorprendente que a él mismo se le ocurrió tras pasarse tanto tiempo teniendo que utilizar el teléfono sin encontrarle solución.

WhatsApp, una historia digital

La tarde era dulcísima y no especialmente calurosa pues un grupo de altoestratos paseaba majestuoso bajo los azules de las atmósferas superiores. Estaba embelesado, lo reconozco, observando el vuelo de un par de gavilanes espantando grupos de palomas y grajillas, cayendo en picado aquí y allá sobre alguna pieza. Un mensaje en el teléfono me sobresaltó y su lectura me apabulló sensiblemente.

—Se me han caído los tiestos de la ventana.□

De inmediato imágenes de viandantes tendidos en el suelo, con el cráneo destrozado y su sangre humedeciendo y estropeando mis geranios, poblaron mi cerebro.

— ¿Ha llegado ya la policía? ¿Algún muerto? □

Las nubes transportaban sobre mi cabeza imágenes de cráneos pelados, fantasmas peludos, y niños desgarrados por el llanto de haber perdido a su papá. Dichosas pareidolias, y aún no he podido ni tomar una caña. Ya me veía con las manos esposadas a la espalda camino de Villahierro. ¡Bueno! Podría criar tomates en la cárcel; en esa zona se da una variedad exquisita. Tal vez debería consultar en el teléfono algo sobre agricultura ecológica penitenciaria. Quieto, un segundo, otro mensaje:

−Los tiestos cayeron al patio pequeño. Tendrás que bajar por ellos. ▢

Penitenciagite, seguirás al sol doblando la cerviz hasta que te alcance la jubilación, o un cohete palestino. ¿Y ella?, que no hace más que meterse con mi faceta de montañero, ¿y ahora qué? Tendré que escalar hasta el patio pequeño. Con la barriga que he echado; tendré que encordarme, ¡en doble! Doble, vale, doble cuerda que la seguridad es lo primero.

Cambio de estado que transmito inmediatamente al teléfono.

−Estoy ascendiendo.▢

Rápidamente todos mis chats me fríen a mensajes y emoticones.

− ¿Ya estás flipando? Deja un rato el ordenador.▢

−Con las orejas, baten más rápido que las alas de un colibrí, y me elevo, me elevo…▢

Una bandada de tórtolas pasan en perfecta formación indicándome el camino de la perdición. Algún bar estará abierto a estas horas en este barrio. La Luna brilla prodigiosa en cuarto creciente alumbrando mi pedaleo incesante camino del hogar. Mañana será otro día, pero muy especial: estoy de descanso y el lunes comienzan mis vacaciones.

Felicidad, la felicidad impulsa los pedales y se transmite a las ruedas para llevarme a un estado de hiperimpulso espacial, ¡nos vamos de aquí!

Los gatos temen a los murciélagos pues ven brillar sus ojos en la oscuridad pero yo debo de ser Batman. Un día de éstos se posaran en mis hombros, lo estoy viendo venir, y dejaran caer sus cabecitas locas y con sus grandes orejas puntiagudas escucharan alguno de mis extraños cuentos para las alondras, o algún poema; espero que no me contagien el ébola o virus similar, mis bacterias amorosas están agotadas de tanto matar y matar; baja la persiana a tope.

Me voy a dormir, estoy muy cansado después de tantos días laborando.

Vaya, hoy ha amanecido un cielo nimbado y excelso, dorado de rayos rojos y verdes de un sol extraño. Encenderé el ordenador para revisar el correo y las peticiones, ¡Uhm! Esta es buena, hay que salvar a los petirrojos de las islas malayas; pues claro que sí. Qué sería de nosotros sin el plumaje prodigioso y el dulce trino de los pájaros. Firmo.

Firmado.

Les paso la petición a mis cientos de amigos en las redes sociales. Vaya, ya está pitando el teléfono. ¡Ah, no! Es el de Aurora que aún no se ha levantado de la cama: ¿Uhm? El recibo de la última compra en Zara Home, unos ceniceros, son preciosos. Tengo que bajar al patio por los tiestos; recogedor, cepillo, ¿dónde podría encordarme? Va, venga, tú has hecho equilibrios a una pierna sobre la larga arista afilada de la peña El Jiso. Quien tuvo retuvo.

Nuevos mensajes en el teléfono.

— ¿Me acompañas a comprar en la Plaza Mayor?□

—De acuerdo, estaré a partir de las 12.00 en Casa Benito. □

Mi hermano David, que vendrá con el carrito a comprar tomates de Mansilla de las Mulas y pimientos de Fresno de la Vega. Aprovecharé para comprar miel de tomillo y echaré la quiniela mientras aparece y no. Bueno, y bien pensado, mientras carga el carrito hasta los topes me dará tiempo a leer el suplemento literario del ABC. Después de la última bronca que tuvimos comprando bacalao salao, ¡no tiene ni idea de lo que es el bacalao! Mejor es que haga la compra él solo.

65.325, repetimos: 65.325, 6,5,3,2,5, 65.325 es el número agraciado con el tercer premio de la Lotería Nacional.

El bar está a rebosar de parroquianos tomando un chato y atentos al sorteo. ¿Echaste la Primitiva esta semana? No, padre. Espera a que venga

David y echamos una a medias para el Gordo de la Primitiva. Si doblas la apuesta las probabilidades de acertar con la combinación ganadora se incrementan en… Espera que lo calcule. Quieto, nuevo mensaje.

—Ya hice la compra, nos volvemos a casa a toda prisa. Quiero llevar al peque a la piscina.▢

—No os veré hasta que vuelva de las vacaciones. ▢

— ¿Cuándo regresáis? ▢

—A finales de mes. Aurora quiere playa. Recorreremos la Costa Cantábrica.▢

—Llévala a una buena sidrería. Pasarlo bien.▢

Bueno, ¡qué se le va a hacer! Otra vez que me quedo sin ver al sobrino. Le pediré que me mande alguna foto al teléfono. Ya sabe hacerse autorretratos con las amiguitas de la pisci, ha debido de crecer bastante pues en las que me envió hace un mes le noto más delgado, espigado, habrá dado un estirón. Le enviaré un mensaje a mi esposa para saber si quiere comer en casa o en el Barrio Húmedo. Podría ir reservando mesa con esta nueva aplicación y aprovecho para leerme el periódico entero. Con otro par de claretes al coleto mucho daño no me harán las noticias.

Vaya que sí que hacen daño, tendría que haberle pedido a Benito la botella entera. No imprimen con tinta, es anilina pura. Estafas, estafas y estafadores, y guerras entre estafados arrastrados por sus estafadores al abismo y la muerte. Tal vez piensen que matándose unos a otros podrán recuperar lo que les han estafado; extraña es la condición humana. Mensaje.

— ¿Has reservado mesa en La Pintona? ▢

—Negativo, prefiero comer al aire libre. En el Nuevo Racimo de Oro. ▢

Casi mejor, con lo torpe que soy tecleando, que aguanto más subiendo por la Calle Matasiete y me acerco hasta el restaurante para hacer la reserva.

Llego a tiempo para pillar una mesa en la plaza, pero a la sombra de la pared. Mi nuevo sombrero The North Face protege mucho mejor, 50+ de factor solar, que el viejo Stetson después de tantas lavaduras como lleva encima, no sé cómo este sombrero mantiene aún el ala bien alta; los viejos vaqueros somos así. Pero será mejor comer a la sombra de la pared, consejo superior de mi dermatóloga: ¡el sol ni en pintura! Quema, abrasa la piel directamente, y más a estas horas que nos da por comer a los españoles que cuando pedimos el café y las copas ya están los alemanes sentándose a cenar.

Los chupitos de orujo de hierbas con un buen par de piedras de hielo entran estupendamente mientras contemplo el lento avance de un grupo de cumulonimbos en el azul marino del cielo de la plaza de San Martín. Aurora teclea incesante en su teléfono último modelo, tendrá la versión 6.7 o superior, supongo. Levanta la mirada como si se percatara de algo mío y al sentirme inquisitivo me muestra la imagen de su comunicante; no, no es un rival gastronómico, es una cuñada.

Ya puedes pedir otro par de chupitos, esto irá para largo. Mensaje:

− ¿Así que os vais a Praga el lunes? Qué calladito lo tenías.⬚

¡Vaya! por mentarla, la cuñada. Mirada cuasiasesina a mi esposa. ¿Cómo podréis mentir con tanta facilidad?

−Negativo, cancelamos esta mañana los billetes. No quiero que un misil ruso de última generación nos vuele en pedazos por ir a tomar cervezas tan lejos.⬚

− ¿Y dónde vais entonces?⬚

−A sidras. Si hace falta recogeremos las manzanas nosotros mismos.⬚

– ¿Asturias? Entonces como siempre. ¿Estáis en la ruina?

—No hasta que paguemos las facturas de los hoteles. Volveremos haciendo autoestop.

¿Cómo siempre? Pero si hará más de diez años que no veraneamos en Asturias. Le mandaré una foto de estos chalados que están de despedida de soltero a ver si así me borra de su chat esta tolondra. Uno de los mejores hoteles de la Costa Verde, sidra a esgalla, y que si estamos en la ruina. Bueno, casi. Pero no le vas a teclear a la cuñada el estado de tu cuenta bancaria.

Tarde apacible del mes de agosto, esas nubes tan altas, cumulonimbos sin duda, parece que indican tormenta pero el teléfono indica que el riesgo es mínimo, y nunca se equivoca. Tal vez vendría bien una buena siesta.

¿Aurora?

Tendremos que ir a casa rapidito y por la sombra, se ha quedado sin batería, ¿no le arderán las manos de tanto teclear? Aprovecharé a dormir la siesta, ya estoy prácticamente de vacaciones. Hay que desconectar. Vaya, otro mensaje: Ya me han etiquetado en otra foto de gatitos. ¡Qué bonitos bigotes tienes, Dani! Mira.

Siesta, esto es agotador.

A la caída de la tarde nos animamos a salir a dar un paseo, unos fascinantes estratocúmulos no evitan las cruces nimbeas que dejan en el cielo los trazos de los aviones comerciales. Parece que está refrescando, habrá que ponerse una chaqueta. ¿Qué tal andamos de batería?

Nuestros pasos al buen tuntún nos dirigen hacia la terraza de la plaza del Conde Luna. ¿Será por el olor de la sangre española? Me pido una ración entera. Aurora prefiere el hígado encebollado para cenar; y un buen vino blanco verdejo. La puesta de sol esta tarde es prodigiosa. Los últimos rayos del sol driblan y alumbran entre las nubes y los tonos dorados y azulados, violetas y anaranjados, ofrecen un espectáculo impagable. No sé cómo lo hace Auro pero es capaz de manejar con una mano el tenedor y con la otra el teléfono, ¿Que sonría? ¡Ah, una foto! Ya, para tus hermanas. Iros despidiendo, que ya no las vuelves a ver en un mes.

Nuevo repaso al correo web. Desecho una docena solo con leer el título del mensaje y aprovecho para lanzar una aplicación de protección telefónica. No quiero irme de vacaciones y encontrarme con sorpresas inesperadas. Un chequeo completo del aparato y todas sus aplicaciones.

Ya va siendo hora, me estoy quedando helado, le mandaré un beso virtual y emoticón a Auro para ver si quiere que volvamos ya a casa.

—□

Espera, quieto parao, esta noche es la última superluna del verano, tengo que avisar a todos, son solo cuatro mensajes a los ocho chats que tengo y nos vamos.

¡Qué sí, que nos vamos!

De la que llegamos a casa me irá actualizando cuatro aplicaciones gratuitas y una de pago que…

¡Qué si, que nada más llegar a casa lo apago!

Un hombre casado ha de ser firme en sus convicciones e irrevocable en los convenios conyugales; o terminas durmiendo en una pensión del extrarradio. ¡Alto! Me ha llegado un vídeo sobre la reproducción asexuada de los peces de la cuenca del río Missouri. ¡Se reproducen ambos sexos sin intervención del contrario!

Vale, vale, ¡vale! Lo miraré mañana. En esta casa no se ve porno, bajo pena de muerte. Apagado.

Domingo, al fin domingo; unos cirros lejanos me saludan al levantar la persiana con unos colores naranjas y violetas realmente espantosos; pero dejemos esto. Hay que preparar la maleta y encender los teléfonos. Ya habrán recargado de sobra.

¿Solo dieciocho correos esta mañana?

Tu Page Rank debe estar bajo cero patatero, arrastrándose cual rata por las alcantarillas y a la pata coja, tus blogs hundidos en el fango, tus redes sociales presa de arañas inteligentes, y golosas. ¿Rusas?

¡Vas a tener que instalar Telegram antes de irte de vacaciones!

Las maletas, sí, hay que hacer las maletas. ¡Los cargadores! Importante, esto es importante, los cargadores de los teléfonos, de la iPad, del inano, del ipod, del Kindle, de las cámaras de fotos, ¡ah! y el secador de pelo, o Aurora se gastará la intemerata en peluquerías. ¿Qué más?

¡El bañador!

¿Las reservas de los billetes de autocar? Correcto. ¿Las reservas de hotel? Chequeadas. ¿La reserva de…? ¡Sí, vale! Ahora mismo llamo a un taxi. ¿Por qué se pondrá tan nerviosa cada vez que salimos de viaje?

No me gusta viajar en autocar, no me gusta viajar en… ¡calla! Tienen pelis y conexión online con los periódicos, podré ir leyendo las noticias por el trayecto.

¿Aurora? ¡Ah! que irás durmiendo todo el viaje. Pasó mala noche. ¿La menopausia? Eso se cura con una sidra en el club náutico. ¡Uhm! Que nubes tan bonitas sobre la cordillera, unos altoestratos preciosos le dan un toque dorado y azul al gris perlado de las peñas. Leeré estos correos mientras llegamos a los túneles de la autopista. Ayer se elevaban unos nimbostratos maravillosos, ¿qué veremos en la verde Asturias? Paraíso Natural.

¡Qué ruina! Marcho de casa y solo tres mensajes de despedida, seguro que mi sobrina tendrá treinta veces más. Vas en picado, Daniel, en picado. Llegan los túneles. ¡Buff! Vaya cancarria de autocar, no sé si no terminaremos en el pantano.▯

¡Uhnn! ¿Qué es esto? ¿Me invitan a defender la sagrada causa del Islam? ¿La Yihad? ¿En Irak? ¡Uf! Se habrá desconfigurado el servicio de mensajería instantánea al pasar por el túnel del Negrón. Tendré que apagar el teléfono y volverlo a encender; reiniciar, toda la vida es un continuo reiniciar sistemas, aún no sé cómo lo hace mi maltratado hígado cada mañana. ¿La Yihad? Hay que joderse, bastante esfuerzo he hecho ya como para terminar mis días pegando tiros o poniendo bombas en la vieja Babilonia. ¿Por qué no les dará por plantar manzanos y perales en vez de sembrar esa tierra de caos y metralla? ¿No estaba allí el Jardín del Edén? Pues lo están dejando bueno, un puñetero chaparral. ¡Uff! Vaya entrada en la tierra de Don Pelayo.

¿Cuál es la contraseña de este trasto? Ya: 314159

Venga, ya vuelve a arrancar este cacharro, tendría que haberme hecho ya con el modelo 8.75, con el androide turulato que está de moda, y llevar esto al punto verde.

¡Guau! ¿Y esas nubes?

Rápido, fotos, muchas fotos, ¡son Mammatus! Auténticas Mammatus sobre Oviedo. Incroyable, c´est incroyable, Mon Joye. ¡Casi rozan el pináculo de la catedral de San Salvador! ¿La cámara de fotos? En la maleta, y la maleta en el maletero del autocar. Yo me tiro en marcha.

Adiós foto del millón de dólares.

Qué oscuro está el país, me temo que esta tarde de playa nada. Pero no despiertes a Auro hasta llegar. ¡Ah! Ya despiertas, menos mal, ha estado tu teléfono todo el viaje pitando un mensaje tras otro. Serán tus hermanas, y las cuñadas, y las…

¡Vale! Calladito estoy mejor.□

Del autocar al taxi, del taxi al hotel, del hotel al club marítimo a por sidra. ¡Sí, vale, no tenía por qué darle voces a la recepcionista!□

¿Y va y me pregunta que si soy nacional al presentarle el DNI? ¿Tú que dices, babaya, tengo acaso pinta de ruso? Ponme ahora mismo con el fato de tu jefe al teléfono que se va a enterar. ¡Soy ACCIONISTA de este puto hotelito! Yo, es que cuando me caliento, me caliento; y la chavala es una contratada para los meses de verano, me pasé. Y ahora a rehidratarse con el dulce elixir del vino de manzana. Continuamos ruta: del club al

restaurante, vale, sí, volvemos al club a tomar café y chupitos, del club a…
¡Venga, corriendo, que se está poniendo a llover con todas las ganas!

Ya decía yo que estaba muy oscuro el país, me temo que esta tarde lo
de pasear por el muelle del puerto no va a poder ser, ¡pero podemos
aprovechar para visitar el Museo Marítimo de Asturias! A mí me pirran esas
cosas pues no en vano nací el Día del Pescador. Está muy oscuro el cielo
pero el pronóstico del tiempo en mi teléfono apenas daba un 70% de
probabilidad de lluvia, podríamos haber librado pero nunca falla, ¡eh! No
falla. Para salir a cenar tendremos que sacar los paraguas de las maletas.
Mensaje:

— ¿Vienes mañana a recoger manzanas?□

—Por la tarde. Mañana de playa toca. □

Vamos a cenar en la sidrería de La Ribera, ¡a la porra la dieta! El
WhatsApp dice que estamos en línea. Esto nos pasa por venir con nosotros
mismos a lugares tan apartados: que desconectamos del mundo y atendemos
tan solo a nuestras propias necesidades.

El cielo se desplaza a gran velocidad a la caída de la tarde sobre
nuestras cabezas planas pero en el refugio del pequeño puerto marítimo
nada hace presagiar amenaza alguna. Incluso ha dejado de llover.

¿Qué tal un vodka? Asiente con la cabeza, entonces serán dos rondas
al menos. Les mandaré unas fotos a los amigos virtuales de nuestra humilde
mariscada cenando al borde del mar, más que nada por la envidia que se va a
propagar; seguro que esta noche más de uno se levantará medio sonámbulo
para abrirse una lata de mejillones o lo que tenga por casa. ¡Y rayará el
parqué con los colmillos! Tú encuadra bien el bogavante, que reluzca, a ver
si Auro me hace una foto partiendo la centolla, ¡me la envías ya!□

El teléfono portátil es un arma de destrucción masiva y de alcance
mundial. Tan solo los que somos como James Bond, ¡el Martini me lo haces
removido no agitado, gilipichas! Comprendemos el concepto. Ahora les
subo las fotos, cuando termine de revisar las ofertas de hoteles en San

Sebastián. Pondré a la venta un riñón por eBay para pagar la estancia. ¡Sí, vale! Con desayuno incluido para que salga más caro aún la receta.

Esta foto no sé si subirla, desde que vi el autorretrato que se hizo un mono guasón y salió en todas las redes sociales no vuelvo a enfocarme con este arma letal. Mejor que me haga la foto Aurora. ¿Será verdad que te puede robar el alma este trasto? Entonces, entonces copias y copias tuyas irán por toda la nube telemática de teléfono en teléfono para quedar almacenada junto a los vídeos porno y otras guarradas que la gente se descarga en sus aparatos. Triste sino el del alma digital.

Sí, bueno, sonrío, sonrío. Seguro que he salido con misma cara idiota que el mono guasón. ¿No insistes con que sonría? Pues toma: venganza de marido. ¡Ves!, estoy sin afeitar ni depilar el entrecejo, ¡mira! Clavadito al mono he salido. ¿Se la mando a los enredaos de las redes sociales? ¿Y si la suben a **Google +** y le ponen un efecto de estrellitas descendiendo sobre mi rostro?

Hasta aquí llegó la evolución humana, que me hagan sitio en las cuevas de Atapuerca. Otro vodka y nos vamos a la cama. Mañana yacusi antes de desayunar, sí, yacusi para desintoxicar pues, realmente, y bien pensado, mañana: ¡es nuestro primer día de vacaciones! Hoy tan solo estamos de descanso semanal. No podemos seguir perdiendo derechos laborales o volvemos a los siervos de la gleba.

¡Ves! Ya están esos rilados y guasones platicando sobre nuestra mariscada imperial y marinera; pues ahí os va, mataos, la del mono guayabero y con vodka. Alucinar, espantaos, que mi camisa Mammut no la encontrareis ni rebuscando en Amazon.

Estáis perdidos tropa, os encanta Julio Iglesias, padre, ¡Y lo sabéis! No tenéis fondos en PayPal para poder pagar una camisa como ésta, pringaos. ¡Uff! Ya se me ha subido el vodka; directos a la piltra.

Desconectando aparato; sin ba-t-e…r-í…a.

A porfía, a porfía y porfiando me hago otro largo en la piscina como que me llamo Daniel. Muy amable la recepcionista de siempre disculpándome esta mañana con su compañera novata explicándole que a un paisano suevo con ocho apellidos leoneses, ¡o más! No se le puede desconfiar. ¡Sí, vale, la llamé moruca! Estaba encendido por haber perdido la foto del millón de dólares, ¡lo siento! Le dejaré pagada una caja de sidras a ella y su novio en el club náutico.

Y ahora: ¡al yacusi!

Sigue raro el cielo esta mañana, esos altocúmulos no son normales, hacen formaciones extrañas, fractales, seudociclónicas, galaxias en miniatura, ¿?. Déjalo, termino este buen desayuno y nos vamos a la playa. ¡Quieto!

Corriendo a la habitación, ¡cuánto tarda este ascensor! Esas burbujas mágicas niponas me habrán descompuesto el organismo hasta un punto que… ¡que no llego, que no llego, joder!

Y no llegué.

Son cosas cuánticas cuanto te acontece, eso, eso es, de mecánica cuántica, la Teoría del Caos, va a ser eso, según las ecuaciones de los operadores de Schrödinger si en un sistema básicamente inestable, o sea: tú tras los Martini de anoche, le añades las sacudidas de las burbujas del yacusi entonces las mariposas del estómago se convierten en el ciclón que me está bajando por el recto.

Adiós centolla, adiós. Bajaré en bañador, directamente. Ya sé, ya sé que aquí son muy mirados con la vestimenta y pareceré un turista noruego pero calzoncillos y pantalón tendrán que quedar colgados de la bañera hasta que volvamos esta tarde. ¿Qué pensará Aurora ahora de su marido espléndido y jacarandoso? Llévala a comer al Guernica y la pones en antecedentes tan solo de vuelta al hotel; después de un buen par de chupitos. Le mandaré un mensaje mientras bajo y no.

Nada de expresiones copulativas, que vaya noche me dio.

—Bajo enseguida.

—La chica nueva es un amor, ¡moruco!

— ¿Le mando algo por Interflora? Para disculparme.□

—Como no bajes pronto ya sabes dónde te voy a mandar yo.□

¡Ah! Es inigualable la brisa marina que sube y que baja del fondo del mar, tan solo caminar por la calle del Reloj y ya se me expande el corazón. ¡Mira bien donde pisas, Auro, no te vuelvas a caer! Y la dicha invade mis órganos esenciales. Caramba, como se está invadiendo este, el colgante. Disfrutemos, estamos de vacaciones.

¡Anda, mira, una nueva clínica de fisioterapia! **Fisioclínicas Aeroespaciales** tiene para usted la terapia definitiva.

Me vendría bien un buen masaje, ¿Qué tienen? A ver: Terapia de Ondas de Choque para alcanzar la Erección Total. ¿Ondas de choque? ¿¿?? ¿Cósmicas? ¿Gravitacionales? Espera ¿Y esto?

Criogenización total del Cerebro.

¡Tan solo en 3 minutos!

Resultados demostrados, amplios estudios científicos de las más importantes universidades rusas y azerbaiyanas demuestran la autenticidad de sus resultados.

¡Tan solo en 3 minutos!

Limpieza total de toda la cavidad craneal y los más grandes grupos encefálicos.

¡Su cerebro lucirá como nuevo! Limpio como el de un bebé.

La terapia definitiva.

¡Tan solo en 3 minutos!

Una sonda mínima, introducida por sus senos nasales efectuará

¡En tan solo 3 minutos!

Una limpieza total de su cerebro; encéfalo, bulbo raquídeo y cerebelo inclusive, quedaran tras el choque gélido enfriados y purificados definitivamente, su mente se reconfigurará con las mismas aptitudes y capacidades que tuvo usted de niño.

¡Un auténtico renacer!

¡Tan solo en 3 minutos!

Las autoridades convenientes del Gobierno Autónomo Pelagiano le aseguran y confirman que los cubitos de hielo están formados con Auténtica Agua Mineral Asturiana, Paraíso Natural.

Jodere, pues debería probare. No me vendría mal un masaje en los pies y un lavado craneal. Pediré hora a la vuelta de playa.

Alquilaré una sombrilla, el pronóstico para hoy en esta zona de la Cornisa Cantábrica apenas ofrece un nivel 7 de rayos ultravioletas, ¡pero con los infrarrojos IR nunca se sabe! Mejor estar a cubierto. El mes pasado alcanzaron niveles de 9 en U.V. por esta zona, como si fueran las playas de Dakar; hay que estar siempre atento. Cuando era niño mi madre me untaba de Nivea o Coppertone al bajar a la playa y me pasaba la mañana chapuzando en las olas y haciendo castillos de arena, ¡y ningún verano me quemé la piel! Ahora Aurora me embadurna con una crema nivel de protección 100+ y a la media hora estoy churruscao como me descuide.

Cosas del Cambio Climático que dicen que no tienen remedio plausible.

¡Sí, me pongo la camiseta de manga larga! Voy a echar unas carreras por la playa. Qué se me va a quitar la protección, qué se va a quitar la protección, ¡ya la habré absorbido o se habrá evaporado! Observa que maravillosas formaciones de Kelvin-Helmhotz cubren el cielo y disfruta de la lectura en tu Kindle. No, yo prefiero frotarme con algas las pantorrillas antes que escucharte leer en voz alta La ladrona de libros. Torturas refinadas a estas horas no.

¡Caminar! Caminar, con las olas hasta la rodilla es lo mejor, este ejercicio supramental logrará recuperar tus doloridos tobillos y aliviar los calambres en las canillas que has padecido en los últimos meses.

¡Caminar!

Quieto, león, observa: Sí, mira esas nubes obscuras y extrañas cubriendo Los Picos de Europa. Recuerda, consulta tu enciclopedia mental de formaciones nubosas. ¿De qué tipo son?

Ni puta idea, con perdón. ¿Unos cumulonimbos de altura prodigiosa? ¿Pero tan oscuros? ¿En Picos de Europa tan de mañana? ¡Y se mueven! ¡Se mueven! Se están desplazando a velocidad prodigiosa hacia la Sierra del Sueve. ¡Ay, Jesús, algo va mal!

Muy mal. Vuelve con Aurora. Distancia estimada hasta El Sueve: 50 kilómetros en línea recta. Entonces, ¿esas nubes se mueven a una velocidad de…? ¡El teléfono! Tengo descargada una aplicación matemática que me dará el cálculo exacto en un plis-plás, ¡pero el pronóstico para hoy en AccuWeather es de un día calmo y substancioso! Y nunca se equivoca. ¡Uy! La nube debe de estar ya encima de Villaviciosa, ¿viene hacia aquí? Camina por la arena, gilipollas, o echarás una hora en llegar al teléfono. ¡Qué digo!, echa a correr que esa cosa tan rara se echando encima del Puerto del Palo, ¿está acelerando?

¿Aurora? Vale, no se entera; ya, que estás escuchando en tu ipod el último disco de Celine Dion, ¿mi teléfono? En el bolsillo superior de la mochila. Consulta, no mejor directamente en la aemet, información específica de la localidad. Sí, ya, que la gente se marcha de la playa a la carrera. Tranquila, ni caso, ¡huir ratas, somos la orquesta del Titanic! Que canción tan bonita está sonando en tus auriculares rosas.

¿Y si consultara la Wikipedia? Tal vez sea un tipo nuevo e insospechado de formaciones nubosas que hayan registrado ya en Nueva Zelanda y sus Alpes prodigiosos lo que se haya formado hoy sobre la ladera norte de Los Picos de Europa, ¿la cámara de fotos? A mano, ¿y este viento?

Dios, la nube está pasando sobre Gijón como una exhalación, seguirá hacia Trasona y Avilés; tecleare a mi sobrina por si lo está viendo. ¡Uhnn! Me han etiquetado en un vídeo de perritos juguetones, vale, lo añadiré a mi biografía. ¿Quién quiere a estos perrines guapetones?

No me parece muy racional que digamos tanta devoción por la enorme variación genética que hemos logrado en nuestros amigos caninos y seamos tan enemigos de las más ínfimas variedades genéticas que tenemos los humanos; algo no me cuadra. (¡Cómo está esa mulataaaaa!)

Sí, ya, vaya viento se ha levantado, tranquila, pasará en minutos, cúbrete con mi toalla y mira en tu teléfono si hay alguna alerta meteorológica en la zona. ¿Y si le hiciese una foto a la nube con mi teléfono para enviarla a los colegas? Mejor déjalo, es muy malo y no merece la pena. ¡Joder! Pero si está cambiando de dirección ¡y se viene directa hacia aquí! Ya no nos dará tiempo a… Mensaje:

Hay una gran tormenta solar. ☐

A buenas horas.☐

¿Daniel?

Sí, ya, da igual, abrázame y dame un beso. Uvas y queso es tu sabor.

¿Qué? ¿Qué nos está ocurriendo? ¿Tú sabes?

Que estamos ascendiendo; tranquila, será tan solo un minuto pasar del Paraíso Natural por el infierno para alcanzar el cielo oscuro y perfecto; observa: hay elfos anillados y verdes, duendes rojos y pulsantes; terribles chorros azulados de una inmensa energía que nos están propulsando hacia el infinito, ¡y más allá! Míralo desde este punto de vista: podremos ver enseguida nubes de polvo galáctico formando infinidad de estrellas en los bordes ardientes de las nebulosas infinitas.

¿Por qué? ¿Por qué nos está pasando esto? ¿Tú sabes?

Porque somos mariposas, mariposas con tres alas. Y ahora las estamos usando.

Fin.

Accesorio. Completamente accesorio.

¿Sí? ¿Ya? Sí, tenemos conexión directa con una unidad móvil de la RadioTelevisión del Principado de Asturias que ha conseguido entrar en la zona catastrófica del Concejo de Gozón. ¿Sí? ¡Ya! En directo y primicia mundial, están el interior del Hotel La Estación.

— ¿Cuál es el estado actual de la zona devastada? ¿Se sabe el número de muertos y desaparecidos?

—En efecto, estamos en la recepción del Hotel La Estación; a pesar de la ciclogénesis explosiva que se registró esta mañana sobre esta zona de Asturias, Paraíso Natural, con vientos superiores a los 300 kilómetros por hora formando un embudo que barrió la localidad tan solo, que sepamos en este preciso momento, una pareja, al parecer un conocido matrimonio leonés, se da por desaparecido. La recepcionista nos podrá decir algo pues aquí estaban alojados. ¿Verdad, cariño?

—Efectivamente, todos los clientes, aunque son personas de la tercera y aún la cuarta edad se pudieron poner a salvo a tiempo pero vieron como el embudo de aire se tragaba al matrimonio.

— ¿Y no pudieron darse cuenta de lo que se les venía encima?

—Pues eso digo yo, pero me han asegurado todos los clientes que por más que les gritaban los cazurros tan solo manipulaban sus móviles sin atender a nada más. ¿No es verdad, güelu? Usted estaba allí.

—Sí, ¡oh! Esta es la perdición de la juventud actual: estar todo el día comunicando. Y bien que se lo digo, pero ni caso que hacen los fíos.

¿Qué cantas? ¿Qué canción es esa?

Comunicando, comunicando, comunicando; Quise decirte muchos días, Quise decirte tantas cosas… Es una canción del grupo Los Santos que cantaba mi madre cuando yo estaba en la cuna.

¿Y te acuerdas?

Bueno, ahora tendremos tiempo para acordar lo que queramos, ¿no? Mira esa preciosa estrella azul a nuestra izquierda. Vamos a acercarnos para verla mejor.

Fin

Si quieren escribirme y hacer cualquier comentario sobre esta colección de cuentos o sobre mis obras anteriores mi correo es cuassia@gmail.com

También tengo un par de blogs:

caminodelasluciernagas.blogspot.com.es/

Aldaba amiga

Y también cuenta en Facebook:
https://www.facebook.com/ladmis.pan

Hacia final de año tengo previsto sacar otra colección de cuentos fantásticos, vayan reservando su ejemplar y dejando sitio en su lector digital de libros; no podrán dejar de descargarla y leerla.